高水平地方高校建设资助项目

沪剧现代戏剧本创作研究

A Study On The
Playwriting Of
Modern Huju Opera

陶倩妮 著

上海人民出版社

序

陆 军

　　编剧学又要添新著了。我的心情很好。这种喜悦不仅源于学术园地再结硕果，更因为看到一个个青年学者正在成长，他们以蓬勃的朝气推动着这门年轻学科的发展，何其荣焉。

　　一高兴，就想先说一些题外话。

　　众所周知，编剧学是一个实践性特征十分明显的学科。这种实践性特质既体现在创作过程的具身性，又反映在理论建构的在地性。记得当年在著名戏剧理论家叶长海教授的鼎力支持下，我们尝试在上海戏剧学院的戏剧戏曲学（准确而言应是戏剧学或话剧戏曲学）学科框架内，将编剧学从戏剧学中剥离出来。这一举措绝非因为编剧学已强大到不能为戏剧学所容，恰恰相反，那是因为，我们正面临着双重困境：一方面，在以史论研究见长的传统戏剧学体系中，侧重创作实践的编剧研究正日渐被弱化、被边缘化；另一方面，随着新媒体时代的到来，影视、游戏、网络视听等新兴业态对叙事人才的需求呈几何级增长，社会生活正迫切呼唤编剧思维、编剧方法的全方位介入。

当编剧艺术逐渐突破专业领域，成为普通人进行社交媒体表达、短视频创作乃至商业策划的必备技能时，关于编剧本体的理论建构就显得尤为紧迫。我们需要重新审视：编剧的定义是否需要拓展？其创作规则将发生怎样的嬗变？传统剧作法的内涵外延如何适应新的创作需求？更值得深思的是，当人人都可以成为"编剧"时，这门艺术的伦理边界又该如何划定？正是这些时代命题，促使编剧学作为独立学科应运而生。随之，编剧学研究的硕士生、博士生也应运而生。

很快，一大批年轻人加入了编剧学建设的队伍。但问题又来了，编剧学研究什么？记得当初我曾草拟了一个包含十八个维度的研究框架，大致有：剧史，剧论，剧评，剧观，剧运，剧潮，剧种，剧团，剧作，剧目，剧人，剧思，剧艺，剧构，剧技，剧场，剧组，剧事。当然，尚未涵盖在内的跨学科研究，交叉学科研究的话题更多、更广，也更有挑战性、创新性与前瞻性。

在此背景下审视陶倩妮博士的《沪剧现代戏剧本创作研究》书稿，不难发现，该著研究的话题也不例外，涉及了剧种、剧团、剧本、剧目、剧人，等等。当然，无论研究对象如何拓展，方法论如何创新，实践性始终是编剧学研究不可动摇的根基。这既体现为研究素材必须源于创作实践，更要求研究成果能反哺实践。特别强调"从实践中来，到实践中去"的学术品格，正是编剧学区别于其他学科的本质特征。同样，以编剧学视角审视任何研究课题时，研究者都需要保持双重自觉：既要深入具体创作情境发现问题，又要回归学科本体进行理论提升。"从编剧学出发，再回到编剧学。"这种研究范式，也正是我们在推动编剧学学科建设时所必须坚持的方法论。

对于陶倩妮博士的研究要求当然也一样。

2

陶倩妮是我的博士生，她本科、硕士、博士都在上海戏剧学院完成深造，最终获得了编剧学博士学位，是一位不折不扣的"上戏人"。令我欣慰的是，倩妮不仅如期完成了博士学位论文的撰写，而且顺利申请到了出版资助，将学术成果付梓成书。

本书是倩妮在其博士论文基础上修订而成的一部研究沪剧现代戏剧本创作的学术专著。记得当年论文开题之前，我们一同决定选题方向，将目光投向沪剧现代戏剧本创作的历程研究。当时我对她承担这个选题表示赞许，但心里其实也为她捏了一把汗。理由很简单：沪剧作为上海的地方戏曲剧种，在现代戏创作方面有着优良的传统和辉煌的成就。从新中国成立初期起，沪剧界涌现出一批致力于现代题材创作的剧作家，比如著名沪剧编剧文牧先生执笔的《芦荡火种》，不仅成为沪剧舞台的经典之作，还被改编为京剧《沙家浜》，蜚声全国。此后几十年里，沪剧人创作演出了大量贴近时代的优秀现代戏，从革命历史题材到都市生活故事，都有一些成功的作品，在全国戏曲现代戏创作中占有一席之地。戏曲理论界和评论界对沪剧现代戏的关注也从未间断，一大批前辈专家学者的研究成果十分可观。可以说，在基础扎实的创作积淀和研究成果面前，她要切入这个课题，能写什么，如何写，有何新意，角度怎么选，结构怎么搭，章节怎么分，确实都有难度，都是挑战。当然了，有利的条件也不是没有。比如，尽管前人的相关研究已经相当丰富，要发现新问题、提出新见解并非易事，但学界多年来的累累成果正好为后来的研究提供了丰富资料，使年轻学者能够站在前人的肩膀上看得更高、更远；尽管倩妮没有亲历早年沪剧现代戏创作那段激情燃烧的峥嵘岁月，但也正因为拉开了时间的距离，反倒能进行更加冷静客观的观察审视；尽管她没有机会长期扎根基层剧团接受传统艺术熏陶，但却掌握了一些新的研究方法和戏剧理论，可以换一种视角审视经典。更重要的是，随着时代发展，沪剧舞台近年又出现了不少新作品、新人才，老一辈的沪剧艺术家们也宝刀不老，纷纷在创作上寻求新转型、新探索——只要有耐心地跟踪、打磨与研究，相信还是大有文章可做的。

正是基于这样的判断，她在充分学习和吸收此前研究成果的基础上，从纷繁复杂的资料中拈出了一条清晰可行的主线，贯穿起沪剧现代戏剧本创作的发展脉络。这个恰当的学术视角不仅打开了她论述的视野和思路，使她能够对那些早已为剧坛和学界所熟知的"经典剧目"进行大胆创新的解读与评价，也保证了研究的整体性和系统性。

难能可贵的是，这本专著并不像眼下一些标榜"深刻"与"前沿"的鸿篇巨制那样，在戏曲创作研究中生硬套用西方理论、堆砌一些大而无当的空洞议论，而是脚踏实地，对剧本文本进行细读，对舞台实践进行观察，其字里行间透出她对沪剧艺术和创作群体的深厚感情与扎实学风。可以说，这样的研究，是走在正路上的，很值得肯定。

3

也许应该再介绍一下本书的作者吧。

客观地说，二十多年来，在我指导的已毕业与在读的 126 名硕士生、博士生中，倩妮是较为优秀的一位。她现在是上戏戏文系的青年教师，教学认真负责，上写作小组课时，剧作构思的"鬼点子"多；科研方面，也十分努力，除了本著，还有其他的一些学术构想。当然，她最强的还是剧本创作。

顺便说一下，有一个很有意思的现象很多人未必知道，那就是，编剧学的博士生，大都创作强于研究。说来也许你不信，在我的学生中，已创作上演十部、二十部戏剧作品的学生占一半以上，有几位学生仅国家艺术基金资助就获得过三五次，大大小小的奖项就更多了。倩妮就是其中的一位。据统计，迄今为止，由她编剧（含合作）并上演的剧作共有 34 部，其中，上海文化发展基金会资助项目就获得过 7 次。她与孙祖平教授合作的院线电影《不肯去观音》，还入围第 37 届蒙特利尔国际电影节，获得了"世界伟大电影奖（World Great Film）"的荣誉。所以，称倩妮是一位优秀的青年剧作家，应该是不为过吧。

还有一件很有意思的事，也不妨在此一起分享。倩妮是我的博士生，而她的硕士生导师是我的大学同学姚扣根教授。扣根是著名影视编剧，他与我共同的班主任是著名剧作家孙祖平教授，而倩妮读本科时的导师就是祖平教授。绕来绕去，扣根教授与我，原来跟倩妮是同门啊。在不久前的一篇文章中我曾提出这样一个观点：高等戏剧院校需要吸收不同学缘背景的新鲜血液，与传统的传承相互碰撞、融合，能够为学校带来新的视角、活力和灵感。但是，不同代际、有着密切师承关系的戏剧人聚集在一起，能够形成一种天然的知识与经验的传递脉络，并能够建立起一种稳定且有凝聚力的艺术风格传承体系。所以，要讲学缘，但也不要过于强调学缘。倩妮的优秀，为我的这一观点又增加了一个例证。

最后，愿借此机会说说我对沪剧的看法。

沪剧，是上海人民献给中国戏剧园地的一支精神牧歌。她起于田野，长于街巷，成于都市。她是暮色中田头劳作人的打情骂俏；她是晨曦里贩夫走卒者的沉重咳声；她是疆场上志士仁人辈的慷慨悲歌；她是书斋内文人墨客们的长吁短叹；她是古书里沧海桑田事的在场演绎；她是现当代社会众生相的民间叙事。

我爱沪剧，我也爱写沪剧。在我已创作（含合作）上演的39部大型剧作中，有13部是沪剧。当然，我是一个业余编剧，创作的作品很难被国家院团所采用。记忆中与上海沪剧院的合作仅三次：一次是1989年应邀为沪剧院执笔创作了沪剧《一夜生死恋》，曾获上海市委宣传部特别嘉奖，后来被外省市一些剧团移植上演，著名京剧演员李素丽也曾担纲演出过此剧；另一次是1999年参与由孙祖平教授领衔创作的沪剧《好人一生平安》，入选国庆五十周年献礼演出；再一次是2002年应邀创作沪剧《石榴裙下》，剧本取材于同名传统沪剧剧本，创作过程中除了保留了原来的情节核，坚持"不用原剧本一句唱词，不用原剧本一句台词"，作为保留剧目，沪剧院至今还在演出这个戏。比较欣慰的是，《一夜生死恋》选场评析入选《中国当代新编折子戏鉴赏》一书，《石榴裙下》选场评析入选《新编戏曲剧目重场戏鉴赏》一书。

同时，我虽然没有对沪剧作专门的理论研究，但在谈论有关戏剧观、戏曲现代戏创作、戏曲现代性及戏曲院团剧目建设等方面的心得时，视野也从来没有离开过沪剧。当然，卑之无甚高论，不提也罢。

拉拉扯扯说了这么多，差点忘了，手上还有一件重要的活等着要做。那么，就此打住。

2025 年 7 月 22 日匆匆于江虹寓所

（作者为上海市文史研究馆馆员，上海戏剧学院学术委员会主任）

目录

沪剧现代戏剧本创作研究

沪剧，是中国戏曲史上一个较为年轻的戏曲剧种，从可考证的资料看，沪剧的雏形诞生于清代乾隆年间，是由上海浦东、浦西的乡村和集镇中出现的小曲小唱演化而来的小戏，发展至今仅240年左右的历史。虽然沪剧受到的关注不如京昆等主流戏曲，但它作为上海土生土长的地方戏，适应了上海都市观众的审美趣味，深受本地人民的喜爱；并在上海特别的文化背景、地理条件和经济环境下，形成了婉转细腻、善于抒情的风格与特点。值得一提的是，沪剧在发展过程中，因其表现手法方面吸纳了话剧的创作与表演理念，所以被称为"最擅长表演现代戏"的剧种，主要体现为：沪剧不仅在新中国成立前涌现了大批"时髦"的"西装旗袍戏"剧目，更是在新中国成立初期诞生了《罗汉钱》《星星之火》《芦荡火种》《红灯记》等优秀现代戏作品，并在全国号召戏曲剧目"以现代戏为纲"的时期大放异彩。改革开放以来，在其他传统剧种面临戏曲危机的同时，沪剧的境况却大有不同，上海沪剧院创作出品的《一个明星的遭遇》《姊妹俩》等现代戏新剧目在上海观众群体间受到热捧，沪剧动听婉约的"紫竹调"更是使无数青年迷醉。在重视主旋律剧目创作的 20 世纪 90 年代，沪剧界创作出两部现代戏《明月照母心》与《今日梦圆》，分别获得文华奖与"五个一工程"奖。然而，这个市场效益与国家级评奖双丰收的时期，成了沪剧最后的"高光时刻"。在此之后，沪剧的剧目发展开始走下坡路，至今已呈现出整体式微的疲态。步入新世纪之后，沪剧界所收获的最亮眼的成绩，就是区级剧团出品的《挑山女人》，此剧获得国家级奖项的肯定，产生了全国性的影响。

　　唯有持续产出高质量的剧目，才能推动沪剧艺术的良性发展。沪剧最大的特色，是它可以随着时代发展，灵活吸纳各种艺术门类的养分，如刘厚生所言，"沪剧可以演出古装戏，外国戏，能洋能土，都市风情到乡土风味，西装旗袍到现当代生活都演过，几乎没什么限制"①。一个"消化与适应能力极强"、创作题材几乎不受限制的年轻戏曲剧种，从新中国成立到步入新世纪之前创作的成功经验，以及该剧种近年来剧目创作上所保持的优势及其遇到的局限，是本书重点研究的问题。本书通过对沪剧剧目进行不同历史阶段的划分，以编剧学的视角切入，对各时期优秀沪剧现代戏的剧本进行深入研究、对比，探寻沪剧现代戏创作在不同阶段编剧理论和方法上的突破，以及其中的利弊得失，以期对当下的沪剧剧目的创作与发展，提出可供参考的建议。

---

① 刘厚生、安志强等：《曹禺·沪剧·茅善玉》，《中国戏剧》2010 年第 12 期。

第一章

新中国成立前沪剧现代戏剧本创作简论

第一节　沪剧现代戏萌芽

一、从山歌说唱到花鼓戏

沪剧发祥于上海黄浦江两岸农村地区的田头山歌和乡间俚曲，被称为"东乡调"，源于清代乾隆年间，发展至今有 240 余年的历史。值得一提的是，关于"东乡调"称谓的来源，学者之间尚持不同观点。《上海沪剧志》中表述"在旧时的上海，黄浦江以东的川沙、南汇的山歌称为'东乡山歌'，黄浦江以西的松江、奉贤、青浦则称为'西乡山歌'。"[①] 而朱恒夫在其专著《滩簧考论》中提出，将"东乡调"与"东乡山歌"混为一谈的说法是缺少根据的——"检查关于上海民歌历史的书籍，并无'东乡山歌'与'西乡山歌'这一概念。再说，'东乡山歌'与［东乡调］也不是一回事，'东乡山歌'是指被称为'东乡地区的山歌'，而［东乡调］则指一种曲调，如［采茶调］［十二月花名］［五更叹］之类。"[②] 起初，这些小曲小唱没有剧情，没有人物。直到清朝乾

---

① 汪培、陈剑云、蓝流主编，《上海文化艺术志》编纂委员会，《上海沪剧志》编辑委员会编：《上海沪剧志》，上海文化出版社 1999 年版，第 118 页。
② 朱恒夫：《滩簧考论》，上海古籍出版社 2008 年版，第 107 页。

隆年间后期，这种由小曲小唱所演变而来的小戏开始在浦东与浦西的乡镇上出现，它逐步发展为一种较完整的戏剧形态，当地人称之为"花鼓戏"，属于中国戏曲中的花部。严格意义上来说，早期沪剧是泛指部分"二小戏"①、"三小戏"②的民间戏曲——"花鼓戏"的一个分支。清代中期时，上海因其农耕文明发达，成为全国经济富裕的地区，生活在此地区的劳动人民，萌发出对文化娱乐与精神生活更高的需求，小曲小唱已逐渐无法使其满足，沪剧从山歌俚曲、民间说唱开始向戏剧形态过渡。从清朝乾隆后期，至同治、光绪年间，"东乡调"这一民间说唱的"山歌"逐渐向被称为"花鼓戏"戏剧的表现形式过渡。在这个沪剧成为戏剧形式的初始阶段，于表现形式上，也经历了由"对子戏"到"同场戏"的过渡。在这一过程中，沪剧的行当从单一趋向全面，表现的情节也由单调趋向复杂。

"对子戏"仅有两个角色，多为"一生一旦"或"一旦一丑"两种配置。小生角称为"上手"，小旦角称为"下手"。在表现形式方面，多数以唱为主、表演模拟日常生活，剧情通常是表现生活中的一个片段。在表演程式方面，仅为掠发、拔鞋、如意头、链条箍等一般程式动作。在着装方面，因表现的皆为当下现实主义的农村生活题材，服装也比较简陋：男演员戴毡帽束竹裙，或

---

① 传统戏曲中，以小旦、小生或小旦、小丑为主的小戏习称"二小戏"或"对子戏"。
② 传统戏曲中，以小生、小旦、小丑为主的小戏的泛称。

戴瓜皮小帽，身穿长衫马甲；女演员穿着短袄或裤子。到了同治光绪年间，"对子戏"在乡村的影响力逐渐增强，演出场所由农村地区转移到乡镇，偶尔在县城茶楼演出。由此，"对子戏"简陋的演出形式与其单一的情节已经无法满足乡镇观众的审美需求，再加之江南地区其他流行戏曲形式的影响，早期沪剧开始由"对子戏"逐渐发展至"同场戏"。角色由两人，增加至三人以上，并另设专人演奏乐器。之后，根据角色的数量与剧情的复杂程度，"同场戏"便有了"大同场戏"和"小同场戏"之分。"小同场戏"演员为三到五人，"大同场戏"的演员多达六七人，再加上演奏人员，演出的人数规模达到了十个以上。

从情节设置上来看，由"对子戏"发展到"小同场戏"，再发展到"大同场戏"，早期沪剧表演艺人在编剧方面逐步趋向成熟。在早期的"对子戏"剧目中，演员仅表现一个场面，情节设置极为简单，而非一个具有"起承转合"的戏剧故事，有的"对子戏"的内容只是几个戏剧动作的串联。而"小同场戏"不仅在表演方式上，同仅有"上手"与"下手"的"对子戏"相较有所进步，在情节安排上，也增强了戏剧冲突意识，创作者通过设置一些简单的人物行动的变化，来推动情节发展。

当早期沪剧根据演出需求从"小同场戏"发展到"大同场戏"时，作为早期沪剧编创者的沪剧表演艺人，对于角色数量、人物之间的冲突安排、情节的完整性及冲突场面的安排都有了更为成熟的戏剧意识。以传演至今的经典"大同场戏"剧目《庵堂相会》为例，在角色数量上，已达到了18人。而在剧情方面，全戏共分为7个折子，不仅场面数量剧增，情节上也设置了多次转折，同早期仅表现一个单一场面的"对子戏"相较，情节提升了跌宕起伏的观感。值得一提的是，"同场戏"的产生，并未取代"对子戏"，两种早期沪剧的不同形式分别适应着不同观众的审美需求。两者之间不仅没有相互排斥，还在相辅相成之中发展与传承早期沪剧剧目。

19世纪，以花鼓戏形式存在于民间的早期沪剧因为乡镇观众趋之若鹜，而逐渐朝更为成熟的戏剧形式稳步发展。这些"对子戏""同场戏"表达形式自由，表现内容贴近老百姓的生活，同京剧等多表达古代传奇的传统戏曲相比，带给观众耳目一新的审美感受，所以在吴地民间颇受欢迎。因为早期沪剧观众群为底层人民，底层人民最为喜闻乐见的是情爱题材，所以表现追求爱情的自由精神是早期沪剧最常见的题材——"早期花鼓对子戏百分之九十以上为婚恋戏"[1]。但也偏偏由于早期沪剧所表达的离经叛道与反封建色彩，使早期的花鼓戏受到封建统治者的迫害。1806年青浦县衙发布《禁花鼓告示》，好在因为其地域性的局限性，对花鼓戏的影响尚且不大。然而，随着早期沪剧逐渐走出田野向

---

[1] 熊月之、张敏:《上海通史·晚清文化》，上海人民出版社1999年版，第443页。

乡镇拓展，观众人群也不断增大，便引发了士绅阶级对花鼓戏的重视。地方士绅也在《申报》上大肆鼓吹戏禁，官府对其屡次发布禁演告令。1868年，江苏巡抚丁日昌下令禁演花鼓戏，"苏州府勒石永远禁演"，并一下子把《拔兰花》《卖橄榄》《卖草囤》等一百多出戏列为禁演剧目，花鼓戏演员也遭到了迫害，对男演员"照例重治，刺面为记"，对女演员"解入省垣，收局禁锢"。因此，早期沪剧在此极大的打击之下，虽未就此禁绝，但也元气大伤。早期沪剧艺人为了生存，只能告别他们所熟悉的吴地村镇，来到当时刚刚开埠的上海市区，寻求新的演出机会。

二、易名"滩簧"

早期沪剧艺人入城之初，因为局面尚未打开，早期沪剧没有固定的演出场所，只能以走街串巷的方式沿街卖唱，行话称之为"跑筒子"；而在路上圈出空地演唱的形式，行话称之为"敲白地"。此时，在上海市区，与早期沪剧艺人流落街头演出的悲凉生存状态形成强烈对比的，是在"三雅园""金桂轩"之类的大戏园中火热上演的京班、徽班和昆班等戏曲剧种。直到光绪二十五年（1899年），许霭芳、庄羽生、水果景唐等八人登上"公共租界"昇平茶楼的舞台后，早期的沪剧就算在上海中心城区站稳脚跟。然而，封建官府并没有解除对花鼓戏禁令，市区租界的殖民当局也并未放松对花鼓艺人的迫害。早期沪剧艺人为了躲避检查，更改剧种称谓，是以求得生存的手段。早期沪剧就此从"花鼓戏"易名为"滩簧"。

"花鼓戏"改名为"滩簧"，"其原因有二：一是专称滩簧的曲种（即后来改称的苏滩），比花鼓戏进入上海为早，花鼓戏入城时它已风靡一时，并有一些与花鼓戏相同的节目，如《卖草囤》《借妻堂断》和时曲小调。花鼓戏改成滩簧是因有所效仿。二是见滩簧受观众欢迎，于经济收入有利。"① 需要补充的一点是，"花鼓戏和滩簧本来就属于同一声腔系列，不仅曲调接近，而且剧目也往往雷同。如《卖草囤》《秋香送茶》《庵堂相会》和《借妻堂断》等一些戏，其他滩簧剧种也经常演出。"② 将"花鼓戏"改名为"滩簧"，对于早期沪剧的发展还有两个重大意义，其一在于"滩簧有了相对固定的观众群，艺人也就有了比较稳定的收入，从而能够吸引更多的人从事于滩簧的演艺事业……二是滩簧的观众也由最底层的市民扩展到有钱有闲能到茶楼饭馆来消费的中产阶层，其中不乏文化修养较高的知识分子，使得滩簧有机会在剧本、音乐、表演等方面得到提高。"③

这一次在时局的威胁下造成的"被迫改名"，却扭转了早期沪剧的命运，从"濒临灭绝"到收获了"正态发展"。自民国二

---

① 文牧、余树人：《从花鼓戏到本地滩簧——沪剧早期历史概述》，《上海戏曲史料荟萃·沪剧专辑》，上海艺术研究所 1987 年 7 月。
② 茅善玉主编：《沪剧》，上海文化出版社 2010 年版，第 31 页。
③ 朱恒夫：《滩簧考论》，上海古籍出版社 2008 年版，第 112 页。

年（1913年），上海市区建成了第一家名为"楼外楼"的游艺场所之后，娱乐营业的场所不断涌现，遍布点缀繁华的市区街道。滩簧的班社数量迅速增加，且与众多不同的艺术形式聚集在一个游乐场内演出，这样不仅可以增强剧种之间的竞争力，还能互相借鉴曲调、丰富剧目。为了区别同属滩簧声腔系统的锡滩、苏滩、杭滩和甬滩，早期沪剧艺人将早期沪剧自称为"本地滩簧"，又叫"申滩"或者"本滩"。早期沪剧进入"滩簧"阶段后，租界出于市场经济因素考虑，准许其演出，以兴市面，由此重新受到观众强烈欢迎，只是观众群体结构从目不识丁的"村夫村妇"，替换成了城市茶楼中的市民阶层。由此，被易名为"滩簧"的早期沪剧正式在上海市区站稳脚跟，这个重要的转折，是为沪剧迈向更成熟的戏曲形式夯实了根基。

沪剧从最初的民间山歌说唱发展至今，其表现形式与题材选择随着时代的推进也引起了创作观念的嬗变，但沪剧有一个特质在200余年内未曾更改，那就是其"贴近生活"的特点。沪剧与大多数将历史故事作为题材的戏曲剧种不同，老百姓的日常生活与家长里短是它的创作的起点。早期的花鼓戏艺人将上海乡间的俗事新闻、情爱故事用独特的艺术手法记录下来，并"反刍"呈现给乡村百姓。"说新闻，唱新闻"的现实主题，与"说口语，穿时装"的写实风格，在沪剧传承的这200年里始终保留，一直没有发生本质的变化。换言之，沪剧在剧目创作方面最核心的

沪剧现代戏剧本创作研究

观念，就是要了解时下观众的审美需求，贴近时下观众的审美取向——这是沪剧创作坚实的根基，随着时代推进而产生变化的是沪剧在不同时期、不同阶段的艺术表现形式与内容的嬗变。

前文已罗列出早期沪剧的两个阶段，分别被称为"花鼓戏"和"滩簧"。而正是从 19 世纪 70 年代到 20 世纪初的 40 多年时间里，因为关于早期沪剧的记录很少，再加之改名"滩簧"之后的沪剧，为了防止再受到租界当局的驱逐，自把演出形式从"立唱"改为"坐唱"后，几乎没有什么新剧目出现了，所以被称为沪剧史上"消失的 40 年"。

三、花鼓戏时期的剧目创作特点

由于早期沪剧艺人文化层次不高，授业方式为口口相传，再加上官府对早期沪剧的打压，使得从"花鼓戏"到"滩簧"时期的沪剧老剧目流失甚多。当下研究早期沪剧的宝贵资料，多出自 1962 年时，"在文化局、人民沪剧团领导的倡导和各大剧团的配合支持下，组织了大量老艺人共同回忆、挖掘、整理了许多失传的剧目"。[1] 新中国成立后，沪剧老艺人们共整理出滩簧剧目 120 出，其中有 66 出为"对子戏"剧目，54 出为"同场戏"剧目。在为数不多的研究资料中，探索关于"花鼓戏"时期的沪剧老剧

---

[1] 陶一铭、史鹤幸：《滩簧乱嚼——那个风花雪月的沪剧》，上海三联书店 2013 年版，第 353 页。

目的创作特点，首先聚焦的是剧目题材的分类，因为它不仅可以反映出当时上海乡镇地区观众的审美取向，也能结合时代背景，概括出早期沪剧创作者巧妙利用戏曲演出带给观众"教化"功能而在创作中所选择的主题趋向。66 出保存下来的"对子戏"中，根据题材的选择，除却称之为"粉戏"的淫秽小戏之外，题材可分为两种：表现"婚姻爱情"，以及表现农村现实生活。而 54 出现存的"同场戏"中，题材选择与"对子戏"大体分类一致，唯独多了以民间传说为题材的"大同场戏"作品。"花鼓戏"时期的沪剧剧目创作特质可分为以下几点：

其一，在于剧目内容往往投射出创作者强烈的反封建意识，尤其体现在剧目数量中占据近一半的"婚姻爱情"题材的剧目上。爱情是艺术永恒的主题，中国各个戏曲剧种表现爱情的戏曲剧目较为多见，可早期沪剧中的爱情剧的内容大都关于表现提倡追求个人幸福、宣扬婚姻自由、呼吁敢于冲破罗网的反叛精神。这源于早期沪剧的主人公同京昆常表现的古典爱情悲剧的主人公不同，思想较少受到"三纲五常"的影响。例如，表现冲破礼教，寡妇改嫁的《磨豆腐》；表现男女之间自由恋爱，一见钟情的《摘石榴》；甚至还有故事中发现所爱之人已另嫁他人，也要力图改变现状，重新结合的《拔兰花》等。这些故事的主人公都有一个特质：不甘于忍受封建礼教的摆布，力争自己掌握命运，追求幸福。

其二，在于创作者在创作早期沪剧剧目时，始终坚守的写实性。早期沪剧创作者们对于现实主义创作观念的坚持，体现在两个创作方向上——一方面，存在一些直接改编自真人真事的剧目，体现了沪剧"说新闻，唱新闻"反映现实的创作特色。例如，上演至今的"骨子老戏"《陆雅臣》，就是改编自发生在青浦的真人真事。这个因嗜赌而卖妻、险些造成悲剧的故事，不仅因为其改编自新闻，引发了老百姓极大的兴趣与好奇，也正是因为这个故事源于真实生活，更是凸显了戏曲"教化民众"的功能。创作者坚持写实性观念的另一方面体现在"将真实生活中融入故事发生的背景中"这一创作手法上，以表现创作者针砭时弊的观念。例如，由于赌博陋习危害严重，于是产生了大量以"因赌致贫"作为故事背景的剧目。较为有名的，除了上文提到的《陆雅臣》之外，还有"对子戏"《借红纱》、"同场戏"《朱小天》等；还有表现童养媳遭到恶婆婆虐待的《阿必大》；表现老人因女儿女婿忤逆不孝而投河自尽的《借黄糠》等；以及大量"九计十三卖"的"卖头戏"，主人公都来自破产的地主阶级家庭，这个人设背景也撷取自晚清的现实——上海地区的小农经济体系受到极大冲击，大批中小地主纷纷破产成为现实常态。

其三，在早期沪剧从"对子戏"发展到"同场戏"，再改名"滩簧"的成长进程中，很多剧目也是随着历史进程的推进一起成长，被创作者不断丰富和改编的。例如，"《庵堂相会》一剧，是从两出'对子戏'《搀桥》和《庙会》不断敷演和润饰而来的"①；"小同场戏"中的《孟姜女过关》改编自"大同场戏"《窦娥冤》中的片段，等等。

其四，是体现在沪剧这一戏曲剧种的包容性——善于融合其他戏曲剧种的剧目及其特点。以"大同场戏"时期出现的"民间传说"题材的剧目为例，它们几乎都是在"宣扬忠孝节义、因果报应"。出现这些剧目的原因，除了是为了回应政府号召上演"劝人向善"主题的杂剧以取代表现追求自由恋爱的"对子戏"之外，更重要的原因是随着职业艺人、职业班社扩大了早期沪剧的传唱范围，并在由乡村进入城市演出的进程中，吸纳了如弋阳腔、昆曲、乱弹班等其他剧种的特质。《窦娥冤》《杀子报》《借妻堂断》等剧目，既非同其他早期沪剧剧目一般描写晚清现实生活，又是改编自其他戏曲剧种，充分体现出早期沪剧就已经具备了善于改编其他剧种、创作自由灵活的特点了。

---

① 胡晓军、褚伯承：《中国史话——沪剧史话》，社会科学文献出版社 2016 年版，第19 页。

沪剧现代戏剧本创作研究

第二节 "申曲"时期——弹词戏的创作

一、"申曲改良"的首次提出

1911 年辛亥革命后,"移风易俗"成为社会上最为时兴的名词,沪剧的老艺人们也顺应时代的潮流,"唱花鼓的一班领袖人物发起振兴集,把花鼓这个名称改良为申曲"[①]。值得一提的是,早期沪剧从"花鼓"之称改到"本滩"之谓,这个改名可以说是受时局所迫,被动为之。而从"本滩"(滩簧)到"申曲"之名,则是一次主动为之的自觉行为,体现的是辛亥革命后,沪剧艺人对早期沪剧更高的艺术追求。当时新任上海县知事吴馨委任组织"通俗宣讲团","明确提出'改良花鼓戏',革除封建陋习弊端的主张"[②]。在 20 世纪的头十几年,本滩艺人好不容易从第一代艺人流落街头卖艺,到逐渐在茶楼与游乐场所站稳脚跟。作为本滩第二代艺人的代表,邵文滨(师承本滩第一代艺人曹俊山)与施兰亭(师承本滩第一代艺人胡兰卿)有很强的危机意识与职业敏感性,对剧目与舞台艺术发起了一次变革。1914 年,邵文滨和

---

① 吴企云:《申曲研究·〈上海研究资料〉正集》,文海出版社 1988 年版,第 574 页。
② 茅善玉主编:《沪剧》,上海文化出版社 2010 年版,第 34 页。

施兰亭领衔，联合马金生、胡锡昌和陈秀山等本滩名艺人，共同发起了沪剧历史上第一个行业性的组织——"振兴集"。这是沪剧历史上第一个各处班社自发形成的行会，旨在"加强团结、维护权益和行业自律"。[①] 他们亮出了"本滩改良"的旗帜，"提出继续提高本滩艺术水准，并首次提出要以'申曲'取代以往'东乡调''花鼓戏'和现行'本滩'等一干称谓"[②]。此时的邵文滨、施兰亭等人将行业组织称之为"集"，将剧种改名为"曲"，皆是在刻意模仿当时被上海公认为"阳春白雪"的京剧与昆曲的社团名称。由此可见，邵文滨、施兰亭等人对早期沪剧提高艺术品位的追求和改良整顿的决心。

虽然改良的决心到位，这一次"申曲改良"并没有如期获得成功。"但是内容呢，那是另一个问题了。"[③] 邵文滨夫妇于1922年回信以"改良风俗，补助教育"为宗旨的上海少年宣讲团时曾写道——"一、申曲原名东乡调，词句粗俗，久为识者所不齿，近虽改良，本未尽善，业申曲者，又皆贫寒之士，目不识一丁字，其欲改良本非易事，难题一；二、沪上申曲家不下数百，人心涣散，良莠不齐，难题二；三、唱虽属乡音土白，制词造句亦不容易，改良之职，责诸数百目不识丁之申曲分子，事岂有济，

① 胡晓军、褚伯承：《中国史话——沪剧史话》，社会科学文献出版社2016年版，第32页。
② 同上书，第33页。
③ 吴企云：《申曲研究·〈上海研究资料〉正集》，文海出版社1988年版，第574页。

难题三。"[1] 究其这一次改良的努力以失败告终的原因，绕不开的是关于早期沪剧的传统老戏的传承方式问题，因为是文化水平较低的艺人口口相传，并没有剧本生成，所以无法对剧目内容进行改编；除此之外，传统老戏中有较多早期沪剧观众群喜闻乐见的与"性"有关的内容，又囿于不愿意流失下层人民的庞大观众群体，所以无法将其革除。由此可见，邵文滨、施兰亭等早期沪剧艺人对于提高沪剧的艺术地位与审美追求的观念，对于沪剧这门戏曲艺术的健康发展来说虽是亟需的，但时机尚未成熟。唯有寻求记录、传承乃至创作剧目的新途径，且调整观众的阶层结构，才能促使民间"滩簧"得到切实的改良。

虽然"申曲"这一称谓直到 20 世纪 20—30 年代才被普遍承认和应用，但邵文滨、施兰亭等人的努力还是具有意义的——"集齐了本滩界对于树立自身艺术品格的自觉。剧种名称的重新确立和统一，使沪剧与其他滩簧剧种拉开了距离，使剧种的品质和风格得到彰显，也使人们辨识起来更加容易。"[2]

二、"申曲"时期在剧目与表演方面的变革

"申曲"这一新称谓被广泛认可使用之时，已经是 1920 年后，即申曲剧目彻底革新、申曲逐渐在上海各个游乐场站稳脚跟

---

① 吴企云：《申曲研究·〈上海研究资料〉正集》，文海出版社 1988 年版，第 574 页。
② 胡晓军、褚伯承：《中国史话——沪剧史话》，社会科学文献出版社 2016 年版，第 33 页。

之后。这一时期的申曲同上一个（本地）"滩簧"阶段有很大的区别——首先，从上演剧目的角度来看，申曲阶段的沪剧剧目，从"弹词戏""京剧"中引入了大量"古装戏"；从剧目创作的角度来看，在此阶段，引入了借鉴自"文明戏"的"幕表制"，一改此前"口口相传"的传统授业方式；从观众阶层结构来看，申曲观众也发生了变化。演出场所从早先的茶楼转移至消费要求更高的游乐场后，观众也从农民或底层民众向城市小市民阶层转变。

彼时，申曲同苏州评弹、京剧、文明戏（新剧）等其他剧种一起在游乐场同台献艺，在竞争与交流之中，申曲从其他剧种中吸收了不少长处，也借鉴了不少剧目。随着申曲的观众结构发生变化，观众的消费要求与审美需求得到了提高，早先取材于乡村生活，以婚恋为主的老剧目已经满足不了有一定消费能力的观众。申曲剧目上——"不再一味地演出《卖桃子》《僧帽计》《借黄糠》这类反映市郊乡镇人物风情的老传统戏，而是进行横向借鉴，从评弹、京剧和文明戏中改编移植了大量剧目，以适应城区市民新观众的欣赏要求……"① 于是《珍珠塔》《孟丽君》《玉蜻蜓》一类的弹词戏，《女侠十三妹》《火烧红莲寺》一类的连台本戏，文明戏中的《马永贞》《张汶祥刺马》《杨乃武与小白菜》《李三娘》等古装剧和清装剧逐渐占据了申曲的舞台，直到 20 世纪 20 年代后期，成为申曲演出剧目的主流，"几乎取代了花鼓戏时期的对

---

① 茅善玉主编：《沪剧》，上海文化出版社 2010 年版，第 34 页。

　　　　　　　　　　　　　　沪剧现代戏剧本创作研究

子戏、同场戏"①。

在游乐场的舞台上茁壮成长的申曲，在剧目的变化的同时，也带来了其他方面的变革——从表演的角度，首先，摒弃了本滩班社在茶楼表演时所采用的坐唱形式，恢复了站立表演的形式，使早期沪剧逐渐朝向剧场艺术迈进；其次，恢复了男女合演的方式；再次，申曲的演员们的表演逐渐向文明戏演员靠拢，注重角色的情绪交流与舞台的场面调度。与此同时，申曲时代的舞台艺术也同表演艺术一齐因为向文明戏学习而共同发展，不再满足于"一桌两椅"，开始"绘制了'厅堂''田野''房舍''闺房'等各种软景，以根据不同剧情展示规定情境"②。

20世纪30年代，申曲的演出已经日趋兴旺，名角层出不穷。彼时，有被称为"四大班社"的四家实力相当，特点与优势又各异的申曲班社，在各大游乐场登台献唱，良性竞争，并通过灌录唱片、开拓电台市场、堂会演出等方式，扩大申曲的影响力。它们分别是：筱文滨与筱月珍领衔的"文月社"，施春轩带领的"施家班"，王筱新的"新雅社"，刘子云的"子云社"。其中，"文月社"的实力最为雄厚，而"文月社"最强劲的对手，是"施家班"。"四大班社"之间，为了彼此区分，也为了争取更多的观众，纷纷在剧目、表演、宣传等方面确立独特的风格："文月社"打

---

① 茅善玉主编：《沪剧》，上海文化出版社2010年版，第34页。
② 同上书，第37页。

出"儒雅申曲"的旗号,"施家班"以"文化申曲"为目标,"新雅社"追求"高尚申曲","子云社"则将"改良申曲"奉为圭臬……在沪剧的"申曲"阶段,四大班社之间的良性竞争关系,对早期沪剧的发展来说功不可没。对于剧目的传承与改革方面,四大班社也相互协作,推进了剧目整顿工作。"申曲歌剧研究会"同20年前邵文滨、施兰亭所创建的"振兴集"相比,更加正规和完善。换言之,"振兴集"创立之初,对早期沪剧发展所寄托的期望,在20年后都由"申曲歌剧研究会"实现了。申曲的境遇、申曲艺人的地位、演出场所的多样性都较以往有了质的飞跃。更重要的是,"申曲歌剧研究会"在成立以后,着手开始了剧目的整顿清理工作,并在申曲界各方人士的配合下,取得了一定成果,极大地扩大了申曲的影响力。

三、"弹词戏"的创作特点

19世纪20—30年代,大量取材于京剧与弹词说部的剧目被搬演至申曲的舞台上,被统称为"弹词戏"。1923年后,在申曲同文明戏等剧种同场竞艺又吸纳所长的大环境下,申曲各班社分别邀请了文明戏的艺人、编导加入了申曲的创作。"幕表制"的创作手法,是1928年前后,宋掌轻将其引入申曲之中的[①],对于

① 宋掌轻、范华群:《漫话幕表戏:〈上海戏曲史料荟萃·沪剧专辑〉》,上海艺术研究所1986年,第20页。

沪剧的剧目创作来说，是一次极为重要的重大改革。"弹词戏"没有剧本，只有"幕表"。所谓"幕表"即"一出戏的分场关目和每场戏的出场人物和故事情节的简单提要，没有对白唱词"①。在"幕表制"中，"说戏先生"作为剧本的主导者，掌握整个剧目的剧情发展与人物关系，是结合了当代戏剧创作中的编剧与导演的身份。与此同时，幕表制还能最大限度地发挥演员自身的创造力与能动性——"幕表戏却只有大致的故事和分幕分场轮廓，没有现成白口和唱句……完全要靠演员自己去发挥、创造。"②由此可见，随着"幕表戏"的创作手法由文明戏引入了申曲，意味着早期沪剧的剧目创作脱离了此前老戏艺人口口相传的创作传统，向当代戏剧的创作方法迈出一大步。与此同时，"幕表制"的创作方法能带来一个直观的效果，就是出新作、排新戏非常快，能够很快适应 19 世纪 20—30 年代上海各演出场所对于更迭申曲剧目的大量需求，弥补了此前"同场戏"数量有限、"对子戏"时长有限的局限。

即使以"幕表制"作为主要创作方式的"弹词戏"成了申曲舞台上演出的主流，但如同早年"大同场戏"的出现没有取代"对子戏""小同场戏"一般，"滩簧"老戏仍在舞台上持续上

---

① 夏福麟、劳愉：《学唱滩簧五十春：〈上海戏曲史料荟萃·沪剧专辑〉》，上海艺术研究所 1986 年，第 73 页。
② 赵云鸣、张梅立：《四十年沪剧漫忆：〈上海戏曲史料荟萃·第一集〉》，上海艺术研究所 1985 年，第 55 页。

演着，"一般是日场演对子戏或大小同场戏，夜场演新戏（弹词戏）"①。所排演的"幕表制"在剧目题材构成方面，"时装戏"占比例非常小，其余如《珍珠塔》《双珠凤》《红鬃烈马》《法门寺》等改编自苏州评弹或京剧的剧目占了绝大多数。究其原因，主要有以下两点：其一，在剧种类型方面，在于苏州评弹与京剧是同时期在上海市民阶层之中接受度最高的曲艺与戏曲形式；其二，就剧目题材而言，这些在苏州评弹与京剧传唱较久的成熟剧目大多改编自元杂剧、明清小说，有较强的戏剧性，"便于演员塑造人物，敷演故事"②。此外，市场经济效益对剧目选材创作的影响力也不容小觑——这些剧目多为连台本，情节丰富曲折，深受观众的追捧，且通过连续上演多日的形式，能够增加票房收入。

值得一提的是，诞生于申曲"弹词戏"时期，并上演至今的沪剧老剧目并不多见，而上演至今的骨子老戏，大多是从"花鼓戏"时期就打磨传演至今的。由此可见，以清代古装作为观众审美取向的时期，只存在于沪剧历史的这一阶段。而一代又一代沪剧艺人不断打磨骨子老戏，既能保存剧目独有的历史魅力，又能在适应各个阶段观众审美倾向的过程中，做到与时俱进，是保持剧目生命力的良好方法。

---

① 赵云鸣、张梅立：《四十年沪剧漫忆：〈上海戏曲史料荟萃·第一集〉》，上海艺术研究所 1985 年，第 53 页。
② 同上书，第 54 页。

　　　　　　　　　　沪剧现代戏剧本创作研究

第三节 "西装旗袍戏"时期——从"幕表制"到剧本创作

一、"西装旗袍戏"的诞生与发展

根据民国初年上海城内的一个真实故事为素材编演的《离婚怨》一剧的上演，是沪剧历史上一个具有里程碑意义的事件，但关于演出的时间说法不一：一说是于民国七年（1918 年）[1]，一说是在 1923 年[2]，还有一说是发生在 1921 年[3]。《离婚怨》首演于"上海花花世界游乐场"，"这部戏有三个特点：其一，所反映的是现实生活中的真人实事；其二，故事发生的环境是在上海城内；其三，故事所反映的问题是彼时社会最关心的问题之一"[4]。沪剧从诞生之初就以反映观众群体的日常生活与最关心的问题（譬如婚恋自由与赌博陋习）为主要题材。随着沪剧转向市区发展，观众群体由乡镇农民变化为城市小资产阶级，观众的现实生活与所关心的社会问题自然会有所改变，于是要在传承演出滩簧

---

① 朱恒夫：《滩簧考论》，上海古籍出版社 2008 年版，第 109 页。
② 张琦：《近代沪剧剧目研究》，上海师范大学硕士学位论文 2016 年，第 40 页。
③ 茅善玉主编：《沪剧》，上海文化出版社 2010 年版，第 68 页。
④ 朱恒夫：《滩簧考论》，上海古籍出版社 2008 年版，第 116 页。

老戏的过程中，创作大量新剧目。由苏州评弹和京剧等其他戏曲剧种搬演而来"弹词戏"是新剧目创新来源之一，但还是同观众的现实生活有一定距离。于是，由《离婚怨》一剧开了先河，对服装进行了改革，台上的男演员穿着当时流行的西装，女演员穿着当时最时兴的旗袍。而上述三个特色，都显示出了沪剧所独有的、而别的戏曲剧种乃至其他滩簧都没有的个性，于是深受上海观众的欢迎，人们将这类反映现实生活，不再穿着传统戏装、古装或是农村人服装的戏称为"西装旗袍戏"，又称"时装戏"，这也是沪剧现代戏创作迈向成熟的标志。

实际上，"时装戏"这一名词最初并非源于沪剧，而是源自京剧。戊戌变法时期，许多维新派人士为了表达自身的政治诉求，创作了一系列表现现实生活的爱国剧目，但这些剧目都只有文本见刊，并未在舞台上真正上演。第一批京剧的时装戏出现在辛亥革命前后的上海京剧舞台上。但囿于京剧自身表演的限制，使得京剧时装戏上演时，经常出现"伶人们穿了西装登台，唱几句摇板，不中不西，不伦不类"[①]的观感，剧目质量水平总体不高，使得时装京戏在主流京剧舞台上只是昙花一现，但其以社会时事热点与现实生活作为题材的创作特色熨帖着沪剧一向"贴近生活，反映现实"的创作传统。

---

① 徐半梅：《话剧创始期回忆录》，中国戏剧出版社 1957 年版，第 2 页。

"西装旗袍戏"诞生于沪剧的"申曲"阶段初期，经历了早期沪剧由"曲"进化为"剧"的演进过程后，在上海的孤岛时期厚积薄发，发展迅速。在1921年至1937年间申曲所排演的"幕表制"剧目中，"西装旗袍戏"仅为四部，分别为上演于1923年的《离婚怨》与《活捉薛少梅》，1936年的《自杀结婚》，与1937年的《可怜姨太太》，其余几乎全部都是搬演自其他戏曲的"弹词戏"剧目。然而，"西装旗袍戏"剧目在1938年大量涌现，直至1940年"西装旗袍戏"剧目在沪剧舞台上演的数量和频次逐渐超过了沪剧戏曲舞台上存在了十多年的"弹词戏"，由此可见"西装旗袍戏"在当时上海独特的艺术土壤与历史环境下发展迅速。于是，从这个时间节点直到新中国成立前的十年里，"西装旗袍戏"成了沪剧舞台上的主流。沪剧也在"西装旗袍戏"的艺术手法走向成熟的过程中，由"曲"蜕变为"剧"。

二、剧本取代"幕表制"：剧本创作观念的革新

　　沪剧重视唱，必然也重视曲，无论是唱还是曲，都是为剧情服务的。"申曲"在1941年时，改名为"沪剧"，并沿用至今，是剧目创作的侧重点由"曲"至"剧"的转换，将从山歌小调派生、衍变的艺术形式，在名称上正式定义为戏剧。

　　1941年，"申曲皇后"王雅琴成立了一个新的表演团体，她

认为申曲发展至今，自己所演的早已不是小曲小调，而是相当完整的戏剧，不应再称之为"申曲"，亟须有一个更为准确的剧种名称。"王雅琴表示，将'曲'字改成'剧'字，应是顺理成章，而上海既称'申'，又称'沪'，莫如改'申'为'沪'，定名为'沪剧'。"① 于是，她将演出团体定名为"上海沪剧社"，在短短两个月内得到同行班社的纷纷响应，并于"民国三十年（1941 年）一月九日，'上海沪剧社'借座皇后剧场（今上海精品商场）隆重启幕，从此，申曲易名沪剧"②。

更名为"沪剧"，在沪剧的发展中带来的不仅仅是称谓上的改变。"沪剧"阶段，大量引进现代剧场艺术的观念蔚然成风。由"上海沪剧社"排演的剧目《魂断蓝桥》是沪剧发展史上又一个具有历史性意义的作品。这也是王雅琴排演的第一个戏，因为平日里非常喜欢观摩电影和话剧演出，王雅琴不仅将话剧与电影中的表演手法学习借鉴到了沪剧的舞台上，还请来了不少话剧界与电影界的友人参与编创，"第一次把现代剧场艺术引进沪剧舞台，采用立体布景和灯光，还把水粉化妆改为油彩化妆，同时试行严格的剧本制和导演制"③。《魂断蓝桥》的横空出世，表演、舞美和服化道的升级，令观众耳目一新；更重要的是，沪剧的创作

① 胡晓军、褚伯承：《中国史话——沪剧史话》，社会科学文献出版社 2016 年版，第45 页。
② 解波：《梨园往事：回忆我的父亲母亲》，凤凰文艺出版社 2019 年版，第 41 页。
③ 茅善玉主编：《沪剧》，上海文化出版社 2010 年版，第 90 页。

观念由此剧目开始从最初的口口相传，发展到"幕表制"后，终于确立了"剧本"之于创作与排演的重要性。而剧本制与导演制的确立，使沪剧从借鉴文明戏的艺术手法的阶段，发展为向更成熟的戏剧艺术的阶段靠拢，这样不仅提升了演出质量，也使沪剧创作行为更为严谨。对于王雅琴的这番改革，观众与同行反应热烈——"这样的巨大变革引起轰动效应，观众好评如潮，戏屡演屡满。其他申曲表演团体看在眼里，纷起效仿。"①

　　"说戏先生"宋掌轻在民国十三年（1924年）于《恶婆婆与凶媳妇》一剧中，将"幕表制"引入申曲剧目中。"幕表制"于"申曲"阶段最大的好处，就是能为班社提供大量的剧目，以及能够使申曲及时反映新闻热点，具有了新闻学的特点——例如《阮玲玉自杀》的剧目出现在这位名伶自杀的第二天，《黄慧如与陆根荣》演出时，陆根荣的官司还没有结束"②。但幕表戏的缺点是显而易见的："一是不顾人物性格的刻画，偏重故事情节的安排。二是随意性太大，演员有时不顾情节，任意加一些噱头，搞笑的内容冲淡了剧情本身。三是唱词内容大多重复。因为没有剧本，唱词都由演员自己来编，而多数演员由于自身的文化素质与才能的限制，编不出什么能够塑造人物性格或推动故事情节发展的唱词，只会运用现成的'赋子'，不论什么剧目，也不论是

---

① 茅善玉主编：《沪剧》，上海文化出版社2010年版，第90页。
② 朱恒夫：《滩簧考论》，上海古籍出版社2008年版，第28页。

什么人物，只要遇到相同的场景，就会搬取同样的'赋子'。四是内容的流动性很大。同一个剧目，同一个演员，今天演的、唱的、说的和昨天的就不一样……"① 由此可见，"幕表制"的缺陷在一定程度上局限了申曲的发展。唯有以剧本取代"幕表制"，沪剧的创作质量与演出效果才会有显著的提高。

　　随着"申曲"更名为"沪剧"，编剧观念上由剧本创作取代了"幕表制"，编剧群体也由"说戏先生"发展为成熟的戏剧文本编剧。"申曲"时期，较为出名的"说戏先生"除了宋掌轻之外，就是筱文滨的文月社聘请的被称为"三顶小帽子"的徐醉梅、范青凤和王梦良。而随着"西装旗袍戏"的发展，原先从事电影话剧事业的人士（如赵燕士、莫凯等），以及教育程度较高、有文化的沪剧演员（如施春轩、解洪元、邵滨孙等）也纷纷提笔参与"西装旗袍戏"的编写。文滨剧团于 1942 年前后，"受了'绿宝话剧'的影响，再加上团委中田驰、刘谦的建议，经团委讨论决定，由幕表改用剧本"②。一年后，鸣英剧团也在 1942 年 9 月 22 日，于《申曲日报》上公布编写了《神秘之花》《恭喜发财》《大学之道》等 29 部剧本。③

　　剧本制在沪剧创作中的应用，不仅使得演出质量更加稳定，

---

① 朱恒夫：《滩簧考论》，上海古籍出版社 2008 年版，第 128 页。
② 筱文滨、张剑菁、王传江、李志雁：《我的自传：上海戏曲史料荟萃·沪剧专辑》，上海艺术研究所 1987 年，第 44 页。
③《东方剧场鸣英剧团发表大批名贵剧本》，《申曲日报》1942 年 9 月 22 日，第 565 页。

演出市场更加可控，同时还可以让"演员演出时有根据，以后复演也方便"①。即使当时的沪剧剧本尚属于萌芽阶段。在此基础之下，为沪剧"剧种后来的严格执行编导制度、演好现代剧奠定了基础"②。自此以后，沪剧界形成了完善的剧目编演体系，从 20 世纪初由"振兴集"发起的沪剧剧目革新，终于可以宣告完成。

三、"西装旗袍戏"的创作特点

1941 年，"申曲"易名为"沪剧"，标志着"西装旗袍戏"进入全盛时期。尽管骨子老戏和弹词戏依旧时有演出，但沪剧艺人们经过长时间曲折坎坷的摸索，选择向话剧、电影等当代艺术形式学习，扬长避短，发挥沪剧独有的优势，上演贴近当代人现实生活的"现代戏"。

据统计，新中国成立前沪剧舞台上上演的"西装旗袍戏"多达 250 出，相当于沪剧传统老戏与弹词古装戏相加的总和。但遗憾的是，新中国成立前的沪剧现代戏——"西装旗袍戏"的编创方式虽由"幕表制"改进为剧本创作，但沪剧剧目的剧本未经妥善保存而大多散佚，或是留存版本皆是在之后的几十年间被多番改写后的版本，无法通过具体剧目的文本个案分析获知当年沪剧

---

① 筱文滨、张剑菁、王传江、李志雁：《我的自传：上海戏曲史料荟萃·沪剧专辑》，上海艺术研究所 1987 年，第 44 页。
② 杨云霞、朱廖祖、冯春尼：《从沪剧〈魂断蓝桥〉说起》，《上海戏曲史料荟萃·第二辑》，上海艺术研究所 1987 年，第 107 页。

现代戏的人物形象塑造与情节设计。故笔者着意从取材与思想两个方面分析"西装旗袍戏"的创作特点。

"西装旗袍戏"时期，剧目题材来源大致可以分为五类：

其一，是取材于民间关注度很高的社会新闻。除却前文所提及的《黄慧如与陆根荣》《阮玲玉自杀》之外，还有被翻拍成申曲电影版的《阎瑞生》。因为此类题材都是当时的新闻热点，改编自真人真事，自然容易勾起观众们的好奇与兴致。再加上此类剧目多采用"幕表制"的形式创作，不需要写出完整的剧本，所以从创作到演出的周期极短，甚至可以做到今天发生的新闻，几天后就上演。值得一提的是，此类剧目即使在上演时显得粗糙，但经过演出过程中的不断打磨与修改，也会出现一些质量较高的作品（例如被不断翻拍的取材自"阎瑞生案"的剧目）。

其二，是作者调动自我生活积累所创作的剧目，以《叛逆的女性》《碧落黄泉》《铁骨红梅》等为代表。此类作品对作者的编剧技巧掌握有一定的需求，因此在沪剧"西装旗袍戏"中并不多见。

其三，是从文明戏和流行小说移植改编。第一部以"幕表制"形式创作的剧目《恶婆婆与凶媳妇》就是由"说戏先生"宋掌轻改编自同名的文明戏。文明戏对于早期沪剧题材选择方面的影响无需赘述。随着沪剧话剧编创者视野的开阔，一些当时具有影响力的现代小说被改编成了"西装旗袍戏"，例如张恨水的《啼笑因缘》、老舍的《骆驼祥子》、秦瘦鸥的《秋海棠》等。此类小说自身带来的观众读者群，以及生动的人物与戏剧性较强的情节，都为其改编成沪剧提供了较好的基础。

其四，是改编自话剧与电影。以曹禺的话剧作品为例，《雷雨》早在 1938 年，就第一次被搬上了沪剧的舞台；随后不久，《原野》也相继被改编成沪剧。此外，颇具代表性的由话剧搬上沪剧舞台的剧目，还有著名剧作家宋之的《一幅流亡图》与左翼戏剧家夏衍的《上海屋檐下》。在电影方面，《一江春水向东流》被搬上沪剧舞台，改编为沪剧《八年离乱》，《桃李劫》被改编成沪剧《恨海难填》，也都是沪剧历史上较为出名的跨艺术门类改编。值得一提的是，后者还被拍摄成沪剧电影，再次回到大银幕上，也再次说明了改编的成功。

最后一类改编，可以说是沪剧的独特之处——即对国外的文学艺术作品进行本土化的改编，其中包括：

（一）将外国戏剧改编为清装戏，例如将莎士比亚的《哈姆雷特》改编为沪剧《银宫惨史》，将《罗密欧与朱丽叶》改编为沪剧《铁汉娇娃》；

（二）取材于著名外国小说，例如将王尔德的名作《温德米尔夫人的扇子》改编为沪剧《和合结》，将托尔斯泰的小说《安娜·卡列尼娜》改编成沪剧《贵族夫人》；

（三）改编自外国电影，例如沪剧《乱世佳人》《风流女窃》和《魂断蓝桥》均改编自美国同名电影；

（四）源于歌剧的，例如，沪剧《蝴蝶夫人》则是从意大利作曲家普契尼的同名歌剧移植过来的。

以上这些"西装旗袍戏"虽然取材于外国作品，但展现在观众面前的，大多都是经过本土化之后，地地道道的中国故事。值得一提的是，有的剧目甚至经历了"二次改编"——将已经本土化的话剧电影改编本再次二度创作，例如《和合结》改编自洪深本土化王尔德的原作《少奶奶的扇子》，《大雷雨》是将俄国剧作家奥斯特洛夫斯基的同名剧作和吴琛的剧作《寒夜曲》进行融合改编[1]。以上根据外国文艺作品进行本土化改编搬上沪剧舞台的剧目，皆体现出将质朴传统的中国视觉表达与清新别致的外国内涵结合在一起的独特魅力。

"西装旗袍戏"的创作特点，从思想性的角度，虽然大多沿袭了由"花鼓戏"时期便形成的反封建精神和现实主义意识，然而，"西装旗袍戏"的创作依旧有一定的局限性，那就是它的格局不大，小市民气息严重。"由于长期生活在半殖民地半封建的上海十里洋场，沪剧的演出剧目又往往沾染了小市民习气……这些弱点在很大程度上影响了剧种的提高和进步。"[2] 这个时期的"西装旗袍戏"在剧目创作上，"小市民情趣较浓"，且"以悲

---

① 茅善玉主编：《沪剧》，上海文化出版社 2010 年版，第 77 页。
② 汪培、陈剑云、蓝流主编，《上海文化艺术志》编纂委员会，《上海沪剧志》编辑委员会编：《上海沪剧志》，上海文化出版社 1999 年版，第 3 页。

沪剧现代戏剧本创作研究

剧见长，但很少对产生悲剧的根源作比较深刻的揭露，很难引起观众的更深层次的思索"①。例如，哪怕是改编自有一定思想内涵原作的作品——以改编自《温德米尔夫人的扇子》的沪剧《和合结》为例，"把造成女主人公金曼萍悲剧结局的根源，归结为本人的失足和私奔，对欺骗虐待她的丈夫，仅仅用'男子薄幸'四个字轻轻带过，当然更谈不上寻找社会原因了"②。而原创沪剧作品也难逃思想肤浅的窠臼，例如编剧范青凤的代表作《碧落黄泉》，"虽然揭示了当时（1935年的上海与杭州）毕业就是失业的社会现象，但对那个时代风起云涌的抗日救亡运动没有丝毫反应。戏里的大学生似乎与世隔绝，不知道也不关心民族危亡，而一味沉浸在花前月下之中。他们即使有痛苦和烦恼，也只是局限在个人的小圈子里"③。由此可见，创作于新中国成立前这一时期的"西装旗袍戏"，对于思想内涵的追求不高，编剧在创作上更在意的，还是沪剧作为戏曲剧种的娱乐性功能。即使如此，"西装旗袍戏"作为沪剧发展史上的重大转折，形成继"本滩兴旺""申曲鼎盛"之后的新中国成立前沪剧第三次"黄金期"，在沪剧艺术上升过程中具有承上启下的关键性作用，也为新中国成立后沪剧现代戏蓬勃发展打下了坚实的基础。

---

① 茅善玉主编：《沪剧》，上海文化出版社 2010 年版，第 78 页。
② 同上。
③ 同上。

小　结

　　无论是从"花鼓戏"时期诞生并上演至今的、表现当时社会现象的"骨子老戏",还是作为沪剧现代戏成熟形式的"西装旗袍戏",创作的出发点都是以当时民间审美热点与市场效益作为导向。除此之外,这些作品在创作的过程中,都充分利用上海的文化优势和力量。以上创作特点具体表现为:

　　在取材方面,沿袭了自"花鼓戏"以来,沪剧创作的"包容性"——能通过改编、移植其他门类艺术的作品,接收了大量经受过市场考验的文明戏剧目、外国戏剧、电影、戏曲、小说等艺术门类的热门题材,奠定了一定的市场基础;在故事情节的构建及人物形象的塑造上,也能沿用原作的成功元素,从而获得较好的市场反馈,有助于沪剧艺术的发展;沪剧现代戏的创作贯彻了现实主义精神,反映时下上海老百姓最关心的话题,不仅延续了"说新闻,唱新闻"的创作优势,用极快的速度对"真人真事""时事新闻"进行艺术加工,还延续了将受市场欢迎的时事类作品不断打磨修改的创作传统;在编剧选择的方面,吸纳了大量原文明戏、电影等其他艺术门类的人才,吸收了各门类的编剧技巧；在创作方面，创新精神大过传承精神，有益于沪剧艺术的发展。

　　沪剧因诞生了大量"西装旗袍戏"成为新中国成立前中国戏曲界现代戏发展表现最为亮眼的剧种，但也存在一定短板，其不足之处在于创作出于市场效益的考虑，是为了迎合当时上海观众的口味，导致这一时期所创作的大多作品格调不高、小市民气息浓厚，思想内涵较为肤浅。于是，接连演出至今且未经修改的"西装旗袍戏"极为少见，鲜有可圈可点的传世佳作诞生。然而，不容忽视的是，没有新中国成立前沪剧老艺人通过对沪剧现代戏创作的不懈探索得到"西装旗袍戏"这一戏曲现代戏的开山成果，也不会有沪剧在新中国成立后的繁荣发展，由此可见"西装旗袍戏"这一"承上启下"的阶段对于沪剧艺术发展的重要性。

第二章

新中国成立十七年优秀沪剧现代戏剧本创作研究

第一节 新中国成立十七年沪剧现代戏创作背景概述

一、"戏改"背景下的沪剧创作（1949—1956）

中国共产党所领导的戏曲改革运动，随着解放战争胜利的脚步，逐步推向了全国，而戏曲改革的第一步是对旧剧目进行审定。1949年5月，上海解放。在新政权出台的若干戏曲管理政策中，以于1951年5月5日《中央人民政府政务院关于戏曲改革工作的指示》（史称"五五指示"）最为关键。该指示指出，当前戏改工作最主要的问题在于"审定剧目缺乏统一的标准，与编改剧本工作中还有某些反历史主义的、公式主义的倾向"①。"五五指示"的出台，深化了"戏改"工作。沪剧同其他戏曲剧种一起，通过"改戏、改人、改制"的执行，在诸个方面都较新中国成立前产生较大的变化。

（一）改人、改制与改戏

"戏改"发端于组织艺人学习与训练，即"改人"："在新政

---

① 中华人民共和国文化部办公厅编：《文化工作文件资料汇编》，1982年7月，第1页。

沪剧现代戏剧本创作研究

权建立前后的若干年里，政府戏剧主管部门、文化馆和戏改干部协力为戏班艺人开办各种各样的学习班和训练班。"[1] 因为沪剧艺人"长期生活在旧社会，旧社会的深重影响，使他们在思想上、作风上存在许多严重的缺点，如生活散漫、作风恶劣和不同程度的资产阶级思想观点，只单纯追求获利而忽视了政治作风，这些缺点严重地阻碍他们在政治上和艺术上的进步"[2]。沪剧艺人通过政治学习班的教育，政治地位较新中国成立前得到提高，逐步融入新中国蓬勃发展的社会主义建设。

"剧团制度改革"紧跟着"五五指示"的号召推进着——"旧戏班社中的某些不合理制度，如旧徒弟制、养女制、'经励科'[3]等，严重地侵害人权与艺人福利，应有步骤地加以改革。"[4] 旧社会剧团的包银制被改革为底薪制，并建立了福利制度，且试行了具有民主精神的剧团权力机构，即"团委会"的成立。沪剧界在经历了两年多的"戏曲改革"后，"上海沪剧团"于1952年1月20日成立，初期属于民办公助性质，而后于1953年2月3日被批准为"国营上海市人民沪剧团"，成为第一个国营沪剧团。

---

① 傅谨：《新中国戏剧史1949—2000》，湖南美术出版社2002年版，第4页。
② 河北省文化局：《关于民间职业剧团登记管理工作的报告（1955年5月6日）：中国戏曲志·河北卷》，中国ISBN中心出版1993年版，第773页。
③ 经励科：经办戏班各项事务，其成员俗称"管事"或"头儿"，在组织和人事方面具有一定权力。
④ 中共中央文献研究室：《政务院关于戏曲改革工作的指示：建国以来重要文献选编·第二册》，中央文献出版社2011年版，第225—227页。

"改戏"是整个戏曲改革工作中的直接目标，在相应文件中有三条指示涉及"改戏"——"一，戏曲应发扬人民新的爱国主义精神。凡鼓吹封建奴隶道德、鼓吹野蛮恐怖或猥亵淫毒、丑化与侮辱劳动人民的戏曲应加以反对；二，审定流行最广的旧有剧目，对其中的不良内容和不良表演方法进行必要和适当的修改；三，中国戏曲种类极为丰富……容易反映现代生活，并且也容易为群众接受，应特别加以重视。"[1]沪剧在戏曲改革的过程中确立了以演出现代戏为主的发展方向。政府通过举办文艺竞演等方式，配合宣传运动主题，并贯彻落实对发展、创作与演出现代戏的倡导。除了组织文艺汇演之外，文艺处多次召开座谈会，引导沪剧发扬沪剧本身具有的擅长表现现实生活的特点，走向坚持创作演出现代戏的道路。

（二）沪剧现代戏创作热潮

在剧目创作方面，上海解放初期兴起现代戏创作热潮——沪上各沪剧团在较短的时间内，改编搬演大批来自老解放区的剧目，其中，以《白毛女》（1949 年 7 月由上艺首演）、《小二黑结婚》（1949 年 8 月由上艺首演）与《王贵与李香香》（1949 年由努力沪剧团首演）为代表。上海市政府组织的文艺竞演也刺激了各沪剧剧团携新创作的现代戏剧目参演。1950 年春节期间，政

---

[1]《中央人民政府政务院关于戏曲改革工作的指示》，《人民戏剧》1959 年第 1 期，第 13—14 页。

府组织了第一次"春节演唱竞赛",共有 12 个戏曲剧种参与,其中"上施的《赤叶河》和中艺的《幸福门》获荣誉奖,英华的《水上吟》获二等奖,文滨的《别有天》获三等奖"[1]。1951 年 2 月 7 日至 12 日,在第二届"春节演唱竞赛"中,多个沪剧院团携剧目参与了演出。这些剧目之中,根据政策创作的"新"现代戏占多数,政府行为奏效,推动了地方戏经"戏改"后的现代戏创作,沪剧艺人们做到了在剧目创作上紧跟政策宣传的口径。

除了两次"春节戏曲演唱竞赛"之外,沪剧参与的会演还包括于 1952 年 10 月至 11 月开展的"全国第一届戏曲观摩演出大会",以及于 1954 年 9 月 25 日至 11 月 6 日举办的"华东区戏曲观摩演出大会"。在这两次重要戏曲竞演活动中,初由上艺和中艺剧团合并而成,性质为民办公助的上海沪剧团带来了重要新创现代戏剧目。《罗汉钱》在庆祝新中国成立三周年,以及作为政府对"戏改"三周年成果展示的于北京举行的"第一届全国戏曲观摩大会"上获得剧本奖、演出二等奖、音乐奖;题材呼应不久前结束的抗美援朝战争的现代戏《金黛莱》于上海市人民大舞台举行的"华东区戏曲观摩演出大会"上也斩获颇丰,获得了演出奖、剧本一等奖(汪培、文牧)、导演奖(蓝流、邵滨孙、陈荣兰)。上海市人民沪剧团在经过"改制",变革为民办公助之

---

① 汪培、陈剑云、蓝流主编,《上海文化艺术志》编纂委员会,《上海沪剧志》编辑委员会编:《上海沪剧志》,上海文化出版社 1999 年版,第 19 页。

后，在政府的支持下，编剧、创作、导演、演员等专业团队都较其他沪剧团强大不少，也由此可见"戏曲改革"之于剧团创作剧目的益处。然而，不容忽视的是，为了配合政策宣传而"赶任务"创作的现代戏剧目也比较常见，此类作品因其水准不高，艺术生命也较为短暂。

在这一时期，与沪剧现代戏虽然在政府组织的会演中成绩夺目、各大沪剧剧团积极呼应创演现代戏相对的，是在演出市场方面，现代戏的经济效益并不理想，而西装旗袍戏和传统戏仍深受市场欢迎。从 1953 年到 1956 年，新中国进行了社会主义改造，对社会经济基础进行了根本性调整，戏曲界也随着之调整。1956年 1 月 14 日，上海市决定在六天内进入社会主义社会[1]的消息传开后，一大批民间职业剧团向政府申请改制为国营剧团。其中，沪剧界的 6 个剧团被批准为"新国营剧团"。这 6 个剧团分别为：艺华、长江、努力、爱华、勤艺和群艺[2]，其他沪剧团则改为民办公助剧团。这标志着国家对剧团的改造告一段落。随着改制以后的新国营剧团与国家走得更近，在剧目创作方面，各大新国营剧团也逐步脱离因市场需求对上演"旧戏"的依赖，开始更加敏锐地随政治环境与运动风向创作现代戏剧目。

---

[1]《上海市文化局关于民间职业剧团改造工作情况的报告》，B172-1-203-20，上海市档案馆藏。
[2] 汪培、陈剑云、蓝流主编，《上海文化艺术志》编纂委员会，《上海沪剧志》编辑委员会编：《上海沪剧志》，上海文化出版社 1999 年版，第 27 页。

　　　　　　　　　　　　　　　沪剧现代戏剧本创作研究

二、"大跃进"背景下的沪剧创作（1957—1962）

政府通过此前对戏曲界实施的社会主义改造，将其成功地纳入行政管理体系中。然而，戏曲队伍组成仍然成分复杂，在财政压力和管理能力有限的情况下，政府已将剧团的管理和巩固列入议程：1957 年，整风运动开始，随后的 1958 年，政府完成了剧团的调整和合并，剧团的区域分布和人员构成发生了变化。整风运动后，"大跃进"运动兴起，"三面红旗"[①]席卷全国。在"大跃进"运动中，不切实际的数量目标成为人们工作的目标，影响着各行各业。在这一过程中，沪剧再次加入"敲鼓手"队伍，走街串巷，深入工厂、农村和部队驻地，积极配合政府宣传和演出。以 1958 年的档案记载为例——"创作演出的丰收。沪剧方面有《战士在故乡》《黄浦怒潮》等。"[②]

1958 年 6 月至 7 月间，全国戏曲表现现代生活座谈会在北京召开，正式提出了"以现代戏为纲"的创作口号："在戏曲工作中大力贯彻执行总路线，以政治带动艺术，百花齐放、推陈出新，以现代剧目为纲推动戏曲工作的全面大跃进。"[③]时任文化部副部长的刘芝明作了《为创造社会主义的民族的新戏曲而努

---

① 三面红旗，是中国共产党于 1958 年提出的一个施政口号，意指"总路线、大跃进、人民公社"。它是时代的历史产物。
②《上海市文化局 1958 年工作总结（草）》，B172-1-279-53，上海市档案馆藏。
③ 中华人民共和国文化部办公厅编：《文化部关于大力发展社会主义新戏曲向中央的请示报告》，《文化工作文件资料汇编 1949—1959（上）》，1982 年 7 月，第 242 页。

力》①的发言，强调了"所谓两条腿：一是现代剧目，另外一条就是传统剧目"——戏曲界"两条腿走路"的方针也由此提出；也同是在这场座谈会上，发生了另一件重要事件——上海市人民沪剧团携两部新剧目《演员日记》《母亲》演出，"文化部首长看了演出之后，认为沪剧团的艺术技巧是有相当水平的，但是缺乏对工农兵的感情。这是一个严重的问题。支部经过研究，决定先从加强劳动锻炼入手，组织全团人员去京郊农村劳动"②。——由此"五边"③活动开始。此后，沪剧演出团体继续参加"六边"④活动，在群众路线的倡导下为工农兵演出，调动工农兵劳动生产的积极性。

自 1958 年提出的"两条腿走路"之后，于 1960 年——"大跃进"运动第三年的 4 月所举行的现代题材戏曲观摩演出中，文化部副部长齐燕铭作了《现代题材的大跃进——祝现代题材戏曲观摩演出的胜利》⑤的报告，提出了"现代剧、传统剧、新编历史剧三者并举"的方针（又称为"三并举"）。该方针本可成为剧目工作回归合理化的第一步，遗憾的是，在 20 世纪 60 年代的现代

① 刘芝明：《为创造社会主义的民族的新戏曲而努力》，《新华半月刊》1958 年第 17 期，第 144—149 页。
② 《上海人民沪剧团五边活动初步总结（草稿）》，B172-4-929，上海市档案馆藏。
③ "五边"活动指在田边、地边、渠边、路边、村边开展的一系列农业活动。
④ "六边"活动指在城市周边、农村周边、工厂周边、学校周边、部队周边、社区周边开展文化演出活动。
⑤ 《现代题材的大跃进——祝现代题材戏曲观摩演出的胜利》，《北京日报》1958 年 5 月 7 日，第 4 版。

　　　　　　　　　　　　　　　　沪剧现代戏剧本创作研究

戏创作洪流中，"三并举"没能坚持下来。

在"以现代戏为纲"的口号下，1958年至1960年的三年"大跃进"运动期间，上海创作了近2600部戏曲剧目①，其中大部分为现代戏。在"大跃进"运动中，剧团编剧创作的情况，可以上海沪剧团为例说明——"大跃进"运动开展后，人民沪剧团的创作热情高涨。但剧作者常态的创作观念被批评为"以重业务而非以政治为导向"，创作者也被批评为"充满暮气"——"一个移植的作品正常要花上三星期、一个月，改编要三个月到半年，如果搞创新就非要一、两年不可。"②此番导致的结果是，1953—1957年的五年间，人民沪剧团的编剧创作了49部剧目；而"大跃进"运动到来的短短几个月内，"剧目就从年初规划的32个，跃进到122个，再跃进到718个，响应市委号召，继续累增，截至年底达到1449个。参与创作的人数比例，年内争取达到全团的95%以上"③。这组夸张的数字对比，规划创作的剧目从32个飙升至1449个，是之前的45倍，在文化主管部门的指标压力下，剧团的创作能力坐上了高产的"文艺卫星"。人民沪剧团为了完成任务，应对的方法在当时较为普遍——发动剧团内群众创作，"打破对创作的迷信"，号召"人人动手，个个创作"。

---

① 《上海市文化局1958年大跃进以来上海文化工作的初步总结（草稿）》，B172-1-318-6，上海市档案馆藏。
② 《上海市人民沪剧团创作总结》，B172-5-4，上海市档案馆藏。
③ 同上。

人民沪剧团揠苗助长的结果是于一天之内创作出近130部作品，但其中绝大多数无法上演。然而，为了争取达到目标，剧团仍组织创作者对它们进行不懈的修改，"争取将这些作品的采用比例从10%提升到30%"[①]。

在此高压之下，人民沪剧团的专业编剧们在这一期间的创作速度提升得相当惊人："编剧宗华在随剧团赴京演出时，加入十三陵水库的劳动队伍，只用三小时就写出了《争上十三陵》的剧本；剧团为歌颂民办教师吴佩芳自办学校、奉献教育而作的《鸡毛飞上天》，从构思故事到编排演出，共用了不到十天的时间"[②]；"为了配合工业大跃进，宗华仅用七天的时间就突击完成了科学幻想和童话题材结合的《天游记》"[③]；"1960年2月，为了创作以表现金山湾青年饲养员陈胜龙的事迹为主要内容的《红色饲养员》，该团编剧李智雁仅用三天两夜的时间就完成了这部中型剧"[④]。然而，在"大跃进"期间，专业剧团编剧面临的压力不仅在产出速度方面，更令他们感到不安的，是在当时的政治环境下，由于以往的沪剧创作以家庭情感题材居多，难免涉及对人物情感描写而被扣上"资产阶级文艺观"的高帽子。于是，编剧们只能尽可能深入群众，创作出反映群众生活的沪剧现代戏，因

---

① 《上海市人民沪剧团的先进事迹》，B172-5-355，上海市档案馆藏。
② 《宗华同志的先进事迹》，B172-5-382，上海市档案馆藏。
③ 同上。
④ 《团市委号召学习陈胜龙，沪剧团突击排演"红色饲养员"》，C21-1-812-28，上海市档案馆藏。

此，在此期间剧团编剧创作的沪剧剧目的题材十分单一。

"大跃进"运动兴起后各剧团群众在短时间内所进行的大量业余创作中，绝大多数剧目质量不高，但也不乏较为优秀之作，诸如《鸡毛飞上天》《星星之火》等。除了剧目编剧创作方面，受到"大跃进"运动影响而发生较大变化的，还有沪剧的整体艺术特色。沪剧一向婉约动人的演出风格并不适配大气磅礴、慷慨激昂的革命英雄主题书写，而在沪剧艺术工作者向兄弟剧种借鉴曲调、唱腔与舞台程式动作的努力下，这一时期的沪剧现代戏在舞台呈现上较以往有了较大的改变。

综上所见，在三年"大跃进"运动期间，现代戏创作者所熟稔的戏曲创作规律被打破、在速度上已向大炼钢铁的"浮夸风"靠拢，在题材选择上趋向了单一化，沪剧在此期间的艺术风格也由优美转向了豪迈，为此后沪剧现代戏向"革命现代戏"演变奠定了基础。

三、"革命现代戏"时期的沪剧创作（1963—1966）

1962 年，毛泽东发出了"千万不要忘记阶级斗争"的指示；1963 年到 1965 年间，国内开展了在意识形态领域抵制资产阶级和封建主义侵蚀的"文艺大批判"。传统戏受到了批判，而编演现代戏成为"正确"的发展方向。1963 年底召开华东区话剧观摩会演作为戏剧创作观念演变史上的重要节点——"是新中国戏剧发展历程上一个标志性的活动，它意味着 1949 年以来戏剧政治化的趋势达到了一个新的顶点，更意味着传统戏剧与现代题材剧目之间长期形成的均衡被彻底打破……使得编剧在从事新剧目创作时不得不思虑再三，剧团上演剧目时也不能不细加权衡。艺术的创作空间几乎完全被压缩到为政治与权力斗争服务的狭路中"。[1]

1963 年 12 月 25 日，华东区话剧观摩演出在上海举行，时任上海市委第一书记的柯庆施发表了《大力发展和繁荣社会主义戏剧，更好地为社会主义的经济基础服务》的讲话，除了强调戏剧要为工农兵服务、为社会主义服务外，还大力提倡革命现代戏，即戏曲要为当前阶级斗争、生产斗争、科学实验三大革命运动服务，并将之上升到"兴无灭资"的革命斗争的高度。[2]1964年，周恩来、彭真、陆定一等人在京剧现代戏观摩演出大会上相继发表讲话，均谈到了革命现代戏应该是为工农兵服务的、为社会主义革命和社会主义建设服务的，而京剧因表现"帝王将相，才子佳人"为主，故称"京剧要就是灭亡，要就是主要演工农兵，为工农兵服务、为社会主义服务。两条道路选一条，没有第三条道路"[3]。随着"文艺大批判"的进行，在沪剧革命现代戏的

---

① 傅谨：《新中国戏剧史 1949—2000》，湖南美术出版社 2002 年版，第 107 页。
② 柯庆施：《大力发展和繁荣社会主义戏剧，更好地为社会主义的经济基础服务（在一九六三年底到一九六四年初华东地区话剧观摩演出大会上的讲话）》，《戏剧报》1964 年第 8 期，第 4—20 页。
③ 彭真：《在京剧现代戏观摩演出大会上的讲话》，载自《戏剧工作文献资料汇编》，1984 年 4 月，第 454 页。

　　　　　　　　　　　　　沪剧现代戏剧本创作研究

演出市场规模逐渐扩大——"从（1964 年）九月份开始，全市所有剧团全部上演革命现代戏。"[1] 尽管如此，因更受到观众喜爱的传统旧戏与"西装旗袍戏"的市场份额逐渐被革命现代戏所取代，导致革命现代戏在财政方面却不尽如人意，"近两年来，演出水平较差，跟不上文化革命形势的发展，剧团冗员老弱，亏损增加……"[2] 政府为了扶持革命现代戏，提出"凡戏曲团体上演'反映社会主义建设和现代革命斗争历史'的剧目，以及国外当代革命斗争的剧目，可申请免征文化娱乐税。申请单位必须是国家举办或者文化主管部门批准的集体所有制的专业文艺单位"[3]。到 1965 年，上海市的沪剧舞台上上演的几乎全为革命现代戏，在革命现代戏的市场接受度提高与政府资金补贴支持的双重作用下，大多数剧团的资金问题逐步得到缓解。

　　沪剧这一戏曲剧种的自身特色就是历史较短，传统剧目不多，且擅长演出现代戏。在沪剧发展的不同阶段，创作剧目的主题也围绕着社会现实生活，被称为"唱新闻"的戏曲剧种。新中国成立后，沪剧也努力反映新中国的社会面貌，积极宣传政策的落地实践。沪剧在剧目创作发展的过程中，积累了相当丰富的现

---

[1]《上海市文化局关于上报 1964 年文化事业统计年报的报告》，B172-1-452-76，上海市档案馆藏。
[2]《上海市文化局 1964 年财务执行情况简要说明》，B172-1-452-59，上海市档案馆藏。
[3]《上海市文化局、上海市税务局关于上演革命现代戏（节目）免征文化娱乐税问题的联合报告》，B172-1-457-1，上海市档案馆藏。

代戏创作经验，在回应戏曲改革的过程中很少出现其他剧种类似"孤王金日成是也"或"蔡坤山封知县"^①式的失误。于是，在回应创演革命现代戏号召的 20 世纪 60 年代初，沪剧成为全国范围内最为活跃的戏曲剧种之一。

在这一时期的沪剧革命现代戏中，较为成功的剧目是《芦荡火种》《红灯记》，这两部作品之后被改编为革命样板戏。考察以上剧目内容后可发现，这一时期的沪剧剧目的主题思想同"大跃进"时期的沪剧现代戏创作存在很大的相似性，都是以工农兵为主人公，表现社会主义建设、社会主义革命与新中国成立前的革命斗争历史。而区别在于，有学者表示，"革命现代戏"这一称谓的深层内涵意味着对特定题材、特定人物关系出于强烈的意识形态考虑可以采用"主题先行"的处理方式。"在处理'革命史'题材时，创作者可以而且必须毫无顾忌地按照当时的政治去主动地设法扭曲事实；处理现实题材时，除了广义的'歌颂大跃进'，即对当时的政治与经济状况一味歌颂以外，还包括按照毛泽东的观点构造现实社会中的阶层关系以及阶级斗争。"^②由此可见，"革命现实主义与革命浪漫主义相结合"的创作方法，在一定程度上意味着对现实的扭曲与虚构。

---

① 赵聪：《中国大陆的戏曲改革：1942—1967》，中文大学出版社 1969 年版，第 118 页。
② 傅谨：《新中国戏剧史 1949—2000》，湖南美术出版社 2002 年版，第 107 页。

48　　　　　　　　　　　　　　　　　　　　　　　沪剧现代戏剧本创作研究

第二节　新中国成立初期的"政策剧""革命剧"与"先进模范剧"

　　沪剧在新中国成立十七年延续了该剧种所擅长的"现代戏"创作，但经历"戏曲改革"工作的影响后，一种较解放前以"西装旗袍戏"为主的"旧沪剧"不同的"新沪剧"随之形成，具有鲜明的时代特征。此类现代戏剧目在新中国成立初期的"戏改时期"与当时以"巩固新政权、反对封建主义和压迫"为主题的社会运动相呼应。

　　在新中国成立十七年阶段中的沪剧现代戏题材选择分为五类，数量最为庞大的是由移植改编自同名歌剧的《白毛女》开启的革命题材的现代戏，下文将这一类作品简称为"革命剧"；其次为配合政策、政治宣传而编演的一类作品，下文将其简称为"政策剧"，以《罗汉钱》为代表；随着"大跃进"运动开始，由先进模范的真人真事改编的剧目进入沪剧现代戏的创作视野，下文将其简称为"先进模范剧"；而新中国成立前占据剧目选材鳌头的改编自外国电影、文学、戏剧或新中国成立前的文学、话剧作品的沪剧现代戏数量较少；但其中数量最少的，是不带政治宣教色彩，单纯反映当时上海市民生活作品，由汪培编剧的《万里前程》几乎是资料可考的剧目中仅存的此类硕果，该剧是为黄浦区艺术学校沪剧班学员毕业公演而创排。由此可见，新中国成立初期，沪剧界积极响应政府号召，利用沪剧擅长打造现代戏的优势的创作多为政治指向明确、与政策宣传相匹配的现代戏。

一、新中国成立初期的"政策剧"创作

新中国成立初期为配合政策宣传而创作的沪剧现代戏，选材较为集中，分为三类：其一是为宣传《中华人民共和国婚姻法》（以下简称《婚姻法》）而作，改编自文学与其他剧种，如《小二黑结婚》《王贵与李香香》《要不要结婚》《打开了枷锁》《罗汉钱》等；其二是宣传抗美援朝的《好儿女》《红花处处开》《金黛莱》《苗家儿女》等；其三是宣传集体化的作品，以《喜旺嫂子》为代表。从总体上看，这些剧目反映的生活面相对较广，不仅有农村题材也有城市题材，甚至还有描写少数民族的作品，但主要还是集中在呈现"二元"对立的斗争模式，在人物塑造方面以概念化的手段为主。在取材方面，延续了新中国成立前以改编移植为主的创作模式，但选择改编的艺术体裁在这一时期有趋向于多样化的特点，例如，《要不要结婚》改编自韩起祥的说书词《刘巧团圆》，《王贵与李香香》改编自同名歌剧，《苗家儿女》改编自周霞民的电影文学剧本《森林之鹰》，再度体现了沪剧在戏曲舞

台上独具一格的包容性特质。

在新中国成立初期的沪剧现代戏"政策剧"中，剧目数量最多的，是配合《婚姻法》宣传的创作。据统计，自 1949 年至 1956 年期间，以"妇女解放"与"婚姻自由"为主题而创作的新编沪剧剧目有至少 17 部。[①] 这些剧目虽然皆为宣传"婚姻自由"政策的"传声筒"，除了《罗汉钱》一剧，其他皆为"昙花一现"——"是演过一次即被遗忘的"[②]，"概念化""公式化"的问题都非常明显。《罗汉钱》一剧是沪剧发展史上一座重要的里程碑，有学者对该剧有以下这番评价——"一出《罗汉钱》使过去局限于长江三角洲一带的地方戏沪剧，开始成为具有全国影响的重要剧种。更难得的是，这个戏产生至今虽已半个多世纪，却始终保持着强劲的生命力"[③]。上海沪剧团携《罗汉钱》一剧参加了第一届全国戏曲观摩演出大会，并于 1952 年 10 月 7 日公演于首都的北京剧场，反响热烈，而后，几十个剧团纷纷加入移植改编这部作品的行列。《罗汉钱》的成功，较同时期其他"政策剧"有较大的突出优势，究其原因有二：其一在于题材的"民间性"——同大多带有说教意识、表现对立仇恨的宣传《婚姻

---

① （包含沪剧小戏）分别是：《要不要结婚》《求凤曲》《新婚交响曲》《婚姻大事》《闹恋爱》《罗汉钱》《珍珠泪》《马寡妇》《结婚》《铁树花开》《幸福年》《姊妹婚姻》《田菊花》《无名女》《未婚妻》《女儿心》《杏林记》等。
② 中共上海市委党史研究室编：《关于上海市戏曲改革工作报告（节选）》，《上海文化建设文献选编（1949—1966）上册》，上海书店出版社 2014 年版，第 10 页。
③ 茅善玉主编：《沪剧》，上海文化出版社 2010 年版，第 148 页。

法》的"政策剧"不同的，是《罗汉钱》选择用爱情喜剧的表现手法切入宣传《婚姻法》的主题。婚恋题材向来就是非常适合沪剧的，且从"花鼓戏"时期开始沪剧观众就热衷于爱情题材，而《罗汉钱》一剧被评价为"既是喜剧，又很有人情味"。该剧在创作之初，就考虑到观众审美的"民间性"特质。其二在于编剧、导演受到苏联文艺观念的影响，在创排时发挥了在当时颇为超前的创作观念与精妙巧思。

（一）受西方文艺观念影响下的情节设计

在编剧的情节设计方面，《罗汉钱》一剧的情节结构为多线并进，而非李渔所指"止为一人而设""贯串只一人"的"一人一事"传统戏曲剧作结构。《罗汉钱》的情节主线大致有三条：其一，是少女燕燕特立独行地"做媒"，来帮助少女艾艾与心上人青年小晚反抗以村长与五婶为代表的主张包办婚姻的封建势力；其二，是燕燕通过"助人"来"自助"，为摆脱逼婚，同心上人青年小进终成眷属而付出持续的努力；其三，是艾艾的母亲小飞娥发觉了女儿同自己在感情生活方面具有宿命感的相似之处——都是自由恋爱，都由小方戒交换了罗汉钱为信物，也因为联想到自己是包办婚姻而抱憾一生，于是开明地成了促成女儿同心上人终成眷属的重要推手。三条主线齐头并进，艾艾、燕燕、小飞娥这三个主要角色的戏份可以说是旗鼓相当，这样的创作观念对于当时的中国戏曲创作来说是有一定程度的超前性的。前文论述过，沪剧创作观念在这个年轻剧种的成长过程中，受文明戏的影响颇深。文明戏作为 20 世纪初形成的早期话剧形态，其创作传统并非单纯的西方戏剧的直接移植，而是"在晚清戏曲改革的基础上吸收外来因素而形成的，是中国戏剧传统在两个世纪之交的中外文化大冲撞中发生'裂变'的产物"[1]。沪剧的创作观念在 20 世纪 50 年代延续了新中国成立前"西装旗袍戏"受文明戏"时装新戏"的影响而近似于话剧的叙事结构，但《罗汉钱》的"三线并进"结构，又在常见的"一对冲突，两股势力，三个回合……"的基础上进行了探索创新，不仅表现了《婚姻法》颁布前夕这个特殊的时间点年轻人追求婚姻自由与观念封建的老一辈农村家长的冲突，也通过展现三条情节线串联的人物群像，为《罗汉钱》注入了浓厚的现实生活气息——这抑或同该剧在排演创作阶段，新的文艺工作者的加入与其在编创时的贡献颇深息息相关。该剧导演张骏祥作为沪剧界的特邀导演，将当时颇为创新的戏剧创作观念，与戏剧界最前沿与系统性的表演体系——斯坦尼斯拉夫斯基体系运用到沪剧的排演与创作之中，而体现斯坦尼斯拉夫斯基艺术精神的方式，就是追求生活的逼真可信。

此外，编剧在改编创作小说的过程中，在场景设计方面也颇费心思。赵树理创作的《登记》原著中，一些重要人物的出场较晚，例如艾艾与五婶在第二章才出场，以及村长这个角色在小说

---

[1] 丁罗男：《中国话剧文体的嬗变及其文化意味》，《戏剧艺术》1998 年第 1 期，第 8 页。

中初次登场是在第三章。而《罗汉钱》的创作者将这部小说搬上舞台时，第一场戏设计得十分巧妙，且是一个小说中没有的原创情节——"闹元宵"。通过"正月十五闹元宵"这个热闹的情境，让剧中三条情节主线的重要人物悉数登场，不仅运用了常见于戏曲的"自报家门"的手法，"通过唱词将自己的姓名、职业、当下要做的事进行介绍——如媒婆五婶上场后，就唱了首'吴江歌'，加上沪剧独有的曲调，不仅介绍了自己的职业，也将五婶八面玲珑的性格和盘托出"①；此外，"闹元宵"这个特定的场景，属于农村居民之间流动性很强的聚集方式，最常见的话题也是对于他人的议论，这也便于观众在这场戏中通过人物之口了解诸多角色的鲜明性格特征、人物关系和其在村里的口碑，从而观众对每一个角色都能在第一场戏中给观众留下鲜明且层次丰富的印象；更值得一提的是，以"庆典"作为开场，同样也是源于古希腊的西方戏剧艺术以祭祀、庆典作为开场的创作传统，可见《罗汉钱》一剧在改编的过程中，融合了东方戏曲的特性与西方戏剧的叙事技巧。

（二）受西方文艺观念影响下的人物塑造

《罗汉钱》在人物塑造方面也相当突出。在话剧理论史上有数番情节与人物孰轻孰重的讨论，但在戏曲创作中，即使情节重奇情，传世的戏曲名作却无一不重视人物刻画的。就如宋光祖所

---

① 张婷婷：《沪剧〈罗汉钱〉与〈登记〉的比较研究》，《哈尔滨职业技术学院学报》2018年第6期，第166页。

言，"在戏曲中，也应当由人物支配情节。说戏曲重情节，是与话剧比较而言的，不要情节重于人物"①。在《罗汉钱》剧中诸多人物之中，塑造得最鲜活的形象是少女燕燕。形象刻画之独特，令观众过目难忘。

实际上，在《罗汉钱》的人物关系谱中，剧中身处人物关系核心位置的是艾艾。艾艾虽然戏份不少，且剧中的主要矛盾也系她同小晚一波三折的婚事。但艾艾性格较为被动，主要在剧中负责推动情节的主观能动性最强的人物，就是她的好友燕燕。同艾艾正好相反，燕燕用一个又一个戏剧性的行动，用"主动出击""见招拆招"来反抗村里的长辈对年轻人婚事的干预。编剧用角色的一系列动作塑造了燕燕宛如"侠女"一般的独特形象。燕燕是个热心肠，为朋友"两肋插刀"，更难能可贵的是她行事逻辑缜密，十分聪慧。在第二幕第二场中，小进因为两人婚事难成，心中恼火，将气撒在了燕燕身上，故意冷落她。燕燕心中虽然感到又委屈又着急，但她很快就有了决断——

【燕燕猛然挺起腰来，发誓一样。

燕燕　　（唱【流水调】）

　　　　……

---

① 宋光祖：《戏曲写作教程》，上海人民出版社 2015 年版，第 137 页。

村里人，都在说，

说我们二个姑娘不要脸。

我们定要有所决断，

偏偏在他们面前争争气。

现在燕燕已耽搁，

难道也来耽搁你？

我为你一定出把力，

让你们婚姻来成全，来成全。

…………

燕燕　现在先不要管我的，先把你的事情办好。也许你的办好
　　　了，我的事也解决了……

　　燕燕当机立断，将个人的委屈放到了一边，即刻着手于一个
对于当时她那样的农村姑娘来说可算是较为"出格"的行动——
为艾艾和小进的婚事向双方父母说媒，在艾艾的母亲小飞娥面
前，为艾艾人生大事自主权据理力争。燕燕因为知道小飞娥经常
被丈夫打，所以一定不想让女儿重蹈覆辙，而村里对艾艾与小晚
自由恋爱而产生的闲言碎语必然会影响艾艾之后嫁到其他夫家的
婚姻生活。于是，燕燕通过唱词，对自由恋爱的小夫妻"有话有
商量，随时回家望爹娘"与"不是骂，便是打，艾艾受大人害，
长吁短叹怨爹娘"进行对比戳中了小飞娥的心结，再通过"说闲

话的都是老脑筋，只说艾艾小晚不正当，索性把他俩配成双，看人家还有啥闲话论"这套让小飞娥无法反驳的逻辑，成功地说服了小飞娥，再借小飞娥之力，用相同的逻辑将艾艾的父亲张木匠也顺利"拿下"——"既然嫌我女儿名声坏，为什么来来往往都来做媒人"，从而推动了艾艾与小进登记结婚的进程。

在第二幕第三场中，燕燕被母亲通过媒婆五婶许配他人，已经到了被催着前往婚姻登记的早晨，燕燕遭遇的危机又比此前更严重些，她和小进的关系更是跌入冰点。面对燕燕母亲"寻死作活闹翻天"，燕燕"眼珠一转计上眉，想出一个好主意，不如暂且来答应"作为缓兵之计，不仅可以在前去区里和素不相识的未婚夫登记结婚时"赖个前账不承认，说不定对我事情能挽回，那时候随机应变再议论"；面对前来寻求援助的艾艾与小进，燕燕仗义地一口答应做两人的介绍人，还机智地想到，利用介绍信的漏洞，作为艾艾与小进反抗唯有"介绍信"才能登记结婚的规定的武器——

燕燕 （唱）这桩倒是为难事，

　　　（想了想）仔细一想不要紧，

　　　　　我娘替我去写介绍信。

　　　　　你们抓住这点当话柄，

　　　　　要是村长不愿写，

　　　　　你们当场向他就责问：

为啥别人可以代替写？

亲自来写倒为不可能，

看他有啥话来讲？

机智、仗义和敢于挑战"权威"是燕燕这个人物最浓烈的色彩，然而编剧对燕燕这个人物塑造的层次还不止于此。当燕燕面对心上人小进时，她是另一番"小儿女"的面貌，但即使娇嗔闹别扭，却也心细如发，能敏锐地感知到对方的感受。最后一场戏，当小进最终意识到自己错怪了燕燕、不该对燕燕那么冷漠时，却不知道该如何表达，两人独处时，气氛别别扭扭——

燕燕　　还是呼你爹爹多化几石米爽快一点。

【小进低头不语。

燕燕　　（猛然想起小进脾气暴躁，不要弄假成真，缓和地）有话
　　　　讲呀，燕燕，燕燕，多呼名字有啥用？

小进　　燕燕，是我不好，怪我的性子太急了，事情没有搞清楚，
　　　　就发脾气。

在剧本中，"猛然想起小进脾气暴躁，不要弄假成真，缓和地"这段细致入微的人物动作提示，已经同话剧剧本如出一辙，这应是得益于导演张骏祥将受苏联文艺观影响对于人物塑造的创

　　　　　　　　　　　　沪剧现代戏剧本创作研究

作方式带入了沪剧创作中。张骏祥不仅尊重观众的欣赏习惯，强调多采用一些戏曲化的表现手法，更重要的是，注重人物性格分寸的把握，在排演中强调角色的性格分析。张骏祥的二度创作，帮助沪剧演员在把握角色、把握剧本的能力方面获得质的提高。俨然如20世纪20年代"申曲"时代，早期文明戏的工作者加入沪剧界时，带给沪剧的成长。在关于《罗汉钱》的创作过程的资料中，有一个反复提及的关于张骏祥在二度创作时帮助演员进行人物性格特点分析以更真实地表现人物的案例：在第一幕第二场，小飞娥在家中偶然间发现了女儿艾艾的罗汉钱，从而回忆起自己年轻时和恋人呼保安相爱也被赠予了罗汉钱当爱情信物，却被父母拆散后嫁给了张木匠的伤心往事，母女俩的命运有了宿命式的联结。小飞娥也因此能够理解女儿，在被燕燕说服后同女儿站在统一战线。由此可见，这是一个重场戏，对小飞娥的人物塑造，以及推动之后情节发展至关重要。扮演小飞娥的丁是娥在最初排演时，延续了沪剧演员的表演惯性，用声泪俱下、泣不成声的方式来表达小飞娥在回忆往事时的悲伤。但张骏祥认为，人物的性格是十分复杂的，不应该将其作为单纯的悲剧人物处理，而是"演员要从形体和情感各方面去体现这种复杂，从而体现出解放后新社会劳动妇女的特点"[1]。丁是娥在导演的启发下，重新为

---

① 一明：《众新铸就〈罗汉钱〉》，《上海戏剧》2009年第9期，第28页。

自己设计了一整套表演动作，将小飞娥的人物情感表现得层次丰富、细腻生动。此外，张骏祥还会为了人物塑造参与剧本的修改工作，例如第二幕第一场，小飞娥从娘家转回到王家门口时唱道："娘家匆匆走一转，急急忙忙来到王家门，媒婆是花言巧语不算数，总要自家看对才作准。"这四句是张骏祥加上去的唱词，恰到好处地描绘了小飞娥的思想情绪。[①]

追求话剧的现实主义表现手法，是《罗汉钱》的编剧与导演所坚持的创作观念，这在当时的戏曲创作来说，是颇为超前的，但它所呈现的清新自然的风格，与其"生活化"与"民间性"效果，为该剧带来了巨大的成功。就如时任上海市文化局副处长的刘厚生所总结的，"（罗汉钱）编导和演员所追求的，是真实的生活形象，是深刻的阶级感情，是具体的人物性格。整个演出基本上已经摆脱了形式主义的浅薄噱头的卖弄，已经不再追求廉价的剧场效果。而因此，它也就大大削弱了它自己的小市民气质，它与广大人民的呼吸逐渐通顺起来了"[②]。由此可见，《罗汉钱》一剧综合了以上因素，成了一部极具艺术水准的作品。它兼顾了政治宣传与观众接受心理，在政治性与艺术水平及戏曲的民间性三个方面得到了极为难得的融合与巧妙的平衡。

---

① 叶柄南主编：《新中国地方戏剧改革纪实（上）》，中国文史出版社 2000 年版，第 202 页。
② 刘厚生：《关于沪剧改革工作（二）》，《新民晚报》1952 年 11 月 25 日，第 6 版。

沪剧现代戏剧本创作研究

二、新中国成立初期的"革命剧"创作

张庚说，现代戏"首先而且主要表现现代生活"，然而在新中国"政治挂帅"与"阶级斗争为纲"的创作氛围与毛泽东时代流行的对现实始终存在"尖锐的阶级斗争"的观念影响下，将戏剧作为政治宣教的功利主义艺术观支配着沪剧现代戏的创作。革命题材几乎可以完全规避政治风险，于是，大量的革命题材沪剧新剧目在新中国成立十七年中涌现，且出于对政治安全性的考虑，多为改编在政治上、艺术上有定论的作品。"革命剧"的内涵，是"对于辛亥革命以来'革命前辈前赴后继'的'可歌可泣的革命斗争'的歌颂。"[①] 新中国成立后第一部有影响力的沪剧现代戏作品，就是 1949 年首演，根据贺敬之、丁毅同名歌剧改编的《白毛女》，拉开了革命题材沪剧现代戏的序幕。《八年离乱，天亮前后》（1949 年）、《翠岗红旗》（1953 年）、《赵一曼》（1953 年）、《王孝和》（1957 年）、《母亲》（1957 年）、《战士在故乡》（1958 年）等革命新剧目出现在沪剧舞台上。这些"革命剧"大致分为三类，数量最为庞大的是改编作品，但并没有一部的艺术成就能超越原作。数量最少的是原创作品，例如《母亲》《战士在故乡》《黄浦怒潮》《太湖儿女》等，这些作品既不够满足戏曲以情动人的特点，在情节构建的精彩程度与人物塑造的鲜明可信等方面也做得不够到位。唯有《星星之火》一剧得以传世。第

---

① 傅谨：《影响当代中国戏剧编剧的理念》，《粤海风》2004 年第 4 期，第 37 页。

三类，是以英雄烈士的事迹为选材创作，如《赵一曼》《王孝和》《方志敏》等。这些作品在表现英雄人物时，较为浮于表面，没能把人物的本质精神很好地表现出来。以《王孝和》为例，整部戏都没有写出人物的成长与性格发展，王孝和一出场就非常老练，且对他同敌人作斗争的思想、情感的发展也完全没有施以笔墨，是一个没有人情味的英雄形象。这类作品只有《赵一曼》一剧在六十二年后重新登上了沪剧舞台，但这已是编剧薛允璜根据新时代观众审美观重新改编整理后的作品。

由宗华、刘宗诒编剧，上海市人民沪剧团于 1959 年 2 月首演的《星星之火》是新中国成立初期沪剧"革命剧"的上乘之作，该剧在上演之初就因为其反响热烈，两个月后便被拍摄成电影。此后在"文革"时期，"很多上山下乡的上海知青在农村经常会情不自禁地哼起《星星之火》'隔墙三重唱'中'盼星星，盼月亮，左盼右盼想亲娘'的唱句；他们回家探亲时，又常常唱起其中另一句'过千水，走万山，迢迢千里到上海'……"[1] 除此之外，上海沪剧院更是在 2000 年将这部四十年前的作品再度搬上舞台，足以见这部作品历久弥新的影响力。

（一）"由点看面"——破解宏大主题先行创作的难点

《星星之火》的创作在选材之初就是目标性极强的，因需要

---

① 褚伯承：《红色魅力　星火闪耀　重温沪剧〈星星之火〉》，《上海戏剧》2011 年第 7 期，第 15 页。

符合"大跃进"时期沪剧创作所奉行的主题性原则，则要以五卅运动为故事背景，歌颂工人阶级在革命斗争中的觉醒与成长。而该主题对创作方面有一定难度，即"戏要正面反映'五卅'大罢工，以此作为上海工人阶级觉醒的起点，阐明星星之火，可以燎原的主题，这么大的题材，沪剧这个剧种真的有点难以负载"①。经过一番思考后，编剧在 1925 年大革命前夕掀起的反帝斗争的众生群像中，选取了"包身工"元素作为主题，并以一家人的悲欢离合作为切入口来侧面反映这一时期工人阶级的生活斗争。最初的灵感源于编剧之一的刘宗诒——"他住在丁是娥楼下，经常和丁是娥一起交谈，曾多次提议可以结合夏衍同志表现童工悲惨生活的报告文学《包身工》写个反映五卅运动的戏。当年主持人民沪剧团工作的党支部书记陈荣兰得知以后觉得这一想法很好，于是让编剧宗华和刘宗诒合作搞这个题材。"②改编是沪剧新剧目创作的重要传统，但于《星星之火》这部戏来说，夏衍的报告文学《包身工》所提供的仅为视角，所以该剧目的编剧创作实际上属于一个近乎原创的过程。编剧选择了从"包身工"这个弱势群体切入，去展现五卅运动，再聚焦到以一个包身工背后家庭的悲欢离合来结构全剧，巧妙地通过"由点看面"，由家庭辐射

---

① 宋之华：《台前幕后观"星火"》，《上海戏剧》2000 年第 2 期，第 28 页。
② 褚伯承：《红色魅力　星火闪耀　重温沪剧〈星星之火〉》，《上海戏剧》2011 年第 7 期，第 15 页。

社会的方式表现出了五卅运动的气势恢宏，即"从对小人物悲惨命运的极大关注中，完成透视大时代风云变幻的历史命题"①。该剧讲述了 1925 年，扬州农妇杨桂英带着儿子双喜来上海寻找在日本纱厂当"包身工"的女儿小珍子，却看到了小珍子被东洋婆毒打致死。经历了工人罢工与地下党领导人启发母子俩参加工人斗争，最终和工人兄弟一起投身了波澜壮阔的"五卅"运动的故事。从叙事方法上来看，编剧同该时期大多数以政治性宣传为目标的剧目一样，使用了"线式的显在叙述法"，即在戏剧结构上"基本照故事本来的时间顺序，从头至尾，原原本本地进行叙述，多用明场，少用暗场，舞台的时空相当自由灵活"②；在叙述角度上，编剧多次运用伴唱来直接向观众传达该剧的思想主题，并不掩蔽身为叙述者（作者）的叙述行为。例如，在第一场"受难"中，编剧用幕后女声的伴唱，以全知视角来表达作者同台上可怜的包身工们一致的思想状态——

伴唱　　田园荒，奔四方，

　　　　相送姑娘进纱厂。

　　　　姑娘进厂像朵花，

---

① 桂荣华：《求新　求真　求美——艺术总监余雍和谈新版沪剧〈星星之火〉》，《上海戏剧》2000 年第 2 期，第 5 页。
② 丁罗男：《中国话剧文体的嬗变及其文化意味》，《戏剧艺术》1998 年第 1 期，第 8 页。

姑娘出厂鬼模样。

而接下来即将登场主角杨桂英母子俩，对此是一无所知的，还错误地以为女儿小珍子在上海吃着白米饭，过上了好日子。女儿的惨状与亲人美好的幻想在一开场便形成了强烈的对比，推动了剧情的发展，构成了尖锐的矛盾冲突。

（二）以情动人——人物情感极致化处理

《星星之火》在首演之时就造成了极大的影响，这同朱端钧导演的贡献也密不可分。朱端钧同《罗汉钱》的导演张骏祥一样，深受苏联文艺观念的影响，将斯坦尼斯拉夫斯基体系运用到沪剧排演中。他的导演构思与手段巧妙地将革命现实主义与革命浪漫主义相结合，既在唱段的情境设置上将人物情感极致化处理，以情动人；又以斯坦尼斯拉夫斯基追求生活细节的真实的艺术观念来处理人物——"他非常善于从分析规定情境寻找生活依据入手，帮助演员塑造人物。这对于习惯于依照程式表演的戏曲演员来说尤为重要。"[1]在朱端钧的指导下，《星星之火》兼具了艺术性与真实性地再现了1925年"包身工"的境遇与五卅运动的大环境，令观众十分震撼。

朱端钧对于《星星之火》一剧收获成功的贡献，除了二度创

---

① 复文：《匠心独运见功力——记沪剧〈星星之火〉原导演朱端钧先生》，《上海戏剧》2000年第2期，第10页。

作时对人物细节真实性的把控之外，还可从复文所撰写的《匠心独运见功力——记沪剧〈星星之火〉原导演朱端钧先生》与褚伯承所撰写的《红色魅力，星火闪耀——重温沪剧〈星星之火〉》等文章资料中，看到朱端钧在创作过程中曾深度参与了剧本的修改工作。正因如此，所以下文将朱端钧导演对于该剧的情节设计、人物塑造所作的改动纳入文本创作的讨论范畴之中。

在原剧本中，剧作者对于杨桂英的儿子双喜的塑造有所欠缺，为该人物设置的戏剧行动不够具体。于是，朱端钧为双喜加戏，用符合人物身份、符合情境的舞台动作去塑造人物。"第三场中……（双喜）为母亲引路到车间寻找妹妹，这里导演特地增加了一段'双喜智斗东洋婆'的戏，东洋婆一心要找工人的岔子，双喜利用扫地的机会掩护工人安全躲开了。第六场他又增加了双喜担任工会的秘密交通员，并成功把情报取回来的勇敢行动。第七场让双喜机智地发现妈妈被绑架，马上向工人们报信，第九场安排双喜跟着工人一起，翻墙跳窗从日本大班办公室救出妈妈。第十场通过巧妙的调度，让观众看到双喜在巡捕眼皮底下十分机智地贴标语，你撕了我再贴……"[1] 倘若试图在当下的文本中，将朱端钧所加的这些戏删去，不仅双喜这个人物失去了主观能动性，也不再是一个机智、

---

① 复文：《匠心独运见功力——记沪剧〈星星之火〉原导演朱端钧先生》，《上海戏剧》2000 年第 2 期，第 11 页。

勇敢的"工人阶级好后代"形象，情节的层次性也会因为"智斗""救母""情报险中求"等可看性强的情节缺少而大打折扣。

沪剧以情动人的特点，在朱端钧从人物出发追求情感呈现的极致化处理中效果十分突出。《星星之火》一剧中有大量的抒情戏，都在朱端钧的设计与修改后，达到了催人泪下、动人心弦的效果。以杨桂英的女儿"包身工"小珍子为例，这个人物的作用是用她的遭遇与她生命骤然逝去来震撼观众的心灵，于是，创作者的任务，就是尽力将观众对小珍子的同情推向高点。朱端钧在修改文本时，没有选择一味地通过展现小珍子生活的悲惨，去博得观众的同情，而是本着从人物出发的创作观念，着重表现的是小珍子虽为童工，但本质上还是个孩童，孩童都有对母爱极度渴望的天性，于是反其道为之，不向观众"贩卖"小珍子的惨痛遭遇去博取廉价的眼泪，而是表现一个孩子对于幸福纯真的向往，其效果更令观众感到心痛。"（朱端钧）说小珍子有两个地方是不痛苦的，一个是看见了妈妈的时候，一个是在临终前，为了渲染小珍子作为一个人的起码生存要求，朱端钧为她临终前加了四句怀念母亲和田园家乡的相思曲。'亲妈妈，你来了，你来了，珍子可以回家门，妈妈搂我在柳树下，躺在你怀里数天上的小星星'。"[1] 朱端钧在剧本中增加的这个唱段，用如梦境般安静温柔的

① 复文：《匠心独运见功力——记沪剧〈星星之火〉原导演朱端钧先生》，《上海戏剧》2000年第2期，第10页。

气氛凸显了最冰冷悲惨的现实。

《星星之火》中，最著名的一场戏——"隔墙对唱"，也出自朱端钧的手笔。上海沪剧院的前艺术总监余雍和曾谈到，《星星之火》一剧"六十年代之所以走红，是因为它的表现手法很新奇。如'隔墙对唱'在当时令人耳目一新"[①]。此处的"新"，指的是朱端钧在创作这个重场戏时，大胆借鉴了歌剧的"二重唱"形式，开了沪剧创作的先河。这场戏讲的是小珍子与母亲杨桂英好不容易相见，又被生生拆散分离后，小珍子遭了一顿毒打，然后母女俩隔着一道墙，互相倾诉对于对方的思念之情。"朱端钧在剧本创作基础上……决定大胆借鉴歌剧二重唱的艺术形式充分利用沪剧曲调婉转抒情的特色，抒发杨桂英母女两人此时此刻隔墙如隔山的思念之情。"[②]母女俩被一堵高墙相隔，却不得相见，也无法有任何信息上的沟通，所以在空间上"对唱"是无法实现的，而"二重唱"的形式对于这个情境非常熨帖。母女俩虽只有一墙之隔，但这堵墙让她们都无法听到对方的声音，甚至不知道对方的所在，只能孤独地吁叹，默契地在同一时刻抒发对于彼此的刻骨思念。观众此刻作为一个全知视角，通过二重唱的形式见证这母女俩无法传递的信息和排山倒海的情感，很难不感到震

---

① 桂荣华：《求新　求真　求美——艺术总监余雍和谈新版沪剧〈星星之火〉》，《上海戏剧》2000年第2期，第5页。
② 复文：《匠心独运见功力——记沪剧〈星星之火〉原导演朱端钧先生》，《上海戏剧》2000年第2期，第10页。

　　　　　　　　　　　　　　　　沪剧现代戏剧本创作研究

撼。若是将二重唱换成母女之间互相诉衷情的对唱，其动人的效果应该会有一定程度的削减。

《星星之火》情节结构建构方面，收获了当时沪剧观众的好评，也认为这是一部充分利用沪剧特色编剧的作品。1959 年的《戏剧报》上评价道："很好地运用了戏曲的传统技巧。比如抓住了主要线索，层层深挖，有时欲擒故纵，有时抓紧不放，使矛盾冲突尖锐化。如用隔一道墙或门，采用旁唱、独唱等方式，来揭示戏剧矛盾，抒发人物的情感。又如在激动人心的场景中，运用沪剧特有的'赋子板'，让演员由缓到急，由低到高地连唱一百多句，一泻千里，气势磅礴。"[①] 诚然，《星星之火》这样一部作品虽然在当时是一部优秀的剧作，但在21 世纪的当下，是无法直接为观众所接受的。在当时艺术观念方面显得较为超前的"二重唱"表现手段，在今天已经习以为常。而该剧浓厚的意识形态，对于五卅运动、工人运动的呼声，也已经脱离了当下观众的审美追求。但《星星之火》一剧当年的主创在文本中对于表现人物动人情感的极致追求，在沪剧舞台上是永不过时的。所以，当上海沪剧院于 2000 年将这部四十年前的戏重新搬上舞台时，编剧余雍和、赵化南对原文本的修改方向是"将原来有些分散的戏集中在杨桂英一家身

---

① 世远:《杨桂英的成长——简评沪剧〈星星之火〉》,《戏剧报》1959 年第 6 期, 第 28 页。

上……淡化了原剧中的工人运动，强化了人物感情的冲击力，以及舞台呈现对观众视听的冲击力，从而引起观众新的思考和感悟"①。

沪剧剧目的生命力一直以来正是随着时代的发展在对前人的作品作出相应的改动中得以延续与发展的。《星星之火》一剧得以跨越四十年"薪火相传"，有赖于1959年的剧作中，对人物情感"真、善、美"的追求，感动了一代又一代的沪剧观众。

三、新中国成立初期"先进模范剧"的创作

1958年"大跃进"运动开展之后，"政策剧"退出沪剧舞台，"先进模范剧"成为沪剧现代戏新的选材取向。其中较为代表性的作品有《史红梅》（1959年）、《向秀丽》（1959年）、《鸡毛飞上天》（1960年）、《雷锋》（1963年）、《八连之风》（1963年）、《巧遇记》（1963年）、《渔港新歌》（1965年）等。在这一时期，"先进模范剧"的创作内涵是"对'社会主义革命和社会主义建设成就'的赞颂，也即对1949年以后中国社会政治经济生活中'涌现出的好人和好事'给予热情的颂扬"②。由于"先进模范剧"具有强烈的时代特色，随着社会变革与观众审美的变

---

① 刘明厚：《新主题·新样式·新审美——评新版沪剧〈星星之火〉》，《上海戏剧》2000年第2期，第26页。
② 傅谨：《影响当代中国戏剧编剧的理念》，《粤海风》2004年第4期，第37页。

化，经年之后的观众很难同剧中的人物产生共鸣，所以这样的题材较难会留下经典之作。尤其是，新中国成立初期的"先进模范剧"，"这些好人好事里非常重要的部分，同时作为构筑戏剧性的重要元素，就是对'暗藏'的'阶级敌人'的高度警惕和揭露，以及对那些'落后分子'的批评教育"，① 更是成为这一时期"先进模范剧"的局限。

在这些作品中，影响力较大的是由上海市人民沪剧团集体创作、首演于 1960 年的《鸡毛飞上天》。它虽同《星星之火》一样出自上海市人民沪剧团的手笔，但与之最大的两处不同是，除了选材以当时先进人物事迹作改编之外，该剧是真正的在极短的时间内"集体创作"的成功，体现了"大跃进"时期独一无二的创作氛围。以真人真事为素材创作戏剧本来就较有难度，《鸡毛飞上天》的创作在极大的时间压力之下，克服了集体创作的众口难调问题，并完成了一部情节完整且在当时颇有影响力的作品，其创作过程和技法具有一定的研究价值。

（一）主题先行的集体创作思路

创作于 1960 年的《鸡毛飞上天》是以当时白手起家、克服种种困难创建里弄民办小学的校长吴佩芳的真实事迹为蓝本改编而成。同"大跃进"期间大多数作品一样，《鸡毛飞上天》的创

---

① 傅谨：《影响当代中国戏剧编剧的理念》，《粤海风》2004 年第 4 期，第 37 页。

作依旧始于思想上的"政治挂帅"。在 1960 年 2 月的上海市文教工作会议上,上海市人民沪剧团听到了吴佩芳的事迹后大为感动,决定要将它改编成沪剧现代戏作品搬上舞台,并保证在十天之内创作初稿,还提出了如下创作口号:"只准上马,不准下马,只准搞好,不准搞坏,鸡毛一定要飞上天!"

题材敲定之后,下一步便是在素材中寻找切入点,而寻觅切入点方向的过程,也是探索创作主题的过程。《鸡毛飞上天》一剧的此番流程过程,是上海市人民沪剧团组织创作人员经过集体讨论而完成的。在集体讨论中,大家看法不一,提出了反映对后进学生的教育、表现"大跃进"后里弄新气象、描写主人公如何操持办好里弄民校等不同观点。于是,剧团组织创作人员学习《中国农村社会主义高潮》一文,以解决内部的争论。经过学习,剧作者认为:"家庭妇女办学校,这一新生事物绝不是孤立产生的……正是由于有毛主席光辉思想引路,有社会主义制度保证,人民群众无穷无尽的积极性才能得到充分发挥,旧社会被卑视为不能上天的'鸡毛'今天终于能上天了!为了充分展现这个光辉的思想,我们把这个戏定名为《鸡毛飞上天》。"[①]"根据现实生活,把主要对立面不放在物资设备的困难艰苦上,也不放在没有教学经验上,这些,在新社会中

---

① 丁是娥:《喜看阳光照大地,鸡毛定能飞上天》,《中国戏剧》1977 年第 6 期,第 7 页。

沪剧现代戏剧本创作研究

原不是什么难以解决的问题；甚至也不放在与顽劣儿童的斗争上。"[1] 工人阶级的思想与资产阶级的思想斗争，就此被敲定为该剧的矛盾主线。经主创讨论，要为以林佩芬为代表的无产阶级教育者设立了一个戏剧冲突的对立面，而林佩芬的"对手"的形象勾勒，也是在学习了相关政治文件后去构想的——"（该剧的创作者们）重新学习了毛主席《关于正确处理人民内部矛盾的问题》，帮助他们进一步认识到教育事业中两种办学的思想斗争，从而创造出资产阶级妇女顾惠珍的形象，来作为林佩芬的对立面。"[2]

在确立了该剧的矛盾主线后，再将林佩芬办学的其他矛盾困境——"没有经验""没有经费""没有校舍与教具""有顽皮儿童亟待她们改造"等作为副线一一解决，按照时间逻辑妥当安排进每场戏里，便构成了《鸡毛飞上天》一剧的现实主义情节结构。

该剧的创作时间极为有限，仅有十天，其间主创也经历了克服集体创作局限性的艰难过程。创作初稿时，上海市人民沪剧团采用了"大跃进"时期广泛流行的"群众创作方法"，即将剧团内能调动的人员全部组织起来，成立了十人创作小组。在这十人

---

[1] 刘厚生、龚义江：《鸡毛飞上天　桃李遍人间——评沪剧〈鸡毛飞上天〉》，《戏剧报》1960 年第 8 期，第 11 页。
[2] 文思平：《深入群众生活，改变舞台面貌——上海市人民沪剧团演好现代戏的一些经验》，《戏剧报》1964 年第 2 期，第 22 页。

中，仅有两人是专业创作人员，其余八人皆是剧团内的业余创作人员。在这八个人里，"有刚摘掉文盲帽子的老艺人，也有从没写过戏的小青年"①。十人创作小组集体讨论提纲，然后分场执笔创作，创作热情非常高涨。"全团出现了沸腾的局面，人不分男女老少，各个部门都投入了这场战斗，编、导、演、音、美，全体配合，一同进行集体创作，能动笔的就写，能想办法、出点子的就想法丰富感情，不会写、不能唱的也给大家送茶送水，从旁鼓动，每个人都要求在这次战役中尽一份力量，否则内心就会感到不安。"② 在这样热烈的创作氛围下，初稿仅用了不到一周便完成了，但导致的结果是创作水平相差甚远，每场戏的质量参差不齐。而且"主次分不清，戏又散得很"③，"一个群众写了一场戏，只有三张稿纸，很干，很单薄，其中三分之二还不能采用……"④ 于是，为了提高剧本的质量，两位专业编剧帮忙返工修改。"作为该剧两位专业编剧之一的宗华在看了这三张稿纸后，从三张当中找出了一页可用的材料，与作者一同商量研究，最后发展、丰富成了一场精彩的好戏。"⑤ 在剧团两位专业编剧修改的过程中，

---

① 《为争取群众创作的更大丰收而努力——上海市人民沪剧团演员丁是娥在上海市文教战线群英大会发言》，A31-2-59-1，上海市档案馆藏。
② 《上海市人民沪剧团先进事迹》，B172-5-355-30，上海市档案馆藏。
③ 《为争取群众创作的更大丰收而努力——上海市人民沪剧团演员丁是娥在上海市文教战线群英大会发言》，A31-2-59-1，上海市档案馆藏。
④ 《上海市人民沪剧团先进事迹》，B172-5-355-30，上海市档案馆藏。
⑤ 《宗华同志的先进事迹》，B172-5-382，上海市档案馆藏。

有几场戏甚至推翻了六七稿，经过数个通宵的努力，在十天内成稿。在最终呈现的剧本中，"整个戏已看不出是谁的手笔，真是标准的集体创作"，这一结果体现出专业编剧严谨负责的态度。该剧可以说是"大跃进"时期集体创作模式中水准较高的剧目，结构完整、风格统一，且成熟易于搬演。

（二）重场戏的设置

《鸡毛飞上天》的第六场，是该剧的重场戏，表现了林佩芬在教育顽童孙虎荣时，被对方吐在脸上一口唾沫，并引来了顾惠珍的冷嘲热讽。面对两重羞辱的极端情境，林佩芬这个人物该用什么样的行动应对？在"大跃进"时期，已经不仅关乎人物塑造的问题，更重要的是，直接关联了这一特殊时期最注重的主题思想的表现力度。在初稿中，林佩芬的行动是不气不恼，并坚持对孙虎荣开展教育，而这样的处理不仅没有创造性，且有损于林佩芬作为主角的"斗争意志"表达。于是，剧团党支部将这个问题进行了引申，并引导创作团队从阶级观点、阶级情感上去展开设想。最终，剧情被改成了孙虎荣吐了唾沫之后，顾惠珍在旁讥笑说："曲蟮（蚯蚓）还能修成龙？""民校办不好，要她趁早下台！"林佩芬听了这番话，用过一段激动人心的唱词，鲜明地表现了林佩芬顽强的斗争意志，并且"将对立面从孩子身上改为与资产阶级思想的矛盾，使这一情节的思想性有了显著的提高，而人物那种'横眉冷对千夫指，俯首甘为孺子牛'的革命精神就更为突出了"①。

接下来，林佩芬首先解决了她与孙虎荣的对立矛盾，在第九场中，她在雷雨交加中沿着街道追逐内疚的孙虎荣；在第十场中，她和孙虎荣交谈，分享她小时候没有机会读书的悲惨经历，从而完成了对顽劣孩子的感化任务，让他终于下决心做一个真正的好学生。由此，该剧在情节结构上只剩下林佩芬和顾惠珍的冲突这一主线矛盾需要解决，而创作者巧妙地设计了一处戏剧性情节——"愚昧自私而又自以为是的顾惠珍在事实面前仍不肯相信孙虎荣已经改好，恶毒地把两块钱放在桌上，当孙虎荣发现钱，将钱拿走后，她幸灾乐祸地嚷叫：'谁说民校办得好……野鸟怎变凤凰鸟。'仍然坚持宁肯把名字倒过来写也不相信民办能把孩子教育好。但是孙虎荣将钱拿去是交给了老师。"②简言之，就是以其人之道还治其人之身，让其哑口无言无力"斗争"只得认输，由此解决了该戏的"最高任务"，抨击了以顾惠珍为代表的资产阶级思想对民办教育的轻视，及其"门缝里看人"的思想观念。

《鸡毛飞上天》一剧在人物塑造方面是较为欠缺的。在一众脸谱化的人物中，唯有"暗藏的阶级敌人"——"师母"顾惠珍

---

① 《为争取群众创作的更大丰收而努力——上海市人民沪剧团演员丁是娥在上海市文教战线群英大会发言》，A31-2-59-1，上海市档案馆藏。
② 刘厚生、龚义江：《鸡毛飞上天 桃李遍人间——评沪剧〈鸡毛飞上天〉》，《戏剧报》1960年第8期，第11页。

显得较为生动，技巧在于编剧将她的动作、语言都设计得具有一定的喜剧性，有戏曲行当中"丑角"的影子。在戏剧中，人物形象由行动体现，编剧将这个反派角色的行动聚焦在其"虚伪"的特点上。虚伪体现了人物的矛盾性，顾惠珍顶着"师母"称呼的光环，内心却十分轻视劳动人民，但囿于社会风气不敢表露，不得不有所收敛，故而里外矛盾。就如同法国剧作家莫里哀的《答尔丢夫》一样，伪君子被撕开伪装的方式是"搬起石头砸自己的脚"，最后讪讪地自食其果的结局更是大快人心，且具有喜剧性色彩。实际上，作为一部思想上"政治挂帅"的作品，通常塑造同主角"斗争"的对立面角色的确存在很多种"贴标签式"较为脸谱化的处理方式，而塑造如同顾惠珍那样带有喜剧性色彩反面角色，是符合沪剧观众的审美情趣，且为老百姓所喜闻乐见的"民间性"很强的编剧手法。

第三节　革命叙事下的传奇性追求与重场戏设置

随着"文艺大批判"的进行，"革命现实主义与革命浪漫主义相结合"的革命现代戏，是有别于一般"革命剧"的这一特殊时期的产物。沪剧界创作人员发挥自身擅长创作演出现代戏的剧种优势，回应当时戏曲界大力推行革命现代戏的目标，推出了《芦荡火种》和《红灯记》这两部上演之初就受到广大群众欢迎的优秀的革命现代戏，并被选中移植改编为京剧样板戏。这两部都是中国革命叙事大潮中的典范作品，在编剧技巧方面有两个共同点：其一，是将革命叙事与戏曲"传奇剧"写作技巧相结合。革命叙事顺应了为政治服务的创作风向，而戏曲"传奇剧"的写作技巧，则能够迎合民间对戏曲作品的审美趣味，两者相结合，则使两部作品常演不衰，成为时代精品；其二，在于编剧在创作剧中的"重场戏"时，都引入了"民间隐形结构"。陈思和曾经提出——"当代文学（主要指五六十年代的文学）作品，往往由两个文本结构所构成——显形文本结构与隐形文本结构。显性文本结构通常由国家意志下的共鸣所决定，而隐形文本结构则受到民间文化形态的制约，决定着作品的艺术立场和趣味。"① 在《芦荡火种》与《红灯记》剧中的重场戏设置，体现了创作者们在具有浓烈的时代特色的革命叙事下，坚持着对沪剧民间性立场的追求，是对戏曲艺术作为"一种'民间文化形态'的凝聚体"的充分尊重。"运用'民间文化形态'正是达到对作品的进行艺术审美价值提升的一种方式——运用符合民族审美心理的手段去叙事，以期符合人们在长期戏曲熏陶中沉淀下来并固定的审美心理结构"②，使观众在接受政治与道德教育的同时，收获满足的审美体验。

一、《芦荡火种》的剧本创作

由上海市人民沪剧团创作于 1959 年的沪剧《芦荡火种》于1960 年 1 月首演于上海共舞台，一经推出，好评如潮。故事主要讲述了 1939 年秋，新四军转战江南，公开身份为春来茶馆老板娘的地下交通员阿庆嫂为了掩护 18 个伤病员的任务，同已暗中投敌的"忠义救国军"司令胡传魁与教官刁德一智斗周旋，最终化险为夷，为我军保存实力的传奇故事。谢柏梁如是评论这部作品——"浓郁的传奇色彩与强烈的情感因素，可说是一般戏曲引人入胜的魅力所在。沪剧《芦荡火种》尤其重视将传奇写照与

---

① 陈思和：《中国当代文学史教程》，复旦大学出版社 1999 年版，第 1 页。
② 刘艳卉：《上海淮剧研究》，中国戏剧出版社 2008 年版，第 94 页。

情感倾向有机融合而贯穿始终，在扑朔迷离、神秘莫测的氛围之中，突出爱憎分明的抗日民族情感和军民鱼水深情，从而使观众始终保持着新奇有趣的情节曲折感和激动不已的情感起伏线。"[①]

（一）《芦荡火种》的剧本创作思路

沪剧《芦荡火种》自问世以来，戏曲评论界就注意到它的"传奇性"。1964 年，戏曲评论家刘乃崇在剧评中提到："这个戏以它曲折复杂的斗争情节，凝结成戏剧的传奇性。但是，它的传奇性并不是故意制造出来的。剧本中的主要情节的发展都是为了人物的性格服务的，许多紧张、激烈和严重的斗争场面正是处在这个特定环境中的人物性格冲突的结果……成功地说明了传奇性情节同样是可以出现在革命的戏剧内容之中的。"[②] 潘光蔪则撰文点出其"传奇剧"的题材属性——"从这出戏的题材来看，它提供了传奇剧所需要的惊险性与情节性；但这样的题材也常常容易被处理成以惊险取胜的'情节戏'，戏的路子容易囿于表面现象的冲突中。难能可贵的是沪剧《芦荡火种》并没有仅仅着眼于戏剧冲突的惊险效果（当然还是注意了的），而是着意于当时广阔的社会生活的时代背景，概括地表现了当时抗日军民英勇斗争的壮阔图景，从而深刻地解释了人民战争必然胜利的主题，给今天

---

① 谢柏梁：《中国当代戏曲文学史》，高等教育出版社 2006 年版，第 159 页。
② 刘乃崇：《在尖锐的斗争中塑造英雄形象——评沪剧〈芦荡火种〉》，《戏剧报》1964 年第 2 期，第 27 页。

沪剧现代戏剧本创作研究

的观众以发扬艰苦奋斗的革命精神和发扬革命英雄主义、革命乐观主义精神的传统教育。这样做，不仅没有使戏失去传奇性的特色，相反，到使之更为真实可信了。"[①] 从以上评论可以得出，沪剧《芦荡火种》的"传奇性"特色受到了戏剧界充分的认可。

"传奇"自古与戏文结下不解之缘。被评价为"奇"的作品，情节须富有戏剧性，此外，"奇"更是作为古典美学审美范畴中的一种，迎合着大众"俗皆爱奇"的审美需求，故以"传奇"为特色的戏曲作品更容易传世，被一代又一代观众所喜爱。戏曲多以"奇"为艺术特色，沪剧这一年轻的剧种发展到 20 世纪 50 年代时，剧目依旧大多数以改编为主要的创作模式，而选择的改编对象往往都是具有浓厚传奇色彩的小说、戏剧、电影等。《芦荡火种》同它们有些不同的是，它并非改编，而是取材于生活中真实素材的传奇性元素后进行编创的作品。

这部作品由编剧文牧执笔，同上海市人民沪剧团党支部书记陈荣兰合作完成。素材源自崔左夫为建军三十周年所写的记叙当年新四军伤病员在阳澄湖畔坚持斗争的《血染着的姓名》。文牧在创作札记中承认，崔左夫的军史纪实征文的"新鲜、传奇、有特色"的特质吸引了它，文牧以资深编剧敏锐的直觉，提出可以根据这一材料编写一部"抗日传奇剧"。文牧不仅延续了新中国

---

① 潘光藩：《评沪剧〈芦荡火种〉的演出》，《上海戏剧》1964 年第 3 期，第 10 页。

成立后沪剧创作者亲身"下生活"的优良创作传统，还将刘飞同志的军史回忆录《火种》作为创作剧本的重要参考文献。经过对这一段历史的时代背景的研究，文牧抓住了一个极佳的戏剧情境——"当时的环境极其复杂，一方面国民党在消极抗战的同时，正蓄谋发动第一次反共高潮；一方面日寇对我们党领导的苏南游击区又开始进行新的蚕食扫荡。敌、伪既相互勾结，又相互矛盾，新四军36名伤病员坚持抗日斗争的故事发生在这样的特殊环境下。党的地下工作者必须摸清各个方面的情况，巧妙地利用敌人之间的内部矛盾。"①

在这个复杂的戏剧情境中，源于军史的素材改编思路大致会有三种："第一种是突出新四军伤病员芦荡养伤的艰辛，以此来塑造军人高大的英雄形象；第二种是突出地下对敌斗争的惊险刺激，以此来突显地下工作者机智勇敢的个性特征；第三种是突出伤病员与群众相依相存、同甘共苦的亲密关系，以此来颂扬感人至深的军民鱼水情。"② 显然，从文牧"写一部抗日传奇剧"的最初设想来看，应当选择第二种思路，即将正面表现一波三折、扣人心弦的地下对敌斗争作为主线。沪剧《芦荡火种》收获了从民间到领导人的较高评价，在于不仅将充满了危机与猎奇的主线

---

① 褚伯承：《乡音魅力：沪剧研究与欣赏》，上海社会科学院出版社2004年版，第98页。
② 陆佳雯：《"样板戏"〈沙家浜〉的文本演变研究》，浙江师范大学硕士学位论文2018年，第8页。

沪剧现代戏剧本创作研究

故事讲得精彩生动，又辅以深刻了表现新四军养伤的艰辛与感人的军民鱼水情，从情节和情感两个方面，都得到了观众的强烈共鸣。在创作沪剧《芦荡火种》时，文牧借用了征文中源于生活的戏剧情境，并为了使人物在戏剧舞台上场面更加有可看性，将人物进行了一番艺术加工，其中最突出的改动是将素材中的参与地下活动的茶馆老板改为八面玲珑的老板娘，成就了"阿庆嫂"这一杰出经典的戏剧人物形象。此外，文牧在创作中还调动了自己的生活积累，将自己亲身经历与听说的抗战时期发生在江南水乡的戏剧性事件也有机地融入故事之中，同深入采风得来的素材一起，构成了他进行剧本创作的坚实基础。两者有机地融为一体，体现在情节设置上，则是"掩护新四军伤病员的斗争成为全剧主要情节线，而那场精彩生动、引人入胜的'智斗'，则很大程度上来自他当年在茶馆内外的所闻所见"[1]。后来文牧在谈到这段创作经历时，曾深有体会地说，36个伤病员的故事吸引他的原因，"不只是因为它新鲜、传奇、有特色。假如没有我的生活积累，即使一大堆宝贵的征文材料也引不起我的共鸣……没有我生活积累中的炸药，导火线就引发不出爆炸力"[2]。由此可见，在编剧创作上，通过采风、阅读得到的"间接生活"固然重要，但加之编

---

① 茅善玉主编：《沪剧》，上海文化出版社2010年版，第169—170页。
② 褚伯承：《乡音魅力：沪剧研究与欣赏》，上海社会科学院出版社2004年版，第100页。

剧自身经历的"直接生活"有机地渗透、融合，将创作出更有生命力的作品。而文牧所谈及的他自己的"生活积累"，指的是他在成为上海市人民沪剧团的编剧之前的经历："一直在上海远、近郊跑码头演唱申曲，对当地的风土习俗十分熟悉，在抗战初期也曾见识过日寇、汉奸、土匪流氓等各色人物。"① 文牧身为申曲"老演员"的经历，以及其广博的见识，为他日后所创作的作品对"传奇性"的民间审美倾向的把握，积累了得天独厚的优势。

在"以现代戏为纲"的影响下，斗争性是当时戏曲现代戏创作在思想和情节上双双追求的特性，沪剧《星星之火》就是在斗争性方面极佳的案例。沪剧《芦荡火种》的主线情节是党的地下联络员、春来茶馆的掌柜阿庆嫂同与日本军国主义同流合污的忠义救国军司令胡传魁与教官刁德一之间复杂又曲折的斗争过程——她一边需要不断见招拆招、机智应对着刁德一对她身份的怀疑与试探，一边还要想方设法掩护被困在芦苇荡的我军18位伤员，保存革命火种。显然，剧情结构与人物思想情感中的斗争性已是毋庸置疑。而沪剧《芦荡火种》同《星星之火》最大的区别，在于编剧赋予了它"传奇剧"的色彩，符合了民间"俗皆爱奇"的审美趣味。于是，在以编剧学的视角研究沪剧《芦荡火种》作为优秀现代戏剧本的创作手法时，厘清其"传奇剧"色彩

---

① 陆佳雯：《"样板戏"〈沙家浜〉的文本演变研究》，浙江师范大学硕士学位论文2018年，第6页。

的来源，是在剖析其区别于当时其他革命叙事现代戏作品的独特经验。

（二）《芦荡火种》的传奇剧色彩

笔者认为，沪剧《芦荡火种》的传奇剧色彩来源其一，是将喜剧化的反面人物融入革命叙事中，为斗争的过程增添了趣味性，从一定程度上用"智斗"作为作品斗争的基调，取代正面表现斗争的残酷性，这也正符合了普罗大众的审美趣味。

1949 年后，"一批没有经过新文学训练、仍受旧文学影响的作者和一批审美趣味深受传统戏曲、演绎故事影响的读者共同参与到当代文学的历史进程中来了"。[①] 这批作者将喜剧化的反面人物叙述机制带进了中国革命文学中，编剧文牧也是其中的一员。文牧早年常在上海郊区县镇跑码头，"做过演员，也编过戏。这样的人生经历自然会让文牧耳濡目染地受到'俗文学'的熏陶，同时深谙普通大众的审美趣味。对于文牧来说，这种喜剧化的反面人物叙述机制自然是不陌生的"[②]。

在剧情中，站在阿庆嫂对立面的，是两个极其强悍的对手——"土匪司令"胡传魁和狡猾多疑的"地头蛇"刁德一。而编剧文牧的高明之处，就在于塑造胡传魁时，在"流氓出身的土

[①] 张均：《论反面人物的叙述机制及当代传承》,《文学评论》2018 年第 2 期，第 37 页。
[②] 陆佳雯：《"样板戏"〈沙家浜〉的文本演变研究》，浙江师范大学硕士学位论文 2018 年，第 22 页。

匪司令"与"'有奶便是娘'的亡命之徒"①的基础之上，给他设计了胸无城府、重江湖义气的特点，让他具有一些憨傻可爱的气质，赋予了这个人物喜剧色彩。其作用是：一方面，使观众被这个人物的行动言语逗乐，在情感上对他厌恶不起来，增强审美过程中的趣味性；另一方面，在剧情设计上给予阿庆嫂绝处逢生、借力打力的机会与合理性——唯有利用胡传魁"有恩必报"的特点，对曾经救过自己一命的阿庆嫂完全的信任，以及胡传魁与刁德一之间关系的暗流涌动，才得以利用敌人的内部矛盾，反守为攻。

全剧第四场中"智斗"这场戏，无论从传播范围大小，还是从观众的熟悉与喜爱程度来看，都是全剧中最重要的一场戏。实际上，这也是编剧文牧在构建剧情时就已经将其设计为该剧的重场戏，它不仅关乎于胡传魁、刁德一的首次亮相，更是"必须在'智斗'中使人物性格定型，矛盾开始激化，定下戏的基调"②。文牧所定下的基调，是一种"民间喜剧机制"，是"一种溯源于旧小说的民间喜剧机制被更深地埋没在喜剧化的反面人物叙述机制下"③，即"斗"的机制。陈思和在《民间的浮沉——对抗战到"文革"文学史的一个尝试性解释》④一文中论及中国当代文学中

① 上海市人民沪剧团：《启示·教育·鞭策——看〈沙家浜〉，向北京京剧团学习》，《戏剧报》1965 年第 7 期，第 37 页。
② 文牧：《〈芦荡火种〉创作札记》，（内部资料）2003 年，第 184 页。
③ 张均：《论反面人物的叙述机制及当代传承》，《文学评论》2018 年第 2 期，第 17 页。
④ 陈思和：《民间的浮沉——对抗战到文革文学史的一个尝试性解释》，《上海文学》1994 年第 1 期，第 75 页。

的"民间隐形结构"的概念，曾以《沙家浜》为例，指出阿庆嫂与胡传魁、刁德一、郭建光这三人之间的关系模式，源于民间传统文艺中的"一女三男斗智"的隐形结构模式，"一个是愚蠢蛮横的有权有势者（胡传魁），一个是奸猾酸腐的文人秀才（刁德一），另一个则是勇敢善良的传奇英雄（郭建光），而女性'挑'夫婿的过程实际上就是一个与男性斗智斗勇'斗'的过程……但是这种民间文艺中的'斗'不同于'阶级斗争'中的'斗'，它并不具备政治意识形态层面的意义，其最终的目的并不在于教育人民，而在于通过繁复多变的'斗'的情节场面把故事讲得生动有趣、热闹非凡。"①

"智斗"中所运用的"三重唱"的形式，在当时的沪剧舞台上是创造性的②，是在自《星星之火》舞台上出现的二重唱之后，沪剧继续吸纳其他以舞台艺术形式表现手段的发展。"智斗中"三重唱同时展现出阿庆嫂、胡传魁与刁德一的内心活动，勾勒出三人的性格冲突。通过唱段表现阴险多疑的刁德一对阿庆嫂的怀疑，与一而再再而三的试探；阿庆嫂不卑不亢、见招拆招地应对，体现她临危不乱、八面玲珑的性格；而胡传魁在这场智斗中，处于"局外人"的局面，也体现出他粗犷、"江湖气"浓重，

---

① 陆佳雯：《"样板戏"〈沙家浜〉的文本演变研究》，浙江师范大学硕士学位论文2018年，第22页。
② 潘光蕡：《评沪剧〈芦荡火种〉的演出》，《上海戏剧》1964年第3期，第12页。

重义气的特点。三人的对话与唱词多通过对仗的形式展开，于是三人之间的唇枪舌剑、阿庆嫂与刁德一之间的攻防试探便给人一气呵成的酣畅观感。尤其当"这一个草包正好派用场"与"这一个草包真是无用场"这两句出自阿庆嫂与刁德一之口、形容胡传魁的唱词同时出现时，具有极强的喜剧效果与讽刺意味。"在这一场以'斗'的民间戏剧机制为叙述动力的'智力游戏'中，胡传魁作为一个憨笨、无知的反面人物，明显处于下风，既是刁德一口中'无用的草包'，又是阿庆嫂口中'一面堵风的墙'。但正因为胡传魁的'插科打诨'，使得这场'智斗'变得曲折跌宕、妙趣横生。与此同时，由于胡传魁性格憨笨，只是他一直处于'被欺骗'的位置，这种戏剧化的反面人物往往无法轻易地引起观众的厌恶之情，相反，容易赢得同情之心。"① 由此可见，"智斗"作为沪剧《芦荡火种》的重场戏，决定了该剧的基调，即由将胡传魁塑造为带有喜剧色彩的反派角色，并将我党地下工作者与对立势力斗的过程设计为民间喜剧化叙述机制的"斗"，顺应了带有喜剧色彩的戏曲传奇剧的创作传统。

此外，笔者认为，沪剧《芦荡火种》的传奇剧色彩来源其二，是表现主角阿庆嫂在一次又一次面对危机化险为夷时，将她的性格塑造与她同敌方势力"智斗"的过程中，呈现出浓浓的

---

① 陆佳雯：《"样板戏"〈沙家浜〉的文本演变研究》，浙江师范大学硕士学位论文2018年，第22页。

　　　　　　　　　　　　　　　沪剧现代戏剧本创作研究

"江湖气"氛围。

"江湖气"的概念，与"组织"息息相关。"江湖性有着深深的阶级基础和文化基础，当然也有着广阔的生活空间，构成了与庙堂相对独立的社会组织形态，即地下帮派或社团。"[①] 传统戏曲的"传奇剧"中，多见主人公身份为这样的组织成员，并与对立势力斗智斗勇的情节，例如孔尚任所著的传奇剧《桃花扇》就是以文人组织"复社"领袖侯方域为主人公。沪剧《芦荡火种》的江湖气氛，皆由主人公阿庆嫂的人物塑造上带来的。她身兼地下党组织联络员与春来茶馆掌柜的两重身份。学者周建江对春来茶馆的属性曾作出分析，认为春来茶馆的地理位置是阳澄湖边的沙家浜村，地处南北东西来往间的要塞。而独自料理这样一间茶馆的女性，绝非一般人，必定是走江湖的人都有所耳闻的"人物"。此外，阿庆嫂对外声称丈夫在上海跑单帮，周建江认为其内涵是暗示阿庆嫂的丈夫是某地下组织的头目或骨干，所以阿庆嫂的会自然流露出江湖气，说出"摆出八仙桌，招待十六方，砌起七星炉，全靠嘴一张"这样的江湖行话。

在当时几乎清一色的革命叙事戏曲现代戏作品中，阿庆嫂这样"江湖气"浓厚、能引发观众遐想空间的女主人公是十分少见且吸引眼球的。"江湖气"与民间意识相通，所以该剧观众对此

---

① 周建江：《革命叙事的民间写作——沪剧〈芦荡火种〉的文化解读》，《广东技术师范学院学报》2015年第36期，第4页。

喜闻乐见。此外，除了阿庆嫂是我党地下组织的联络员的特殊身份之外，她"江湖气"还体现在她的人物行动上——她三番五次机警地应对刁德一的阴险试探，化解的方式是考验人物反应速度的智力游戏。

笔者将阿庆嫂见招拆招的行动称之为智力游戏，是因为她的应对方式并非完全经得起推敲。例如，在第四场中，为了执行将伤病员从芦苇荡转移的指示，掩护沙七龙跳水的声音，应对凶神恶煞的伪军闻声质问时，阿庆嫂轻描淡写的一句"是我倒一桶水"就给敷衍过去了，这在现实中并不是很合理，不符合生活的真实，即便扮演阿庆嫂的丁是娥称这个动作在每次演出时，"剧场效果"都相当好，非常受观众欢迎。此外，在第九场，营救沙老太"虎口脱险"时，阿庆嫂一番对胡传魁即将迎来"大喜之日"，"动刀动枪不吉利"的言论就让正准备枪毙沙老太的胡传魁改变了主意，放走沙老太"放金钩钓大鱼"，未免危机解除得太过轻易了；而面对刁德一派他身边的亲信李长有暗中跟踪两人，编剧设计的化解危机的方式是让一切在暗场中进行——阿庆嫂和沙老太刚一起下场回家，刁德一让李长有暗自跟踪，刁德一正自鸣得意时，李长有立刻前来禀报阿庆嫂和沙老太打起来了，误导刁德一和胡传魁终于"确信"了阿庆嫂是和他们站在一边的。暗场的戏，能让观众有一气呵成的观感，也利于编剧直接给予观众一个行动的结果，而不需要将发展的过程呈现给观众，这是一个较为"省力"的方式。即使编剧不解释，观众大概率会自愿认为阿庆嫂料事如神，所以知道刁德一必定会派人跟踪两人。但她是如何同并非和她一样机警的沙老太在李长有的眼皮底下暗中串通的？两人面对要被"一起枪毙"的生命危险时，何时有了这般默契？编剧选择不给观众答案，只给到观众"奇情"的审美体验。但编剧也为阿庆嫂塑造了极为精妙机智，且经得起推敲的化险为夷的行动——例如在第四场，当陈天民化身为游方郎中用藏头药房与一语双关的台词向阿庆嫂传达党的指示时，阿庆嫂当着敌人的面，同用双关语向陈天民请示，而敌人毫不察觉；以及刁德一猜到新四军伤病员藏身在芦苇荡中，也猜中了阿庆嫂的那盏红灯是她同伤病员联系的信号灯。于是，阴险的刁德一强迫阿庆嫂升起红灯，向伤病员发出错误的信号，并让老百姓下阳澄湖打鱼捉蟹，佯装此地一片平静，从而诱使伤病员从芦苇荡出来。面对着千钧一发的危急局面，阿庆嫂急中生智，将斗笠套在茶壶上，抛入湖中，引得敌人怀疑是有人潜水逃走鸣枪射击，向远处芦苇荡里藏身的伤病员提醒了敌人的存在，击溃了刁德一的阴谋。

关于沪剧《芦荡火种》的传奇剧色彩来源，笔者认为，还源于编剧构建剧情与人物关系时"巧合"之奇。例如，在剧情方面，陈天民假扮郎中，巧妙地用藏头药方来传递信息的时机，正巧是阿庆嫂面对敌人对沙七龙为什么之前没有现身时，阿庆嫂即兴反应编了一个沙七龙生病了正好需要郎中看病。刘乃崇曾指出，这一情节设计有过于巧合之嫌[①]；在人物关系方面，在第一场戏，因为叶思中和参军失踪多年的儿子四龙年龄与长相非常相似，所以沙老太将叶思中认作干儿子，构建了一个非血缘家庭。但关于两人面容相似的巧合，叶思中到底是不是沙四龙，编剧也没有作出解释。

有趣的是，以上两个情节在被改编搬演为京剧样板戏《沙家浜》时都被删去。陈天民在沪剧《芦荡火种》中，通过开藏头药方传递信息的方式满足了观众"观奇听巧"的审美愿望，但过分浓厚的"民间传奇"色彩不符合要求格外正统的革命性叙事，于是将其改成了更加普通日常、贴合生活实际的暗中传递字条的方式；而关于叶思中与沙四龙面容与年龄相似的传奇性巧合而建立的"认亲"情节，因为模糊了"亲情"与"阶级情感"的界限，而不太符合当时的文艺创作规范。

二、《红灯记》的剧本创作

沪剧《红灯记》创作于 1963 年初，该剧的编剧凌大可、夏剑青是爱华沪剧团的两位演员，在爱华沪剧团于 1965 年撰写的报告《"红灯"照耀我们前进》中被称为"由剧团内的两个业余

---

① 刘乃崇：《在尖锐的斗争中塑造英雄形象——评沪剧〈芦荡火种〉》，《戏剧报》1964 年第 2 期，第 28 页。

作者执笔"①。该剧改编自电影剧本《自有后来人》(作者为沈默君、罗静)。1963 年春节,沪剧《红灯记》首演于红都剧场。

(一)《红灯记》的改编思路

爱华沪剧团的作品沪剧《红灯记》是 1962 至 1963 年间唯一着手改编《自有后来人》的舞台作品。实际上,在这期间,"所有敏感到这一红色现代题材政治意义、认识到这部电影与戏剧本体一拍即合的中国戏剧家们,马上开始了你追我赶的迅速改编行动。话剧、歌剧乃至地方京剧团都纷纷参与这一自发的红灯题材改编工程"②。而沪剧《红灯记》是其中速度最快,且质量最高的一部作品。该剧刚排练出来时,在上海养病的江青就在观摩后给予好评:"我看了很多同一题材的不同剧本后,感到还是爱华剧团的本子好。其他有的剧本,对人物简直是很大的歪曲,使我看了一半想走开。"③ 9 月,中宣部副部长林默涵要求中国京剧院副院长阿甲与翁偶虹,将沪剧《红灯记》改编为京剧版本,翁偶虹在接过沪剧《红灯记》的剧本后,一口气读完,认为"戏是好戏,但觉沪剧原作还有丰富与剪裁的余地"④。由此可见,国家戏曲界的一线创作人员对沪剧《红灯记》剧本的认可程度是比较

① 爱华沪剧团:《"红灯"照耀我们前进》,《戏剧报》1965 年第 4 期,第 34 页。
② 谢柏梁:《荡漾在电影与戏剧之间——〈红灯记〉系列作品的逻辑演进》,《南京师范大学文学学院学报》2003 年第 4 期,第 58 页。
③ 钟兆云:《京剧〈红灯记〉出台前后》,《福建党史月刊》1996 年第 2 期。
④ 黄维钧:《阿甲谈〈红灯记〉》,《中国戏剧》1991 年第 3 期,第 12 页。

高的。

　　而爱华沪剧团之所以投入速度与创作效率如此之高，是因为受到形势影响——上海市人民沪剧团在 1959 年编排革命现代戏《芦荡火种》时，爱华沪剧团还在上演着"西装旗袍戏"。"1962年文化环境稍微宽松一点，'爱华'又演起了《少奶奶的扇子》之类的'资产阶级生活情调'戏，引起了不少非议。"[①] 可见，沪剧《红灯记》的创作是爱华沪剧团亟须向编演革命现代戏转型的"背水一战"。该团还在一份总结中写道："沪剧《红灯记》的改编演出是我们剧团演出革命现代戏的转折点。"

　　沪剧《红灯记》的情节几乎直接搬用了原作《自有后来人》，表现的就是发生在东北抗日战争时期的故事，编剧并未如沪剧《罗汉钱》一般将故事发生地移植到上海或周边地区作本土化改编，《红灯记》讲述了东北某地铁路工人、中共地下党员李玉和、李母与孙女铁梅身为异姓三代人结为一家的传奇革命家史。铁梅在奶奶与父亲牺牲之后，通过智慧化解了危险，终将密电码送到组织的惊险剧情。

　　爱华沪剧团之所以选择《自有后来人》作为该团向革命现代戏转型的重要作品的蓝本，除了原作中表现无产阶级革命者前赴后继的革命精神之外，更重要的，是以沪剧观众审美需求为考量

---

① 谢柏梁：《荡漾在电影与戏剧之间——〈红灯记〉系列作品的逻辑演进》，《南京师范大学文学学院学报》2003 年第 4 期，第 58 页。

的；且创作者所考量的审美方向也同《芦荡火种》一般，是因该作品带有"传奇剧"的色彩，因为《自有后来人》"有情节，有人物，故事的发展曲折、紧张，人物的关系复杂，遭遇奇特，观众看了保证能落眼泪"①。甚至，在爱华沪剧团着手改编伊始，改编的方向是将原作中的传奇色彩加码，以"革命惊险剧"作为卖点在广告海报上着重标出，吸引观众。所以，为了卖座，一开始该剧的原名为《密电码》，以展现敌我之间围绕密电码的搜索与保护展开的曲折斗争。但后来，出于政治上的考虑，定名为《红灯记》，因为红灯在剧中是有革命象征意义的重要道具。爱华沪剧团党支部认为，两个剧名之争，实际上却是不同文艺思想在具体剧目创作上的反映，而这种"追求情节惊险，迎合小市民趣味，强调票房价值的思想，是搞好革命现代戏的最大障碍……"②在编剧创作时，紧扣"红灯"这一革命精神象征，有意识地在原作的基础上将这盏红色号志灯的出场提前，在第一场李铁梅刚出场时，就是李玉和交代李铁梅将红灯小心地带回家中，交给奶奶；第二场奶奶出场时的唱段又是在强调红灯的重要性——"穷人的传家宝，是劳苦大众的指路灯"；之后的场景内，关于红灯的唱词多番出现——"高举红灯，继续闹革命""见红灯像饥饿的婴儿

---

① 《上海爱华沪剧团团小志气大，〈红灯记〉几经修改再度公演》，《文汇报》1965年1月28日，第1版。
② 同上。

见娘乳，像迷航的舵手见了指南针。见灯似见亲人面……老爹爹在世多英勇，高高举起号志灯……红灯啊！你为革命放光明……是红灯照亮我的心，是红灯使我意志更坚定"，等等。

然而，在沪剧版中创作的诸多强调"红灯"的革命象征意义的唱词中，笔者认为，从编剧学的角度来说，其中最重要的，是重复了两次的"是红灯使我们三姓成了一家人"。因为，这句台词的另一层作用，是将故事情节中除了"密电码"带来的传奇色彩之外，另一个"奇情"色彩的来源——"三姓成为一家"这种带有传奇色彩的革命家庭伦理用"红灯"来合理化了，使得用台词多番突显"红灯"重要性的编剧手段变得更加自然、合理。

（二）《红灯记》的两场重场戏创作

沪剧《红灯记》中，有两场"重场戏"，一场是著名的"痛说革命家史"桥段，所用的"追叙"手法，是中国古代戏曲叙事的常用手法，对于多按照线性时间顺序来进行叙事的戏曲来说是一个有力的补充信息的手段，体现了编剧在戏曲创作方面的"叙事"智慧。然而，在这个桥段运用"追叙"并非1964年沪剧版本的首创，在沪剧的初版，在此处运用的手法是通过灯光和幕布进行"暗转"，在奶奶开始向铁梅讲述隐瞒了十七年的身世秘密时，舞台呈现一次暗转，十七年前一身是血，一手抱着铁梅，一手举着红灯的李玉和出场。但1965年，爱华沪剧团在学习了京剧《红灯记》的成功经验后，将这一桥段也改成同京剧一样的由奶奶的"追叙"来表现。在"追叙"中，奶奶成了"全知视角的代言人"，铁梅由此前"暗转"手法处理时的"观看者"变成了"亲历者"，"有助于李铁梅更好地理解革命的必要性和正义性，并凸显李玉和所代表的精神力量和革命影响对李铁梅心灵的强烈冲击和塑造，这就为李铁梅彻底的身份转换做好了铺垫"①。

从编剧学的视角来看，另一场重场戏，是"赴宴斗鸠山"，这场戏体现了编剧在"改编"电影文学剧本的相同场景时，呼应了"民间性"立场的创作智慧。

"赴宴斗鸠山"是沪剧剧本中的第六场，在电影文学本中所对应的是第五场，表现的是李玉和与反面人物鸠山的第一次正面交锋。在编剧手法上，是通过扩充情节来刻画人物——"原电影就有斗智斗勇的描写，现在发展得更有层次和深度，不仅有对敌人假客气的周旋，对敌人威胁的蔑视，对敌人严刑的忍受，而且有人生观的辩驳交锋，有心理和意志的较量，使得鸠山的表现由温雅到阴森，再到狰狞，终于疯狂，李玉和的形象则先表现为软硬不吃，继而表现出深沉、博大、坚贞，终至壮美、崇高。"②沪剧《红灯记》在改编电影文学本《自有后来人》的这场戏时，并不是简单地将台词"直译"为沪剧唱词就是完成了"戏曲化"的

---

① 汪炳、张节末：《全知视角的在场与隐身——以样板戏〈红灯记〉"痛说革命家史"桥段为个案》，《美育学刊》2014 年第 6 期，第 61 页。
② 董健、胡星亮：《中国当代戏剧史稿 1949—2000》，中国戏剧出版社 2008 年版，第 169 页。

工作。在电影文学本中，尽管鸠山想尽全力说服李玉和归顺自己，未能成功，但李玉和面对鸠山的态度是一种较为回避的态度，同鸠山进行三个回合间的言语周旋；而在沪剧版的剧本中，不仅人物的内心世界通过编剧撰写的唱词得以细致丰满地体现，李玉和面对鸠山，不再是较为回避，而是旗鼓相当地对立着，两人进行了一番"升级"后的唇枪舌剑。编剧在改编时在此提升了李玉和的"战斗力"，不仅是出于英雄人物革命性主题的考量，更重要的是创作了一种民间性极强，沪剧观众喜闻乐见的戏剧结构模式。陈思和在《民间的浮沉：从抗战到"文革"文学史的一个解释》中也指出，在沪剧《红灯记》"'赴宴斗鸠山'这折戏中看到了另一个隐形结构模式：道魔斗法模式"[①]。在沪剧《红灯记》的显性结构中，"魔道斗法"是李玉和一家三代人与以鸠山为代表的日本侵略者的斗争，投射在这场"重场戏"中，则成了李玉和须同鸠山通过舌战的斗智，不卑不亢，维护尊严。所以，这场高潮戏也成了该剧最具有民间性意味的一折，"它体现了民间中的道魔斗法的隐形结构，一道一魔（象征了正邪两种力量）对峙着比本领，各自祭起法宝，一物降一物，最终让人满足的是这变化多端的斗法过程，至于斗法的目标却无关紧要"。观众对于这场戏的审美期待不会是"李玉和成功保住了密电码"，因为李玉

---

① 陈思和：《思和文存　第二卷》，黄山书社 2012 年版，第 17 页。

和的英雄人设不可能向敌人透露任何关于密电码的线索，密电码暂时安全是观众完全可以预料的。观众期待的，是一场酣畅淋漓的唇枪舌剑，而编剧为他写下了对仗、凝练，且铿锵有力的唱词，不仅提高了戏剧的文学性与叙事的情韵化，更是熨帖了"魔道斗法"的戏剧节奏，升级了戏剧张力。反之，在京剧《红灯记》的改编过程中，编剧为了塑造李玉和的英雄形象而对他在这场戏的行动作出了较大的改动，"李玉和的'幽默'在'样板戏本'中消失不见，'样板戏本'为李玉和增加了一系列动作如'卑视地吹灭火柴''讽刺地掷火柴于地'，使得李玉和对鸠山的关系有了根本性改变：李玉和不再是仅通过婉转的语言配合敌人进行周旋，而是以极强的气势完全将敌人压倒"[1]。由此看来，在京剧《红灯记》中，戏曲观众喜闻乐见的"魔道斗法"被正义凛然的共产党人李玉和对敌人嘲讽与蔑视带来的压倒性气势所取代，可见编剧是为了追求主题思想的革命性，在呼应戏曲的"民间性"立场方面实为后退了一步。

沪剧《红灯记》的编剧凌大可、夏剑青虽然是演员出身，但这部作品是他们经过七次大改后，才将电影文学本成功地"戏曲化""沪剧化"，过程非常艰辛。最终，沪剧《红灯记》不负众望成为沪剧史上一部重要作品。但它也的确存在一些问题，谢柏梁

---

① 姜丽媛：《〈红灯记〉改编研究》，陕西师范大学硕士学位论文 2020 年，第 21 页。

指出："其最大的不足是沪语方言的限制和沪剧体制的散漫，使得人物有唱念缺乏民族共同语所要求的较高文学性，场次容量亦稍嫌庞杂的缺憾。"[①] 笔者认为，沪剧《红灯记》所体现出的这个问题，实质上是编剧创作在题材选择上，"斗争性"极强的作品是同沪剧的气质与表现力"不兼容"的。"首先是形体表演比较生活化，缺少戏曲舞蹈程式的表现力。其次是唱，沪剧靠唱，经常运用'长腔'，一唱数十句固然酣畅淋漓，但文辞未免酣畅有余凝练不足，加上曲调平易、简单、重复，和唱腔的半说半唱特点，音乐表现力较弱，和京剧唱腔高亢、低回、潇洒、急骤无所不能的表现力相比差距甚大"[②]。由此可见，善于以长篇唱段以情动人的沪剧，在编剧创作时在题材的选择上，也是需要深层次地斟酌与考量。以女性为绝对主人公（例如《芦荡火种》的阿庆嫂）、发生在南方（例如《芦荡火种》的阳澄湖畔，而非《红灯记》的故事发生地东北）、斗争性及戏剧张力的"惊险性"并非那么强烈的故事或是素材，更加适合改编为沪剧。

三、与革命样板戏人物刻画手法的不同

沪剧《芦荡火种》与《红灯记》分别被移植改编为京剧样板

---

① 谢柏梁：《荡漾在电影与戏剧之间——〈红灯记〉系列作品的逻辑演进》，《南京师范大学文学学院学报》2003 年第 4 期，第 60 页。
② 董健、胡星亮：《中国当代戏剧史稿 1949—2000》，中国戏剧出版社 2008 年版，第 170 页。

戏《沙家浜》和《红灯记》的过程中，革命样板戏在人物刻画方面同沪剧原作相比，被较为不同的创作观念所支配。

（一）从沪剧《芦荡火种》到京剧《沙家浜》

沪剧《芦荡火种》在移植改编为京剧《沙家浜》的过程中，关于剧中人物塑造方面，有几处重要修改：其一，在于主角是郭建光还是阿庆嫂的问题，在革命样板戏中，有着明显将剧中核心人物向郭建光倾斜的倾向；其二，是县委书记陈天民的戏份，在革命样板戏《沙家浜》中被减弱；其三，通过在修改原作情节中阿庆嫂面对危机作出的反应与态度，使《芦荡火种》中属于核心人物阿庆嫂的人物刻画同革命样板戏《沙家浜》中的阿庆嫂有所不同，所展现出来的形象气质发生了微妙的变化。

阿庆嫂"江湖气息浓厚的八面玲珑的茶馆老板娘"与"忠诚的革命工作者"的双重身份具有极强的戏剧张力。而在《芦荡火种》中因有意识地突出了传奇性色彩，所以在人物呈现的色彩上，更偏向于前者。而革命样板戏《沙家浜》在改编的过程中，则是将阿庆嫂的人物色彩向后者明显偏移。例如，在"转移伤员"这场戏中，改编者为阿庆嫂增加了这样几句念白：

阿庆嫂：（对郭建光）同志们安心隐蔽，芦苇荡很大，敌人搜是
　　　　搜不着的。可是注意：一不要举火，二不要大声说话。

一旦敌人撤退，我们就派船去接同志们。①

　　《沙家浜》中所加的这段台词较为直接地呈现了阿庆嫂作为富有经验的革命工作者的领导能力与临危不乱的冷静素质。而在沪剧《芦荡火种》中，更多展现的是阿庆嫂随机应变的反应力，与江湖气浓厚的待人接物方式。

　　从京剧版与沪剧版最初饰演阿庆嫂的女演员的表演呈现上，也能体现出人物塑造的区别。饰演京剧《沙家浜》中的阿庆嫂的演员赵燕侠曾指出，开始排演时候，她认为她扮演阿庆嫂没有问题的，因为她有丰富的舞台表演经验。但没想到最终的呈现效果是她看起来像一个茶馆老板娘，却一点也不像一个有着革命气质党的地下工作者。而后，当她转而注重展现其革命者的精神面貌后，她才终于将阿庆嫂"演活了"。②而沪剧《芦荡火种》的阿庆嫂扮演者更注重通过阿庆嫂察言观色的细节处理，外化表现她身上江湖气息浓厚的敏锐警觉与作为地下联络员临危不乱的素质。"一举一动，确实要像茶馆老板娘的样子，应酬敌人时也会带几分江湖义气。但是在心里，阿庆嫂却把敌人恨之入骨，时刻寻找机会解救伤病员，始终保持高度的警惕性和

---

① 汪曾祺、杨毓珉、肖甲、薛恩厚改编：《芦荡火种》，中国戏剧出版社 1964 年版，第 14 页。
② 赵燕侠：《我的舞台艺术》，长江文艺出版社 1983 年版，第 65—80 页。

　　　　　　　　　　　　　沪剧现代戏剧本创作研究

责任感。"① 例如外化表现面对不信任她的刁德一时，阿庆嫂站在原地不动，突出表现她对他用随意中包含着敏锐的眼神打量。与之相对的，是革命样板戏中的阿庆嫂削弱了体现其"随机应变"特点，而强调了她面对敌人"有备而来"的运筹帷幄。例如，在"智斗"一场戏中，阿庆嫂的"背躬"被改编者加了这样一句唱词——"这草包倒是一堵挡风的墙"，以体现刁德一还没有正式试探阿庆嫂，她就已经成竹在胸，有了应对之策。可见，在革命样板戏中，阿庆嫂的面貌同原作《芦荡火种》中很不一样。

前文所列举的问题，都指向革命样板戏创作的人物塑造须体现出武装斗争、党的领导、样板戏"三突出"原则——"在所有人物中突出正面人物来；在正面人物中突出主要英雄人物来；在主要人物中突出最主要的中心人物来。"② 值得一提的是，与样板戏京剧《沙家浜》不同的，是沪剧《芦荡火种》在编剧文牧在构思之初，是将人物塑造的真实性放在首位，不仅没有一味去"神话"英雄人物，而是将阿庆嫂塑造成了一个生活化、乡土化，也会犯小错误的"大写的人"；而对于戏里的反派，也努力做到不"脸谱化"。编剧对于人物独具匠心的塑造，体现出编剧在创作时对追求人物塑造贴近民间审美的坚持。

---

① 茅善玉主编：《沪剧》，上海文化出版社 2010 年版，第 191 页。
② 于会泳：《让文艺舞台永远成为毛泽东思想的阵地》，《文汇报》1968 年 5 月 23 日。

（二）从沪剧《红灯记》到京剧《红灯记》

沪剧《红灯记》在移植改编为革命样板戏京剧《红灯记》的过程中，对情节和人物所做的修改同《芦荡火种》相比，可谓是比较少了。但从爱华沪剧团留下的沪剧《红灯记》的创作资料中，笔者注意到爱华沪剧团的创作理念受当时政治氛围影响，潜移默化地逐渐向革命现代戏的"三突出"原则倾斜，但在沪剧剧目创作"以情动人"意识所形成的创作"惯性"下，沪剧《红灯记》实际上并没有做到如同革命样板戏一般完全的"三突出"原则，使其在人物塑造方面较革命样板戏《红灯记》更具有"人情味"。

异姓的一家人为了保护与传递密电码同敌人殊死搏斗，这样的传奇故事的改编思路大致会有三种：其一，是侧重于描写李铁梅作为革命接班人的成长过程，这样的写法会将李铁梅作为主角，集中笔墨以她的视角来发展剧情（实际上，这是延续电影文学本《自有后来人》的创作角度，该电影文学本"主题纷繁复杂、话语含混：极力描摹李铁梅由天真烂漫对革命懵懵懂懂的少女到成为坚定的革命战士的成长经历，同时还掺杂着对革命者革命精神的表现"[①]）。其二，是侧重于描写李玉和的英雄事迹，以他为主观视角展开故事。其三，是将三代人同时作为主角，均匀笔墨，没有特别突出某一个家庭成员，描写这三代人前赴后继、不畏牺牲

[①] 姜丽媛：《〈红灯记〉改编研究》，陕西师范大学硕士学位论文 2020 年，第 35 页。

的斗争过程。在创作时，剧团经过讨论后，得出的结论是"多数人认为（主角）应该是李玉和"，因为"李玉和十七年前就在师傅的引导下，参加了'二七'京汉铁路工人大罢工，在革命风浪中经受过严峻的考验，写下了无产阶级革命血泪凝成的家史；十七年后，他已是个久经风霜的无产阶级战士，面临着更为尖锐、复杂的同日本帝国主义的斗争，为革命出生入死，抛头颅、洒热血，堪称一个光辉的共产党员形象。而李奶奶走上革命道路、李铁梅的成长是与他的影响分不开的。所以全剧的中心人物应该是李玉和，一切应从塑造李玉和这个正面英雄形象出发。"[①] 可见，爱华沪剧团当时认为该剧的改编思路是笔者列举的第二种。

然而，笔者认为实际上爱华沪剧团改编时用的思路是笔者列举的第三种。虽然该剧第一场戏是以李玉和为主角出场来设置剧情，但从整出戏的情节结构上来看，沪剧《红灯记》实际上对三代人的描写笔墨大致等同，内在的逻辑结构是传统戏曲沿用下来的结构，同明代王世贞创作的《鸣凤记》中"连续 8 人前仆后继、流血牺牲、最终告倒权臣的波浪式发展、再生型前进结构相似"[②]。《红灯记》也以 17 年前"二七"大罢工，作为一位烈士倒下去、千百位革命者站起来的壮烈背景，从李奶奶、李玉

---

① 爱华沪剧团：《坚持兴无灭资的斗争，努力实现戏曲革命化——改编演出沪剧〈红灯记〉的初步总结》，《文汇报》1965 年 4 月 1 日，第 4 版。
② 谢柏梁：《荡漾在电影与戏剧之间——〈红灯记〉系列作品的逻辑演进》，《南京师范大学文学学院学报》2003 年第 4 期，第 58 页。

和、铁梅异姓一家的奇妙组合上，形象地展示了革命自有后来人的典型例证。"① 所以，沪剧《红灯记》的编剧改编思路，实际上是将"红灯"所附载的革命精神象征同这独一无二的"异姓三代人"革命者前赴后继流血牺牲的斗争深刻联系在一起，侧重的是"红灯"这一主题，也是"三代人"。于是，沪剧《红灯记》既有刻画李玉和、李奶奶、李铁梅三位革命者的崇高精神，同时也有诸多笔墨去描写这传奇的一家人的家庭情感与经历生离死别前符合人文精神的悲情宣泄，非常适合沪剧"以情动人"表现特点。

而真正实现将李玉和作为绝对主角的创作思路，是在中国京剧院将沪剧《红灯记》改为京剧的过程中了。沪剧《红灯记》已经在情节的戏剧性、传奇性，与主题、人物的革命性方面留给同名京剧极好的改编基础。京剧《红灯记》的改编在将李玉和从三代人的英雄群像表达中摘出，然后浓墨重彩地将其作为主要表现的对象去塑造，但并没有为李玉和重新编写新的戏份，仅是遵循了当时样板戏创作的"三突出原则"。京剧版的编剧阿甲、翁偶虹重塑李玉和这个人物的手段，是剥离李玉和身上的"人性""人情味"，让他只剩下"阶级性"——例如，在重场戏"赴宴斗鸠山"，李玉和是被鸠山"审问"的对象，沪剧版本中李玉和同鸠山不卑不亢、言语过招的台词被改成慷慨激昂的怒斥，使得叛徒

---

① 谢柏梁：《荡漾在电影与戏剧之间——〈红灯记〉系列作品的逻辑演进》，《南京师范大学文学学院学报》2003 年第 4 期，第 59 页。

王连举"心惊胆战,躲到鸠山身后"。面对死亡时,李玉和在英勇就义前高喊口号:"中国人民,中国共产党是杀不完的!……打倒日本帝国主义!中国共产党万岁!毛主席万岁!"京剧版本的李玉和让敌人鸠山感到恐惧,而自己没有表现出一丝对死亡的情绪波动。甚至,连之前"粥棚脱险"一场,在展现"李玉和面对宪兵突如其来的搜查,表现李玉和临危不乱"的戏剧任务时,沪剧版本所用的方式是让李玉和以插科打诨的方式来应对宪兵,这样的手法既能生动形象地塑造人物,又能增加具有民间立场的喜剧色彩。然而,这样的细节在改编为京剧版本时,被全部删去,在京剧版本的剧本中,只剩下若干"机智而镇定""泰然自若"的动作提示,而李玉和的动作本身也仅是配合搜捕然后从容离开而已。李玉和"不仅自己从来不哭,也不许铁梅哭哭啼啼,这比《清忠谱》中周顺昌呵斥儿女之哭,更有相去难以道里计的崇高气节"。谢柏梁曾评价京剧版本李玉和的形象弱点在于"阶级意识的纯粹彻底驱走了儿女情怀……也许唯其如此,他才能显得更为高大,然而可敬但不太可亲"①。

所以,两版剧本从这个角度上来说,沪剧版本的《红灯记》是在共同深刻表现革命性主题的基础上,比京剧版人物塑造更加人性化,情感表达更加动人的。尽管在剧种气质方面,"沪剧比

---

① 谢柏梁:《荡漾在电影与戏剧之间——〈红灯记〉系列作品的逻辑演进》,《南京师范大学文学学院学报》2003 年第 4 期,第 61 页。

较温和平庸，缺少高贵、端庄、慷慨、苍凉等。这样，对于表现某些题材沪剧是胜任的，但要表现英雄史诗那样激情壮美的舞台效果，则力有不逮"①。但从编剧学的角度总结下来，在人物塑造的深刻、真实方面，沪剧版《红灯记》和京剧版比起来，是更胜一筹的。

样板戏在改编移植原作的过程中，将人物的多面性、作品的多义性改动为单纯对"斗争性"的强调，在艺术观念上是一种倒退。在与沪剧《红灯记》同一年诞生的工业题材淮剧现代戏《海港的早晨》也是当时影响力非常大的地方戏现代戏作品。编剧李晓民在创作时深入生活，和码头工人一起劳动，塑造出了一系列性格各异、真实感人且既没有过分拔高，也没有脸谱化塑造的人物形象。而在江青的授意下，改为革命样板戏京剧《海港》后，将原作贴近现实生活的"教育青年工人把远大理想和平凡劳动结合起来"的主题思想稀释，并"扣上了国际主义的帽子"，"不仅显得生硬别扭，也剥夺了作品的多义性，强迫观众从'阶级斗争'的角度去解读"②。由此可见，改编移植革命样板戏时，"上纲上线"的创作思想会大大削减原作的艺术表现力与审美韵味。

---

① 董健、胡星亮：《中国当代戏剧史稿1949—2000》，中国戏剧出版社2008年版，第170页。
② 刘艳卉：《上海淮剧研究》，中国戏剧出版社2008年版，第85页。

小　结

　　新中国成立十七年的沪剧现代戏创作受到时代政治氛围的影响颇深，现代戏原本贴近生活的特点，成为更便于使剧目服务于即时的政治宣传需要与教育群众的需要的基础。一大批具有宣教色彩的"革命剧""政策剧"与"先进模范剧"由此诞生，而单纯表现具有时代特色与人民现实生活的现代戏却是屈指可数，可见当时的文艺政策导向对沪剧现代戏创作是一个极大的束缚，回归艺术本身的创作对于当时的创作者来说比较难以实现。然而，在新中国成立初期仍出现了《罗汉钱》这部具有里程碑意义的作品，虽然它依旧因宣传《婚姻法》而创作，但该剧创作者引入苏联文艺观念对人物进行生动自然的塑造、对小说情节结构进行了大刀阔斧并具有创新意识的改动，以及放大其"爱情喜剧"色彩以适应沪剧观众审美趣味的风格，让这部作品在艺术表现力上脱颖而出。即使结局是随着《婚姻法》的颁布解决了人物的困境，也许会使人有古典主义戏剧作品常见"天降奇兵""机械降神"的观感，但瑕不掩瑜，在斯坦尼斯拉夫斯基演剧体系塑造"真实的人"的艺术观念造就下，一代又一代观众都会走进人物的内心，同他们产生情感的联结。

　　而"大跃进"时期的沪剧现代戏创作在主题思想上，延续了新中国成立初期以《罗汉钱》为例等作品对政治运动与政策宣传作出迅速反应的特点。但"大跃进"时期的沪剧现代戏创作，在以"现代戏为纲"的影响下，思想上追求"政治挂帅"，创作时追求"走群众路线"，故而更追求思想性、斗争性，相较之下忽略了对艺术性追求的重视。但是，值得一提的是，《罗汉钱》的导演张骏祥与《星星之火》的导演朱端钧在深度参与剧本的创作与修改工作时，将来自苏联文艺观的现实主义创作观念引入了沪剧现代戏创作之后，在人物塑造与情节合理性、情感的动人程度上都大有提高，为沪剧吸纳了养分，有效地帮助了沪剧这一年轻戏曲剧种的成长。

　　以《芦荡火种》与《红灯记》为代表的走向革命现代戏时期的沪剧现代戏佳作，共通之处是在创作情节时将传统戏曲的审美元素"传奇性"放大，并在构建重场戏情节时融入民间喜闻乐见的情节结构。然而，囿于当时创作"三突出"的原则，剧中的正面人物的道德操守必须尽可能完美，并须强调表现政治思想。虽然并未如同经过移植改编后的京剧革命样板戏版本一般仅着重"突出"主人公的伟岸形象，但依旧忽略了主人公的个人生活与个人情感的描写。可见，新中国成立十七年的沪剧创作，是从"人的戏剧"发展到"人民的戏剧"的过程中，创作者逐渐忽略

　　　　　　　　　　　沪剧现代戏剧本创作研究

了人学观的价值，人物成了政治的符号，戏剧创作者也沦为政治的传声筒，鲜有机会展开个性化的艺术创作与表达。实际上，在这一阶段"人学观"的倒退，在一定程度上有悖于周扬在1956年提出的"人民性"是"表现了人民的思想、人民的感情、人民的愿望"的艺术创作的初衷。

第三章

20 世纪 80 年代优秀沪剧现代戏剧本创作研究

第一节 20世纪80年代沪剧现代戏创作背景概述

1977年，也是沪剧剧目创作与演出恢复生机的起点：上海市人民沪剧团的《金绣娘》在瑞金剧场首演，《艰难的历程》《特殊的战场》在劳动剧场首演，《阿必大》在大众剧场演出，《艰难的历程》《金绣娘》与《嫁妆鞋》《被唾弃的人》《朋友》等剧目参加了上海市文化局举办的1978年全市戏剧汇演。传统剧目的复演，标志着中国文艺界在逐渐从"文艺黑线专政"中被解放出来，而新剧目的创作亦可被视为戏曲剧种从"文革"浩劫中恢复生机的"造血"行动。党中央在1978年召开的第十一届三中全会，使沪剧在改革开放的阳光下重新走向了繁荣。

1977—1980年间的沪剧界创作出了一批新的现代戏，题材与内容聚焦于歌颂老一辈革命家，以及揭露"四人帮"的罪行：

《金绣娘》首演于1977年7月，由编剧宗华、宋之华创作，上海市人民沪剧团出品，表现了1949年春，解放军渡江前夕，被派到江南侦察敌人江防部署的梁超在完成任务时不幸负伤，党的

沪剧现代戏剧本创作研究

地下联络员金绣娘前来接应。面对敌军伪保长的四处搜捕，金绣娘利用其绣娘身份巧妙周旋，终与群众一起保护梁超安然过江。

《艰难的历程》首演于1978年9月，由编剧余雍和创作，上海市人民沪剧团出品，表现了1934年10月，红军主力出发长征，陈毅身负重伤，留在中央苏区领导一部分红军坚持游击战争的故事。

《金锁》首演于1978年12月，由编剧姚芳松创作，崇明县沪剧团出品，歌颂农村会计金锁坚持原则，对加重农民负担、谋取私利的不正之风进行了巧妙的抵制。

《被唾弃的人》首演于1978年，由编剧张东平、虞元芳、曹静卿、何俊创作，上海市人民沪剧团出品，揭露"四人帮"摧毁教育事业。歌颂主人公优秀中学教师林蕴华虽在"文革"中遭遇迫害，却依然对党的教育事业矢志不渝的精神。

《女儿的回忆》（又名《一封终于发出的信》）首演于1979年5月，由编剧余雍和创作，上海市人民沪剧团出品，歌颂老一辈革命家陶铸的高尚品德，揭露林彪、四人帮迫害老干部的罪行。

《第二次握手》首演于1979年6月，由编剧汪培、史永康、张明创作，新艺华沪剧团出品，歌颂周恩来对科学家的关爱与保护。该剧描写新中国初期，国家建设迫切需要科学人才的加入，华裔科学家通过各种方式积极为祖国贡献力量。

《碧海死光》首演于1979年8月，由编剧姚芳松创作，崇明县沪剧团出品，是一部科学幻想剧，讲述了主人公自以为制造了一台造福人类的激光掘进机，实际上是杀人武器死光机的故事。

《张志新之死》首演于 1980 年 1 月，由编剧余雍和创作，上海市人民沪剧团出品，通过表现爱国党员张志新所遭受的迫害并英勇牺牲，揭示了"文革"时期的罪恶。

上海市人民沪剧团的编剧余雍和在上海市文化局先进表彰大会的发言稿上提及了这一时期的新剧目创作的过程，能够很好地阐述新时期开端时沪剧编剧创作思想："七八年话剧、戏曲汇报演出之后，七九年初上海戏剧舞台上还来不及出新戏。打开报纸广告，几乎没有什么现代题材的信息上演。我们的剧团很着急，尤其是沪剧这个比较年轻的剧种，它又有坚持编演现代戏的传统，如果长时间不出新戏，还会影响到剧种的发展前途。面对这种情况，文化局和剧团领导一再鼓励我们创作人员搞出新戏，搞出反映现代生活的新戏。在这种形势推动下，我们处处找题材。"[1] 于是，余雍和在读到了报纸上刊登的陶铸的女儿陶斯亮写的一篇散文《一封终于发出的信》后，深受感动，将这篇散文作为素材搬上了沪剧的舞台，歌颂老一辈革命家陶铸同志的高尚品格，揭露林彪、"四人帮"借"文化大革命"迫害老干部的滔天罪行。《女儿的回忆》上演的 1979 年 5 月，正值全国掀起学习

---

[1]《上海沪剧团编剧余雍和在上海市文化局先进表彰大会的发言稿》，B172-7-347-21，上海市档案馆藏。

　　　　　　　　　　　　　沪剧现代戏剧本创作研究

张志新烈士的热潮，报刊上大量刊登了介绍张志新烈士事迹的文章，这也引发了对现实新闻题材格外敏感的沪剧编剧的关注与思考，"……读后我脑子里盘旋着许许多多问题。为什么像张志新这样的好党员会无辜地惨死在社会主义国家里？她正义在胸、真理在手，为什么会'叫天天不应，叫地地不灵'地饮恨无产阶级专政的刑场？在林彪和四人帮疯狂作乱的十年里，像张志新这样的奇冤大案何止万件。这一切是多么值得我们去深思啊！在戏剧舞台上，塑造这样一个为坚持真理而斗争的新人形象有其深远的意义。这也是我们创作人员义不容辞的责任"①。

一、政府对沪剧现代戏剧目创作的支持

1978 年改革开放以来，政府保持了对戏曲创作的重视，不仅制定了一系列方针与政策，也尽可能地为戏曲发展提供帮助。邓小平在 1979 年 9 月于全国艺术工作者第四次代表大会上的讲话肯定了新中国成立十七年中"百花齐放、推陈出新、洋为中用、古为今用"等文艺方针，提出文艺要"围绕着实现四个现代化的共同目标"②、文艺为四个现代化服务的新方向。新时期之初的人民群众也在单调无比的样板戏运动后极度渴望文艺舞台上能够重

---

① 《上海沪剧团编剧余雍和在上海市文化局先进表彰大会的发言稿》，B172-7-347-21，上海市档案馆藏。
② 邓小平：《在中国文学艺术工作者第四次代表大会上的致辞》，载自《戏剧工作文献资料汇编》，中国戏曲研究院艺术研究所 1984 年版，第 499 页。

焕生机。1980年7月，北京召开了全国戏曲工作座谈会，强调"戏曲应以发扬人民的爱国主义精神，鼓舞人民在革命斗争与生产劳动中的英雄主义为首要任务"[①]。同年8月，上海戏曲艺术剧目工作座谈会召开，上海市文化局局长李太成进一步提出："各个剧团写什么戏，演什么戏，拿什么东西给观众，应该有个明确的指导思想，这就是要有利于社会主义，要提高人们的精神境界，使我们古老而又丰富的民族戏曲，得到繁荣和发展。百花齐放，现代剧、传统剧、新编历史剧都要，但我们要提倡现代戏，提倡戏曲表现现代生活。"[②] 为了鼓励创作反映时代生活的新剧目，扶持现代戏的创作，本次座谈会作出了两个重大决议，其一是为了支持重点剧目的创作而拨款二十万元作为专项资金；其二是决定举办上海戏剧节，检验改革开放以来上海戏剧界的创作。

一向有着"说新闻、唱新闻"反映现实生活优良传统的沪剧更是积极响应号召，在现代戏的创作上重现活力。首届上海戏剧节于1981年11月开幕，在提倡现代戏创作的大前提下，涌现出一批题材较为新颖的现代戏剧目——"在这次戏剧节中，反映当代青年的创作剧目较多。这些剧目，摒弃了过去一段时间里，文艺创作中过多地渲染十年动乱给青年带来的精神创伤写法，而是努力挖掘当代青年在'四化'征程中迸发出来的劳动热情和蕴藏

---

① 《繁荣民族戏曲，鼓舞人民的斗志——戏曲工作座谈会在京圆满结束》，《文汇报》1980年8月1日，第1版。
② 《本市将拨专款支持新创作》，《文汇报》1980年8月20日，第2版。

的心灵美。有些戏还触及了青年应该确立怎样的世界观这样一个重要问题。"[①] 沪剧界在这次戏剧节中的参演剧目大多是描写"文革"后当下社会生活的现代戏，有反映农业科技战线的崇明县沪剧团参演的《田家春》，有表现钢厂先进青年的市工人文化宫业余艺术团参演的《钢城春燕》，有反映实行联产承包责任制后农村新面貌的两部作品，一部是松江县业余演出队参演的《定心丸》，另一部是上海市人民沪剧团参演的《三接新娘》。而上海市人民沪剧团的另一部参演新剧目的题材较为特别，是由马一亭、余雍和编剧，取材于民国著名影星周璇生世的作品《一个明星的遭遇》。最终，《定心丸》获得最佳"剧本奖"与"演出奖"，《一个明星的遭遇》获得了"剧本奖"。

与此同时，沪剧的演出机构和人员在新时期伊始也开始了重组工作。1978 年，上海采取恢复原有建制或重组成立的办法，进一步调整了原有市属文艺表演团体，上海共有市、区、县属艺术表演团体 48 个[②]。上海市人民沪剧团属于国家剧团，虽然至 1982 年才改组为上海沪剧院，但从 1978 年 8 月开始，出品了《艰难的历程》《金绣娘》《被唾弃的人》《张志新之死》《一个明星的遭遇》这一系列较有影响力的作品。

---

①《姹紫嫣红开遍雄关漫道再越——首届上海戏剧节演出剧目评述》，《文汇报》1981 年 12 月 21 日，第 2 版。
② 至 1980 年末的数据。

二、20 世纪 80 年代沪剧现代戏的两种创作路线

纵观 20 世纪 80 年代的沪剧现代戏创作，按创作目的划分，可分为两种路线：

第一种创作路线，是回应政策需求与时代召唤而创作的剧目，大多出自上海沪剧院的手笔。身为国家院团的上海沪剧院坚持以发扬主旋律的题材为导向，"着重表现社会主义新人、有较丰富的社会内涵的题材"。院长丁是娥称，"社会效果不好的题材我们不选，尽量防止选材不当造成的失误"①。1982 年 9 月，党的十二大召开，提出了"开创社会主义建设新局面"的总纲领。此外，1982 年 11 月，在全国戏剧创作题材规划座谈会上，文化部明确提出了"今明两年新剧目有两千八"的创作要求，即在 1982 年至 1983 年间，要创作 2800 多部新剧目，其中现代戏要占 80%，以期使现代戏在社会主义精神文明建设中发挥更大的作用。② 以上政策都促进了沪剧现代戏如火如荼地创作。1983 年，在党的十二届二中全会上，在批评了文艺创作中"资产阶级自由化"倾向的同时，邓小平同志提出了"清除思想战线精神污染"的问题，并鼓励文艺工作者"多创作反映社会主义建设新生活的作品"。③

---

① 陈剑云：《优化小环境，增强凝聚力，坚持编演现代戏的一些体会》，《中国戏剧》1990 年第 7 期，第 46—48 页。
②《今明两年新剧目有两千八》，《文汇报》1982 年 11 月 14 日，第 1 版。
③ 邓小平：《党在组织战线和思想战线上的迫切任务——在十二届二中全会上的讲话》，载自《戏剧工作文献资料汇编》，中国戏曲研究院艺术研究所 1984 年版，第 631 页。

为了响应号召，于 1983 年 11 月举行的上海市第二届戏剧节，便是以"抵制精神污染，建设社会主义精神文明"为宗旨，在注重剧目题材、形式、风格多样化的前提下，特别注重和支持四化建设、社会主义新人新事、有利于建设社会主义精神文明的优秀剧目。①在参加演出的 15 部剧目中，现代戏剧目占 60%。其中，上海沪剧院参演的剧目为歌颂表现当代社会青年精神文明境界的由余雍和编剧创作的《姊妹俩》，和歌颂敬老爱老传统美德的由何俊创作的《寻娘记》。《姊妹俩》获得二等奖，《寻娘记》获得"展览演出纪念奖"。

首演于 1982 年，由余雍和编剧的《姊妹俩》是 20 世纪 80 年代具影响力的沪剧现代戏作品之一，该剧通过"将门之女"辛薇与辛蓉面对人生道路的不同抉择，来表现"人生在世有何求，造福社会为己任"的哲理内涵。该剧在 1983 年参加"上海市第二届戏剧节"，获得"剧本奖"之后，又于 1984 年 7 月赴京参加"现代题材戏曲、话剧、歌剧观摩演出"，荣获导演奖、主演一等奖、配演一等奖、二等奖，还获得剧本、作曲、伴奏、舞美设计、灯光设计和效果设计等奖项；主演茅善玉也因此获得第二届中国戏剧梅花奖。邓力群、林默涵等中宣部、文化部领导在观摩后称赞："这个戏好，对老的少的都有教育意义。"②此后，1983

---

①《第二届上海戏剧节本月下旬举行，十多台新创剧目应邀参加》，《新民晚报》1983 年 11 月 7 日，第 2 版。
②《沪剧〈姊妹俩〉在京首演》，《新民晚报》1984 年 7 月 5 日，第 2 版。

年，该剧目在第二届上海戏剧节获得"展览演出纪念奖"。

随着 20 世纪 80 年代中叶以后出现的社会转型与部分领域内泛政治化程度逐渐减退的趋势①，现实题材的沪剧现代戏创作呈现出活力的势头。上海沪剧院在 20 世纪 80 年代中后叶的创作，在保证选题正确的前提下，颇具人文关怀色彩，主创将视线投向了在这一时代容易被忽略的群体上，将他们作为主要角色，表现他们复杂的内心世界，也将沪剧"以抒情见长"的特性淋漓表达，尽可能发挥沪剧本身的艺术特色——如《逃犯》中为爱失足的服刑人员、《姊妹俩》中被收养的战争遗孤、《雾中人》中被社会长期不公平对待的抗美援朝期间的战争俘虏、《牛仔女》中的迷失于市场经济热潮的"个体户"、《一夜生死恋》中投身于城市建设工程中的普通工人等。这些剧目的共同点是都有着极强情感共鸣的题材与"陌生化"的视角，也满足了观众新鲜、动人的审美需求。"即使是极为严肃的题材如《焦裕禄》《一夜生死恋》《雾中人》等，也注重以沪剧特有的演唱手段来表现人物的情感纠葛，作出了符合沪剧剧种特点的独特处理，较少作概念化、公式化的铺陈，因此使戏产生了较强的情感冲击力，经常在剧场形成'台上泪湿，台下唏嘘'的感人场面。"②

此外，20 世纪 80 年代中期的文艺院团体制改革，也进一步

---

① 傅谨：《影响当代中国戏剧编剧的理念》，《粤海风》2004 年第 4 期，第 37 页。
② 《沪剧缘何一枝独秀》，《文汇报》1990 年 6 月 30 日，第 1 版。

　　　　　　　　　　　　　　　　沪剧现代戏剧本创作研究

激发了院团的创作活力。1985 年，上海市文化局撤销原来以审查剧本为主要工作的"剧目室"，成立了"创作中心"，将剧目的上演权下放给各院团。①这一政策给予了院团创作新剧目较为宽松的创作氛围。此后，在 1988 年召开的全国文化工作会议上，针对文艺院团管理的弊端，中宣部部长王忍之宣布对民间团体的剧目，政府今后将不再审查，党只管方针大计，减少对具体问题的介入②，这更是给了当时院团的戏剧戏曲创作极大的自由，激发了探索创新的创作热情。1989 年，一部被称为"探索沪剧"的剧目在此背景下诞生，它便是上海沪剧院创作的《无船水也流》，由上海沪剧院青年演员孙徐春自编、自导、自演，在表演中突破沪剧原有的舞台程式，如运用灯光变换、扩大了舞台表演区域等。③该剧具有浓厚的现代意识，对长期以来深染着市民气息的沪剧艺术表现，是一个崭新的突破。④

20 世纪 80 年代沪剧现代戏的第二种创作路线，是以追求商业效益为目标，以"民间性"极强的素材改编成沪剧剧目。素材"民间性"的体现，是指它们都是改革开放初期上海地区观众

---

① 《市文化局撤销剧目室成立创作中心，剧目上演权将下放剧团》，《文汇报》1985 年 1 月 26 日，第 1 版。

② 《表演团体体制改革方案趋完善》，《文汇报》1988 年 5 月 21 日，第 1 版。

③ 《人世沧桑变，河水默默流——谈探索沪剧〈无船水也流〉》，《新民晚报》1989 年 3 月 7 日，第 2 版。

④ 朱小如：《浓郁的现代意识——评沪剧〈无船水也流〉》，《上海戏剧》1989 年第 3 期，第 6 页。

所关心社会现象与热门文学，素材本身在民间就受到充分关注。例如，20世纪80年代，在普通民众之间曾刮起"琼瑶热"的风潮，上海沪剧院也借着这阵东风，将两部台湾女作家琼瑶的小说作品经过改编后，搬上了戏曲舞台——分别是上演于1986年的《月朦胧，鸟朦胧》，与上演于1988年的《心有千千结》。这体现了上海沪剧院在新创剧目选材方面也很关注民间的文艺热点，沪剧在继新中国成立前的"申曲"与"西装旗袍戏"阶段之后，再度证明与了它是一个"最会追逐时髦的戏曲剧种"。选择改编琼瑶的作品，对于戏曲院团来说，虽然是一个新颖又大胆的尝试，但对于上海沪剧院这般在资金与创作力方面实力雄厚的国家级剧院来说也能算是一个风险不大、市场效益十足的决策。

商业效益对于面对戏曲危机的20世纪80年代的区级院团来说，是立剧立身之本，这一时期在创作剧目追求商业效益上表现较好的区级剧团是宝山沪剧团。随着改革开放的力度加大，改革领域的拓宽，商业化浪潮在20世纪80年代中后期蔚然成型。宝山沪剧团编剧潘德龙（笔名潜波）创作了《家庭公案》和《风流寡妇》两部作品。上演于1984年的《家庭公案》演出反响非常好，连演五百场。该剧以法治案件作为题材，从当时反响较好的荆州花鼓戏同名作品移植而来。在《家庭公案》获得成功后，宝山沪剧团提出，要"很有气魄地提出要通过三个里程，大跨度地跨入戏曲界的先进行列。他们原计划先搞一出移植别家的成功剧作，再从有良好基础的其他形式艺术作品中，改编一出戏，然后再自己创作一出打得响的剧目"①。于是，宝山沪剧团趁热打铁，推出了上演于 1985 年、由编剧金人改编自女作家航鹰同名中篇小说的现代戏《东方女性》，再次造成了空前反响。《东方女性》聚焦了当时社会所关注的"第三者插足"这一社会现象，反映家庭伦理道德。该剧的创作有两个独特之处，其一，在于创作者所选择的切入点是表现三角情感关系中的三位当事者的内心世界，以引发观众的思考，而非站在道德的制高点对"第三者插足"的家庭伦理问题进行谴责；其二，在于该剧的戏剧结构并非采取"一人一事，一线到底"的戏曲创作传统，设置了"戏中串戏，戏中再串戏"②的三层结构，并吸收了影视作品常见的"闪回"手段来安排情节，给人耳目一新的观感。1986 年 11 月，该剧应《文艺报》《中国戏曲研究》与《戏剧电影报》的邀请，剧团赴北京演出。文艺界和舆论界都对宝山沪剧团于 20 世纪 80 年代初期坚持改革，推动"出人、出戏、出效应"的经验高度赞扬。青年演员华雯因出演剧中的芭蕾舞女演员"方我素"的角色，将这个"第三者"的复杂内心表现得淋漓尽致，而荣获第三届中国戏曲表演梅花奖。剧组返回上海后，电视台将这部电影拍摄成为

---

① 郭永江：《一出发人深省的好戏——评沪剧〈东方女性〉》，《戏曲艺术》1987 年第 1 期。
② 何慢：《爱情婚姻和人生的新探——三看沪剧〈东方女性〉》，《上海戏剧》1986 年第 2 期，第 16 页。

戏曲电视片，深受电视观众的喜爱。《东方女性》一剧，也在创作方面荣获奖项颇丰：1986 年 12 月，由上海市文化局暨上海市司法局举办的"上海法治文艺汇演"中，宝山沪剧团携《东方女性》一剧，荣获创作三等奖；1987 年 12 月，该剧剧本获得了华东戏剧期刊"田汉戏剧奖"二等奖。《东方女性》在奖项上的"丰收"给予了宝山沪剧团的创作团队极大的信心。在两部改编移植作品成功的基础之上，剧团从此以后的新创作，始终以原创剧目为主，为创作出优秀的原创戏剧目而持续努力。

1987 年，编剧李莉的作品《情变》登上了宝山沪剧团的舞台。这部作品虽然反响不如上述两部佳作，但对于沪剧具有一定的历史意义，拉开了沪剧"行业戏"创作的开端：宝山沪剧团在策划创作这部公安题材的剧目时，得到了公安部门的支持，由此探索出了为挂靠政府单位，而量身打造剧目的选题方向，从而得到扶持或解决组织观众观摩的问题，以缓解剧团经济压力的剧目创作模式。虽然这样的"行业戏"剧目在创作过程中容易屈从于对口服务单位与企业对思想与内容方面的限制，是如同傅谨所说的"急功近利的奉命戏剧创作风潮"，但不得不说这的确是"许多剧团用以得到更多政府与社会资助以摆脱生存困境的有效途径"[1]，在此后的 20 世纪 90 年代戏曲界各剧种现代戏创作中蔚然成风。

---

[1] 傅谨：《新中国戏剧史：1949—2000》，湖南美术出版社 2002 年版，第 184 页。

沪剧现代戏剧本创作研究

第二节　改革开放背景下的多元选材与主题

一、拉开多元化选材的序幕——《一个明星的遭遇》的剧本创作

1981 年 4 月，由上海沪剧团出品，首演于共舞台的《一个明星的遭遇》是 20 世纪 80 年代的沪剧舞台上第一部商业市场反响热烈的作品，在首演后的三个月内连演 80 余场。与此同时，该剧也在政府层面获得充分肯定，荣获了首届上海戏剧节"剧本奖"。它的题材选择让当时的观众耳目一新，是根据民国著名影星周璇的真实经历改编。该剧的编剧为余雍和（执笔）、马一亭。余雍和是近四十年来沪剧剧目创作史中最重要的编剧之一，20世纪 70 年代末至 90 年代末，"不断产生的沪剧优秀剧目在上海乃至全国掀起了一波又一波观演戏曲的热潮，沪剧因此成了新时期现代创演的一面旗帜，在全国戏曲界发挥了'领头羊'的积极作用。而这些剧目很多是由剧作家余雍和创作的"①。余雍和因热衷于现代戏创作而投身于擅长现代戏的沪剧界，于 1975 年调任

①　王晶晶：《沪剧因有了他的创作而生辉——简论剧作家余雍和的沪剧创作》,《上海艺术评论》2019 年第 6 期，第 78 页。

上海沪剧团编剧。在创作《一个明星的遭遇》之前，余雍和的作品分别为上演于 1978 年的《艰难的历程》，描写 1934 年身负重伤的陈毅和一部分红军战士在敌强我弱的情况下，依靠群众和地下党组织与国民党反动派、叛徒、特务进行英勇斗争的故事；上演于 1979 年的《女儿的回忆》（又名《一封终于发出的信》），歌颂老一辈革命家陶铸，揭露林彪、四人帮迫害老干部的罪行，该剧使党和国家领导人的形象，第一次出现在了沪剧的舞台上；以及上演于 1980 年，歌颂"文革"时期张志新为真理献身事迹的《张志新之死》。通过这些剧目的创作和对沪剧艺术的进一步学习，余雍和认识到："沪剧若要和时代同行，和广大观众的审美趣味保持一致，必须克服三个毛病：一是题材面较窄，旧时的沪剧剧目几乎总是在'洋房、闺房、新房'里绕圈子，二是观念比较陈旧，思想比较平庸，没有发人深省的剧旨；三是艺术格调不高，甚至有粗俗之嫌疑。"[1] 由此，在百废待兴的 20 世纪 80 年代初，余雍和总结出——"针对沪剧在彼时的缺点和时代的审美需要，要从开拓新题材、提高审美格调和加强现代意识三个方面着手进行剧本创作。"[2]

在欧美文艺理念涌入的 20 世纪 80 年代初，沪剧是中国戏曲

---

① 王晶晶：《沪剧因有了他的创作而生辉——简论剧作家余雍和的沪剧创作》，《上海艺术评论》2019 年第 6 期，第 78 页。
② 同上。

界首先开始与时俱进地追求现代意识的剧种，而余雍和的创作可以说是在"打头炮"，转型之作就是他为上海沪剧团创作的第四部作品《一个明星的遭遇》。这部作品与他此前的作品，乃至同时期其他沪剧创作的不同之处，体现在三个方面：其一，是对故事冲突模式具有现代意识地进行开拓；其二，是其题材与剧旨的角度于当时是颇具胆识的；其三，是该作品对沪剧艺术"以情动人""市民性"等特点进行了发扬，从而得到了民间传唱性极强的良好反馈。

（一）对沪剧现代戏戏剧冲突模式具有现代意识地进行开拓

谭霈生在《戏剧本体论》一书中，讨论了"冲突律"从西方戏剧在 20 世纪初引入中国移植成活的过程中，对理论主张等应中国本土国情之需，进行筛选与本土化改造。谭霈生认为，中国古典戏曲并没有类似"冲突律"的理论主张，即使顾仲彝在《编剧理论与技巧》一书中就"戲劇"二字字源考据的结论为中国最早的戏剧是从摹仿狩猎劳动与兽格斗表演开始的，是较为牵强的一家之言。法国戏剧理论家布伦退尔把"冲突"确认为"戏剧的本质"，又建构成一个理论体系，他的戏剧观念是以"自觉意志——意志冲突"为主轴的。美国戏剧理论家劳逊是布伦退尔"冲突说"的支持者，但他在写于 20 世纪 30 年代的《戏剧与电影的剧作理论与技巧》一书中，对布伦退尔关于"自觉意志—意志冲突"的理论有所修正与发展，从而引申出"社会性冲突"的观念。他认为，剧作家关心的是"自觉意志和社会必然性之间的关系"，其出发点是"用社会学必然性限定自觉意志，把它视为人与现实的联结点"[①]。劳逊所提倡的以社会学为本的"冲突律"受到中国戏剧界的热烈追捧，并且在中国的特殊环境与特定时期中，被引向了极端："中国的'冲突律'却是从'反映论'的角度加以发挥的一条完全不同的路线……从本体论向反映论转移，导致把戏剧的对象从'人'转换为'社会生活'与'社会矛盾'。"[②] 即将戏剧冲突与社会矛盾画上了等号：

中国戏剧的路线：

戏剧是社会生活的反映——社会生活中到处充满了矛盾和斗争——戏剧应该真实地反映这些矛盾和斗争——冲突是社会矛盾的最高形式，也是最富有戏剧性的形式。[③]

新中国成立初期的沪剧创作就清晰地体现出当时中国戏剧创作者的这个观念，例如《鸡毛飞上天》《星星之火》皆是反映社会学范畴内的以社会矛盾直接构成的戏剧冲突。"'人的自觉意志'被某种集体意志取而代之，被安置在冲突某一方的人物，只是

---

① 谭霈生：《戏剧本体论》，中国戏剧出版社 2005 年版，第 44 页。
② 同上。
③ 同上。

'集体意志'的代表，作为有生命的个人所持有的一切消融在集体意志之中。"① "以现代戏为纲"时期的沪剧现代戏创作就更是如此了。即使是新时期伊始余雍和创作的表现赣南三年游击战争的《艰难的历程》，以及揭露与控诉"文革"浩劫为主题的《女儿的回忆》与《张志新之死》，也都在延续把"社会学对象等同于艺术对象""把社会学的目的等同于艺术的目的""将多姿多彩的社会生活抽象为单一的政治生活"的"庸俗社会学"的体现。② 余雍和曾经撰文阐述自己在创作这几部作品的初衷，都是在抒发对十年"文革"社会现象的愤怒：

> 粉碎"四人帮"后，我写了三四个戏，题材、风格虽然不同，有一点却是共同的：心中燃烧着憎恨林彪、"四人帮"的愤怒之火，燃烧着对老一辈革命家、坚贞不屈的共产党人的敬仰与爱戴之情。我感到有许多话要说，许多感情要倾吐。写《艰难的历程》(包括与何俊同志合作的《峥嵘岁月》)，是想通过三年游击战士其可歌可泣的英雄业绩，歌颂陈毅同志为中国革命立下的不朽功勋，用形象来驳斥、回击林彪、"四人帮"对陈毅同志等老一辈革命家的诬陷和迫害；写《女儿的回忆》，是为了控诉林彪、"四人帮"对陶铸同志的污蔑和摧残。一位政治局常委、国务院

---

① 谭霈生：《戏剧本体论》，中国戏剧出版社 2005 年版，第 46 页。
② 同上。

副总理，可以在一夜之间被剥夺了一切政治权利，直至含冤而死也不能申辩，究竟是为什么呢？看了张志新烈士的事迹之后，我激动得彻夜难眠……怎样才能使这样的悲剧不再重演？

这一时期，除了对"文革"的控诉之外，沪剧现代戏剧目的创作大多围绕着无产阶级与资产阶级、走社会主义道路与走资本主义道路、正确的方针与错误的方针之间的矛盾与斗争。而问题在于，"社会学的对象与目的，并不就是戏剧艺术的对象与目的，如果将它们混淆起来，并不利于解决戏剧作为一种艺术的基本要求"。谭霈生对此作了进一步阐释——"劳逊所提出的诸如'社会关系''社会必然性''社会意识'等概念，所指皆为'一般'，而艺术所面对的却是'个别'。"[①] 优秀的艺术创作，一定要脱离"一般"的窠臼，追求的就是"个别"。正如歌德所言——"理会个别，描写个别是艺术的真正生命。并且，倘若你仅仅满足于描写一般，人人都能摹仿你；但是描写特殊事物，便无人能摹仿你——为什么呢？因为没有人会完全和你一样经验到同一的事物。"[②] 需要补充的是，这并非在一蹴而就地否定涵盖"社会关系""社会性冲突"的题材，但"人与人之间、个人与集体之间、集体与集体之间、个人或集体与社会力量或自然力量之间的冲

---

① 谭霈生：《戏剧本体论》，中国戏剧出版社 2005 年版，第 38 页。
② 歌德：《歌德和艾克曼的谈话：西方文论选》，上海译文出版社 1979 年版，第 463 页。

沪剧现代戏剧本创作研究

突"对应的双方，"使其'在个别中显出一般'，乃是十分具体的实践问题"①。例如，沪剧《罗汉钱》就是"在个别中显出一般"，以独特的切入点、细腻有趣的情节与人物塑造，成了为《婚姻法》发声的佳作。

而沪剧《罗汉钱》又是如何从一众"一般"的沪剧现代戏中脱颖而出，成为"个别"的？谭霈生在另一部著作《论戏剧性》的第二章"关于戏剧冲突中"强调"观众关注的是'人'"②。"只有他们了解了冲突中的人物，关心人物的命运，才会真正感受到冲突的尖锐程度，才能真正感受冲突的意义。"③《罗汉钱》让观众牵肠挂肚的，是思想解放聪慧果敢的燕燕能否通过自己的努力，让艾艾与她都能和心上人终成眷属，成功完成对村里长辈们的封建思想的抵抗。剧作者将两种思想的斗争体现在少女燕燕遭遇一次又一次挫折依旧积极努力毫无懈怠的行动线中，融入观众所喜闻乐见的情爱波折的戏份里。剧中燕燕的形象塑造是出彩的，她的行为也是独特的，这关照了谭霈生所指出的观点："艺术形象必须是具体的、个别的、独特的。在舞台上，人物所处的环境应该是独特的，人物的经历应该是独特的，人物的性格应该是独特的，人物的遭遇、命运应该是独特的……在'独特'中寄

---

① 谭霈生：《戏剧本体论》，中国戏剧出版社 2005 年版，第 38 页。
② 谭霈生：《论戏剧性》，北京大学出版社 1981 年版，第 70 页。
③ 同上。

寓着具有普遍意义的东西，寓共性与个性之中。这条规律是一切文学作品艺术魅力的根基，也是戏剧性的根基。"①

余雍和创作的沪剧《一个明星的遭遇》，首先，在题材选择上已经脱离了当时界限分明的"阶级斗争""路线斗争""思想斗争"的窠臼，主角是20世纪30年代风靡上海滩的影视女明星——这便是向20世纪80年代文艺创作向现代意识前进的第一步；而后，本剧的主线，是在于周璇与谢开白之间的冲突。谢开白爱慕影视新星周璇，于是设计破坏周璇与丈夫汪杰的关系，然后同周璇同居。在周璇有所动摇，准备去苏北解放区时，谢开白又用周璇腹中的孩子挽留周璇，并将她诱骗到香港后，对她始乱终弃，让她险些自杀。观众从始至终，牵挂的都是周璇的命运，无不为这位明星遇人不淑感到唏嘘。倘若从周璇与谢开白之间一波三折关系的角度来看，本剧所反映的冲突类型，体现的是布伦退尔提出的"意志冲突"，不再是把戏剧的对象从"人"转换为"社会生活"与"社会矛盾"的"中国式'冲突律'"。而旧时女明星周璇的人物塑造，是在当时的沪剧现代戏创作中实属"个别"的，独特的。即是抨击以谢开白、顾仲昆所代表的旧上海资本家对无辜女孩命运的操控与玩弄，并通过对照的手法，歌颂以向明为代表的中共党员的先进性光辉形象，也是"在个别中显出

---

① 谭霈生：《论戏剧性》，北京大学出版社1981年版，第73页。

一般"的手段；但笔者认为，更重要的一点，是余雍和试图通过对周璇这个人物的刻画，有意识地表现出"性格冲突"。而"性格冲突"，在谭霈生的观点里，是在现实主义的戏剧艺术范畴中，比"意志冲突"更优、更具现代性的方式，是医治"雷同化""一般化"的良药。

法国戏剧家贝克有一句名言："一个剧本的永久价值在于它的性格刻画的艺术。"谭霈生同意这个论断，于是推论出，"如果我们立足于发展现实主义的戏剧艺术，那么，只靠'意志冲突'是不够的。要写出具有'永久价值'的好剧本，我们应该强调'性格冲突'"；并指出，用"性格冲突"代替"意志冲突"要好得多。因为，"'性格冲突'，不仅可以使冲突的内容及其展开形式具有独特性；而且，认真地说，只有这种由鲜明个性构成的矛盾关系，才是真正的'戏剧冲突'"①。

在沪剧《一个明星的遭遇》中，周璇被轻贱、被侮辱的坎坷遭遇是由代表旧社会黑暗面的谢开白、顾仲昆一手造成的，这是该剧表层的戏剧冲突。更深层次的戏剧冲突，是余雍和笔下周璇性格弱点造成的——剧中的周璇，即使她曾经有过一腔爱国热情，敢于在该剧序幕时当众高歌《民族之光》，但她更倾向于追逐自己的"明星梦"，从而一步一步落入谢开白、顾仲昆为她精

---

① 谭霈生：《论戏剧性》，北京大学出版社 1981 年版，第 80 页。

心设置的陷阱之中。在被资本包装成为明星，并"落入圈套"同汪杰离婚后，她也被谢开白所提供的富裕的物质生活圈地为牢，和他未婚同居。天真、懦弱与虚荣也是剧中周璇这个角色无法回避的性格色彩，所以她才会在第六场的开端，在内部陈设豪华的高级公寓房客厅，用唱段抒发自己身不由己、无力挣脱樊笼的尴尬与苦闷。

周璇　（唱）　金丝鸟在那里鸣叫歌唱

　　　　　　　一声声似对我诉说哀伤

　　　　　　　想当初栖山林迎风喜雨

　　　　　　　蓝天下沐骄阳自由翱翔

　　　　　　　叹如今望长空枉生双翅

　　　　　　　终日里困樊笼寂寞惆怅

　　　　　　　金丝鸟啊金丝鸟

　　　　　　　我知你心中有向往

　　　　　　　凌云壮志关不住

　　　　　　　放你高飞去远方

　　"金丝鸟"这个唱段，正是沪剧《一个明星的遭遇》中最为著名的唱段，在沪剧舞台内外风行二十余年，被专家赞为沪剧现代戏的"经典唱段"。可见这个为塑造周璇人物性格、表现人物状态的而设置的唱段在观众之中影响力非常之大。而这段戏就是余雍和表现"性格冲突"的一笔，倘若周璇这个角色性格能更为刚毅，她应该不仅不会被困在这个华丽的牢笼中，在之后的情节里，当她接收到来自解放区的邀请后，能为自己的人生作出"高飞"北上的抉择，而非明明在相处之中愈发意识到谢开白的"城府深"，却又被谢开白的几句言语打动，后被他带去香港步入更悲惨的境地。

周璇　　（唱）…………

　　　　　　我欲展翅高飞去

　　　　　　眼前羁绊怎脱身？

　　　　　　进退维谷少勇气

　　　　　　南去北往都艰辛

　　　　　　可怜世上弱女子

　　　　　　为何这样难做人？

　　由此可见，周璇身上的软弱犹豫和天真虚荣造成了她的"性格悲剧"，这个明星的遭遇并非完全是谢开白与顾仲昆对她施加的摆布造成的"命运悲剧"。但创作者对她身上这些弱点也并非带有抨击的色彩，更多的，是人文主义观念的同情。值得一提的是，这一笔带有现代戏意识的情节，在创作伊始曾遭受过反对与争议，"有的同志曾以它与全剧的剧情发展和矛盾冲突没有多大关系而主张删节。导演（杨文龙）却支持作者这样写，认为它虽然只是无关宏旨的小插曲，但有利于揭示人物的性格和感情，有利于调节观众的情绪和剧场的气氛"[1]。由此，更可以体现，该剧的创作者构建"性格冲突"在当时是非常具有现代意识的见地。

（二）颇具胆识的选材与剧旨

在余雍和投入创作《一个明星的遭遇》伊始，就引发过争议。余雍和曾撰文提到："当我们选定了这个题材，着手写戏的时候，有些好心的同志曾对我说：粉碎'四人帮'后，你写的是陈毅领导的赣南三年游击战，是正直坚贞的老一辈革命家陶铸，是为真理献身的张志新，现在怎么写起一个三十年代的电影明星来了？这不是创作上的倒退吗？"[2] 对于当时"写周璇的戏就一定低人一等、趣味不高""题材就能决定一部作品的思想价值"等质疑，作者"大胆地"忽略那些"劝告"，且用艺术实践给出了回应。当 1981 年 4 月，这部戏演出之后，人们不禁发现"这个俗乎俗气的题材写得一点也不俗气。通过对周璇一生的描写，作者写出了对人生哲理的寻求、探索和对历史生活的深刻反思"[3]。

---

① 褚伯承：《金丝鸟在那里……——沪剧〈一个明星的遭遇〉"金丝鸟"唱段赏析》，《上海戏剧》2005 年第 4 期，第 36 页。
② 马一亨、余雍和：《一个明星的遭遇》，中国戏剧出版社 1982 年版，第 87 页。
③ 褚伯承：《乡音魅力：沪剧研究与欣赏》，上海社会科学院出版社 2004 年版，第 23 页。

余雍和非常赞同别林斯基的一则观点——"如果艺术作品是为了描写生活而描写生活，没有任何发自时代的主导思想的强有力的主观冲动，如果它不是苦难的哀歌或热情的赞美，如果它不提出问题或回答问题，那么，这样的艺术作品就是僵死的东西。"此类"僵死的东西"充斥着当时的文坛、剧坛，作者试图突破选材的枷锁，为自己所想表达的剧旨争取一方自由的天地。

即使写的是解放前的女明星，创作的灵感与热情也源于作者对于生活的观察与思考。余雍和长期在剧团工作，接触了很多演员，也对演员这个群体在新中国成立前后的生活变迁非常熟悉。戏曲现代戏的精神，就是创作要"从生活出发"。由此，余雍和从身边的实际生活的现实感受出发，提炼出了这样一个让他产生了强烈创作欲望的主题："一个演员如果接受党的教育，向往进步，艺术才华才能够放出光芒；一旦离开党的引导，便会步入歧途，深陷泥沼，再耀眼的明星也会陨落。"这样的剧旨，不仅符合主旋律价值观，还熨帖了当时的时代精神。通过编织情节表现周璇坎坷命运的变迁，对照反映了旧社会的"黑暗"与新社会的"光明"，不仅提升了审美观感，也淡化了说教意味。

余雍和在创作时，也深知以周璇作为主角的剧目创作，的确存在一定的风险："正因为周璇走过曲折的道路，与她经历联系在一起的有不少是丑恶肮脏的人物……没有正确的艺术观点，在舞台上展览或渲染这类东西，的确会搞得格调低下。"① 于是，创作者的"胆识"就体现在对此类元素的收放把握，与对自己创作主题的坚定信心与深度开掘上。鲁迅所提出的"选材要严，开掘要深"在沪剧《一个明星的遭遇》的剧本创作中得以很好地体现。"选材要严"的"严"，在于"严肃地对待艺术的使命，严格地选择有利于表达主题的材料，而不能追求与主题无关甚至损害主题的花花草草"；"开掘要深"的"深"，则是"深刻理解题材内在的思想含义，深入挖掘其中本质的、有普遍意义的东西，而不要被表面的、可能会产生廉价的剧场效果的东西所引诱"②。事实证明，通过剧作者对创作方向的精心把控是成功的。观众在观看《一个明星的遭遇》后，不仅被故事情节吸引，被人物情感打动，而且还会对该剧的立意产生共鸣。一批码头工人在看完戏后曾写信给余雍和，"看了这出戏深深感到只有在共产党的领导下才有出路和前途"。由此，《一个明星的遭遇》的成功让当时的创作者们得出了"题材是重要的，但题材本身并不能决定作品的价值。因为艺术不等于生活，作品的思想也不等于人物的思想，艺术形象中熔铸着作者的爱憎和审美评价"③ 这一结论，成功地拓展了之后沪剧现代戏创作的表现题材。

---

① 马一享、余雍和：《一个明星的遭遇》，中国戏剧出版社 1982 年版，第 88 页。
② 同上书，第 89 页。
③ 同上。

　　　　　　　　　　　　　沪剧现代戏剧本创作研究

（三）对沪剧艺术本体特点的发扬

余雍和选择将明星周璇的生活素材加以改编，也存在它非常适合沪剧现代戏创作的考量。其优势大致体现在三个方面：

其一，余雍和认为，"从观众角度，周璇是广大群众熟悉的电影演员，人们了解她在艺术上的成就，《天涯歌女》《四季歌》至今到处传唱，有口皆碑；人们对了解她的经历和命运，也有浓厚的兴趣"①。沪剧在 20 世纪初进入上海城区后，观众群体就是上海的市民阶层。这部作品以周璇银幕光鲜背后的私人生活为内容，无论是"纸醉金迷"，还是"红颜零落"，都符合市民阶层的爱好与审美。

其二，"从编剧的角度，这个题材有思想可挖掘，有矛盾纠葛可编排，而且可以调动自己的生活积累。"②题材剧旨在此不再赘述，剧作者从生活中撷取的大量新中国成立前当红明星的生活素材本身就是"传奇性"的元素，融入情节构建中，有利于沪剧现代戏的创作，提高观众在欣赏艺术时的审美趣味。

其三，"从剧种的角度，它可以比较充分地发挥沪剧善于表现现代生活、善于抒情的特长，特别是沪剧在塑造上海滩上的各种人物时也较富于经验。"③剧目中对于周璇当红时期的环境重现，

---

① 马一亭、余雍和：《一个明星的遭遇》，中国戏剧出版社 1982 年版，第 88 页。
② 同上。
③ 同上。

又是一次将沪剧"西装旗袍戏"重现舞台的呈现，也非常符合沪剧观众的审美传统。而"以情动人"本就是沪剧的特色，唱段是沪剧剧目在情感表达时的有力手段。余雍和本人对诗词曲赋颇有研究，褚伯承评价道："他（余雍和）写的很多沪剧现代戏唱词十分讲究，既抓住唱词必须通俗、平白和流畅，又注重语言的优美、声调的铿锵和意境的深远，是沪剧现代戏的唱词往诗化的方向又提高了一大步。"①以该剧最受观众欢迎的"金丝鸟"唱段为例，周璇委身于谢开白，在金碧辉煌的公寓中嗟叹失去自由却又无力改变的特殊戏剧情境，造就了独特抒情场面。而余雍和巧妙地选择运用比兴手法，借用笼中的金丝鸟自比，迂回曲折地抒发苦闷。这比单刀直入地表现人物心境、直抒胸臆的唱段要巧妙得多，也更能打动观众，使其产生强烈的共鸣。

《一个明星的遭遇》上演之初就引发了热烈的反响，不仅连演连满了 200 多场，观众排着长队买票，剧场门口经常被围得水泄不通。此后，在首届上海戏剧节上，还获得了"剧本奖"。这部作品的成功对当时的沪剧现代戏创作者来说，是发人深省的。他们意识到，在全党全国的工作重心转向经济建设的 20 世纪 80年代，戏剧创作必须适应新时期的这一伟大转折。沪剧现代戏的创作者们须要将满足人民群众对文化生活的需求放在首位，着力

---

① 褚伯承：《金丝鸟在那里……——沪剧〈一个明星的遭遇〉"金丝鸟"唱段赏析》，《上海戏剧》2005 年第 4 期，第 36 页。

于提高戏剧作品的观赏性，拓展情节中冲突构建模式和题材选择。剧目的主题，若是通过典型人物的塑造和引人入胜的情节安排有所体现，则会让观众在艺术欣赏的审美过程中心悦诚服地接受，由此杜绝了此前沪剧现代戏常见的说教观感。

二、反映改革开放时代特色的多元化主题创作

进入新时期后，中国戏剧界才又回到了人学戏剧的道路上来。重新建构"人的戏剧"的现代意识和价值观念，呼唤人道主义、关注人的价值与尊严，成了时代的最强音。[①]《一个明星的遭遇》是沪剧现代戏创作注入现代意识的"打头炮"的作品，与此同时，20世纪80年代初的话剧界，也开始从高涨的政治批判热情转为对审美价值的需求。"写实"的话剧作品同戏曲现代戏创作的艺术追求是贯通的，即"从创作思维与方法上回到现实主义最本质的规律上来——写真实的而不是概念化的'人'和把'倾向'尽量地隐蔽起来"[②]。

20世纪80年代的戏曲界所创作的表现对"人"的重新发现的主题的作品中，出现了京剧《曹操与杨修》这样的优秀之作，剧作家陈亚先"力图写出曹操和杨修这两个主人公的伟大和卑

---

① 胡星亮：《中国戏剧理论的现代建构——20世纪中国戏剧理论现代化研究》，《戏剧艺术》2018年第4期，第12页。
② 丁罗男：《二十世纪中国戏剧整体观》，上海百家出版社2009年版，第72页。

微，透过这两个灵魂去思索我们的历史"①，体现出新时期的人学观，是"新时期'人'的重新发现：一方面通过自我的肯定而获得人的本质的实现；另一方面，是因为认识到人不能实现自身价值的局限正在于自身，故同时也在反思人，去探求人和人性的复杂性"②。

20世纪80年代的沪剧创作虽然并没有出现如《曹操与杨修》这样的经典深刻的传世作品，但其对于重构"人学观"的现代意识是体现在一系列多元化的主题的剧目创作中的。20世纪80年代的沪剧现代戏整体创作，除了主题更加多元之外，还有选材更加广阔、编剧手法更加丰富的特征。更可贵的，是"很多作品以独特敏锐的视角，关照反映社会主义市场经济建立过程中的新人新事，表现现实生活的深度和广度是前所未有的"③。

由余雍和编剧、上海沪剧院于1984年推出的《姊妹俩》是一出描写新时期青年的现实生活与精神风貌之作。该剧是20世纪80年代影响力最大的作品之一，它所获得的最高荣誉是受邀参加北京庆祝新中国成立35周年的盛大游行，剧中扮演辛蓉的茅善玉"站在特地为这个扎成的彩车上，驶过天安门广场，接受

---

① 《莫愁前路无知己——〈曹操与杨修〉创作札记》，《解放日报》1989年1月26日，第4版。
② 胡星亮：《中国戏剧理论的现代建构——20世纪中国戏剧理论现代化研究》，《戏剧艺术》2018年第4期，第12页。
③ 褚伯承：《乡音魅力：沪剧研究与欣赏》，上海社会科学院出版社2004年版，第9页。

邓小平等中央领导同志的检阅"[1]，并获得了第二届中国戏剧梅花奖。该剧是第一次将我军高级将领的家庭生活呈现在沪剧舞台上的作品，以将门之家的家庭矛盾切入展开情节，矛盾冲突看似平淡日常，但内涵深刻尖锐，揭示了"是继承父辈财产，还是继承革命事业"的主题，通过表现辛薇与辛蓉姊妹俩对待人生的不同态度，侧面表达老一辈革命者为人民无私奉献的精神。此外，该剧的成功，同它在综合艺术上的突破有关。剧中最著名的唱段"辛蓉写信"通过诗意盎然的舞台美术"一轮明月透过窗帘，映照在人物身上"，与茅善玉甜美轻柔的唱腔情景交融，体现出沪剧现代戏独特的美感。

1984 年 12 月，上海沪剧院创作了沪剧现代戏《逃犯》，无论从题材的选择和叙事的设计，无不体现着主创对于罪犯这一"边缘人"的人文主义关怀。该剧于 1985 年第三届上海戏剧节获得演出奖、主演奖，以及绘景、效果、配角、音乐创作方面的奖项，剧本获得首届"田汉戏剧奖"二等剧本奖。该剧在民间也收获了极大的关注，剧中男主人公的一首唱段"为你打开一扇窗"在当时的街头巷尾传唱。

1989 年，上海沪剧院接连推出了《雾中人》《牛仔女》与《一夜生死恋》三部优秀的现代戏佳作。这三部作品在创作方面

---

① 茅善玉主编：《沪剧》，上海文化出版社 2010 年版，第 191 页。

都是"敢于突破传统,大胆引进崭新的现代意识和审美机制"①的作品,充分体现了 20 世纪 80 年代创新、多元的时代精神。在艺术构思方面,这三部作品,也各自做到了在情节结构上的探索创新,丰富了沪剧现代戏表现现代生活的编剧技法:《牛仔女》采取散文化的结构,重人物不重情节,给人清新自然的观感;《雾中人》运用现实和往事交叉的叙事结构,加深了历史的纵深感;《一夜生死恋》则是大胆采用一种现代戏的开放式板块结构,以四个生活横断面来塑造共产党员的形象,取得了较好的效果。②

三、1989 年上演的三部沪剧现代戏佳作

首演于 1989 年,由宋之华、编剧的现代戏作品《雾中人》,是戏剧舞台上第一次大胆描写志愿军战俘的形象,同编剧宋之华的另一部沪剧作品《逃犯》一样,氤氲着主创的人文主义关怀,"整个戏在淡淡的哀怨中,仍强烈地回响着剧中人爱国爱家爱生活的人间情爱主旋律,激越着催人向上的亢奋感,勉励人们要面对人生,用纯洁的感情去创造美好的未来"③。该剧荣获 1989 年上海艺术节"优秀成果奖"。该剧剧本发表于 1990 年《上海艺

---

① 褚伯承:《乡音魅力:沪剧研究与欣赏》,上海社会科学院出版社 2004 年版,第 90 页。
② 同上。
③《带露山花,芬芳淡雅——上海沪剧院新戏〈雾中人〉赏析》,《新民晚报》1989 年 6 月 22 日,第 2 版。

术家》杂志。演员马莉莉因该剧荣获首届白玉兰戏剧奖"主角奖"。剧本内容直面了志愿军战俘归国后的生活和遭遇，描写了志愿军女战士白灵被俘归国后的遭遇与情感纠葛。鉴于该题材的特殊性，该剧在表现党在历史上某些失误时，既强调当时的客观原因，又着重解释三中全会后党对战俘问题的充分重视和政策落实，同时又努力塑造好对白灵关怀爱护的老支书和罗市长的党员形象，使人看到光明，感到鼓舞。[①]这是沪剧舞台上第一次出现战俘的形象，更是第一次以战俘作为主角的作品，可见当时的沪剧现代戏创作者对现实生活观照的视角是大胆且深刻的。"雾中人"的"雾"颇具深意，既指的是自然现象——因为该剧编剧宋之华、朱扬是前往雾都重庆访问当年抗美援朝战争的战俘收集的真实素材；"雾"又形象地暗示了社会生活和政治变迁中的一种象征，凝结了编剧宋之华和朱扬为了创作深入生活后的感悟。志愿军战俘在回国后被政治云雾笼罩了三十多年，创作者在剧中将结局设置为以驱散迷雾、恢复名誉作隐喻，"白灵遇到这样那样的磨难，但雾终于散去，被迷雾蒙住的鲜花终于沐浴到党的光芒"[②]。即使主人公白灵身负极大的冤屈三十年，承受了误解与身心的痛苦，编剧既没有选择将其设置成主线矛盾的戏核，甚至鲜

---

① 褚伯承：《乡音魅力：沪剧研究与欣赏》，上海社会科学院出版社 2004 年版，第90 页。
② 马莉莉、上海沪剧院主编：《愿人间多一些爱——风中的紫竹调》，上海文化出版社2016 年版，第 172 页。

少将其作为情感宣泄的唱段，主人公在剧中一直平静地生活，安静地缅怀逝去的战友。当白灵发现养女琴琴的爱情即将因为自己身上笼罩的政治云雾而受到影响时，她选择坚韧地反抗，她对党和国家终将还给自己清白的信心，使她的所有行动都是理智而坚定的。于是，从整出戏的整体意韵来看，它也如云雾一般带着朦胧的诗意，是轻情节、重人物刻画的写法。它的情节主线并非人物与人物之间的对抗（比如白灵、琴琴同反对婚事的高纯清对抗），实际上，主线是在于人与命运的对抗，是身患绝症时间所剩不多的白灵，是否能够在有生之年等到一个公道，且她毕生都持续在用体面的方式隐忍地对抗着命运给她带来的不公。

本剧采用了"现实和往事交叉的结构来加深历史的纵深感"①，剧中多次在白灵通过唱词叙述当年抗美援朝的情景时，运用了西方现代戏剧常见的"意识流"手法，闪回表现当年"战俘升旗""战俘护旗""四个女志愿军战俘在火光中被子弹穿透胸膛"等记忆，拓宽了沪剧现代戏的表现维度。白灵视角（选择性想起或最难以忘怀）的记忆、唱词表现场景的可视化悲壮氛围、志愿军战俘们的坚定与英勇，以及九死一生回到祖国后却从英雄沦落为被造反派诬蔑成"被美国佬玩够了的破鞋"的莫大屈辱，都通过这一方式巧妙地同时表现出来。既创造了戏曲现代戏的现实主

---

① 褚伯承：《乡音魅力：沪剧研究与欣赏》，上海社会科学院出版社 2004 年版，第 90 页。

　　　　　　　　　　沪剧现代戏剧本创作研究

义舞台新语汇，又使观众同剧中人物产生深刻的感情共鸣，既扣人心弦，又能引发观众的思考。

在新中国成立以来的戏曲现代戏创作中，常见弊病是作者在创作剧本时浅显地反映一些新人新事，笔触停留在生活洪流的表层，缺少使人思考、回味的东西；或者从概念出发，演绎出两种思想的激烈冲突，人为地拔高正面人物，枯燥乏味，很难动人。[①]而沪剧《雾中人》凝聚了 20 世纪 80 年代末沪剧创作者的现代意识和观念，使这部作品意蕴悠长，引人回味。

由余雍和编剧、改编自张士敏小说《牛仔女皇》的《牛仔女》，描写了商品经济市场对青年心理上的冲击。编剧余雍和在《牛仔女》中的人物塑造上，完全摒弃了善恶分明的戏曲传统写法，借鉴了现代小说技巧，深层次地揭示人物复杂的心态。剧中塑造的一批具有复杂性格和矛盾心态的当代人物形象，对当时的戏曲舞台上来说，是"可喜的突破"[②]。该剧同样荣获了 1989 年上海艺术节"优秀成果奖"，并由上海文化录像中心和上海沪剧院联合摄制成同名电视连续剧，并获得"全国戏曲电视奖"的殊荣。编剧在人物塑造上表达得深刻而真实，且在思想内涵方面，体现了编剧在除却社会性角度之外，在女性主义视角方面的独特

---

① 施沂：《鼓舞人们献身于祖国——评沪剧现代戏〈姊妹俩〉》，《戏剧报》1984 年第 2 期，第 14 页。
② 褚伯承：《乡音魅力：沪剧研究与欣赏》，上海社会科学院出版社 2004 年版，第 90 页。

思考——"这部戏的一个潜在语是：女性的经济独立并不确保她的快乐；另外，男人需要调整他们对女人的期待，而女人也并不需要在男性为她规划的生活蓝图之间做选择。"① 在沪剧作品中体现编剧这般哲思，亦彰显了沪剧新潮又灵活的特质。

由陆军、李莉编剧的《一夜生死恋》是新中国成立40周年的献礼剧目，主要描写了一群共产党员在执行一项工程时突遇险情，面对个人的生死和全市人民的安危各自表现出不同的心态并作出了不同的选择。② 上海市光明中学曾组织全校师生观看这部作品，以配合关于"人生价值"的讨论。常州市委还专门要求各基层党组织观看该剧，认为"这是当前加强党员教育和基层思想政治工作的一份好教材"。③ 1990年，该剧荣获了上海市委宣传部特别嘉奖，认为该剧"高扬了社会主义主旋律，直接在舞台上歌颂了富于时代精神的新型先进人物"④。该剧大胆地正面描写反腐这一尖锐主题，并通过剧作者高超的编剧技巧构建了独特的戏剧结构、营造了极为尖锐的戏剧情境，带给观众极富张力又新颖别致的观感，为20世纪80年代多元化主题的沪剧现代戏创作画上了圆满的句号。

---

① 施祥生、赵玥译：《沪剧：现代上海的传统戏曲》，上海音乐学院出版社2017年版，第183页。
②《沪剧〈一夜生死恋〉塑造新时期党员形象》，《文汇报》1989年9月27日，第4版。
③《沪剧〈一夜生死恋〉广受党员干部欢迎》，《文汇报》1989年11月29日，第2版。
④《上海嘉奖三部现代剧》，《文汇报》1990年6月30日，第2版。

　　　　　　　　　　　　　沪剧现代戏剧本创作研究

第三节　个人视域下对人性挖掘与尖锐表达

一、现代意识观照下对人性的深挖——《牛仔女》的剧本创作

由余雍和编剧的《牛仔女》于 1989 年 8 月 30 日首演于瑞金剧场。《牛仔女》是一部着力于对人物人性的挖掘，而非着重于编织戏剧性情节的作品。该剧采取散文化的结构，表现商品经济市场对青年心理上的冲击。该剧改编自张士敏的小说，在人物塑造上完全摒弃了善恶分明的戏曲传统写法，借鉴了现代小说的技巧，着手于深层次地揭示人物的复杂心态。[1] 该剧讲述了主角李雯——一名聪明漂亮的高中生，因高考三分之差而未能如愿考上大学，她也因此辗转成了一名销售牛仔裤的个体户。作为一个打拼中的年轻女性，起初她被同行排挤和刁难，而后，她在《时装报》记者傅明的帮助下摆脱了困境，还很快成了一名风光无限的"万元户"。傅明热恋李雯，可李雯却爱着她的小学同学高材生季康。随着李雯的不断成长及愈发富裕，她也和季康越

---

[1] 褚伯承：《乡音魅力：沪剧研究与欣赏》，上海社会科学院出版社 2004 年版，第 90 页。

走越远，最终闹翻分手；另一边，爱而不得的傅明对李雯展开报复，让李雯感受到辛酸苦涩。李雯虽经济富裕，但情感空虚，这让她感到迷惘与困惑。最后，李雯将自己经营所获的三万元捐给了残疾人协会，开始在大起大落后开始重新思考人生价值的终极问题。

（一）"对照"的情节结构

《牛仔女》整出戏的情节线索，都是在导向结尾时女主角李雯所提出的感慨与诘问，"什么是人生的价值？怎样寻找生活的真谛？"剧中主要描写的三个青年，李雯、傅明与季康，都有纯真善良的一面，都是非脸谱化的生活中的普通人。但他们在商品经济大潮的冲击之下，也都不自觉地暴露出不同的人性弱点。剧中，三个年轻人都在努力追求自己的目标：李雯追求生意的扩张，一心要实现从小就萌生在心中的"搬出'下只角'"的梦想，在这个过程中，她的道德底线在日益膨胀的赚钱欲望中不自觉地下滑；而她"下只角"的"发小"季康却在贫寒中追求哲学领域学术地位的目标。面对李雯的经济地位急剧提升，出于复杂的心态，季康选择对李雯表达他的"不齿"；出身显赫的傅明一心爱慕李雯，他选择性无视李雯对他热烈追求的半推半就，通过自己的"特权"帮助李雯扩张生意，以达到和李雯结合的目的。而当李雯终于直面自己的内心，对他坦露真情并拒绝他的追求后，季康选择不留情面地毁灭李雯的事业，并变本加厉地"釜底抽薪",对她进行报复。编剧用"平视"的视角客观呈现三个人物的生活化片段,而叙事的主要内容,就是这三个人的奋进与迷惘,纵观全剧,并没有戏剧性很强的情节以及冲突尖锐的戏核的存在。褚伯承评价道:"这样具有复杂性格和矛盾心态的当代人物形象在戏曲舞台上出现,应该说是可喜的突破。"①

(二)"典型化"的人物塑造

《牛仔女》剧作者的现代意识,不仅体现在一反20世纪60年代的戏曲现代戏人物"英雄化"倾向而聚焦在"小人物"身上,更是在于将一反戏曲"类型化"人物创作,将"典型化"人物塑造贯彻到底。中国传统戏曲艺术写意、传神的美学观念,长久以来影响着戏曲的人物塑造。所以,戏曲中的人物时常"一眼见底",甚至可以用一句话概括。沪剧创作也不例外。尤其是新中国成立后的沪剧现代戏创作,除了以《罗汉钱》为代表,在人物塑造时会有意识刻画人物的"性格侧面"(戏曲人物的人物侧面只起到陪衬作用,和人物的主要性格方面须和谐统一)。例如,燕燕的主要性格是聪明、果敢,带有"女侠"气质,其性格侧面是体现在同爱人小进相处时,也会有患得患失的"小儿女"姿态。但《牛仔女》的人物塑造有所不同,它所运用的塑造方式,熨帖了马克思和恩格斯从现实的、社会的、实践的人出发,唯物

---

① 褚伯承:《乡音魅力:沪剧研究与欣赏》,上海社会科学院出版社2004年版,第90页。

辩证地研究了人之后，提出的"典型环境的中典型性格"命题，并把"再现典型环境中的典型性格"作为现实主义创作方法的根本和艺术创作的最高目标。[①] 在沪剧《牛仔女》中，李雯、季康与傅明在剧中展现的人物性格的多面性，以及前后的转变，都是"典型化"文艺理论在戏曲舞台上的体现，书写了以改革开放商品经济浪潮为典型环境之中，典型人物的生存状态、境遇及其性格、行动的转变。编剧通过刻画商品经济下青年的困境与迷惘，引发观众对社会问题的思考。

此外，《牛仔女》以第五场为分界，每个人物之前与之后在个性表达、环境、行事方式乃至人物关系上的变化作为对照，以引发观众对当前现实的共鸣与思考。笔者归纳该剧重人物而非重情节，除却在人物塑造方面是以"典型化人物"而非戏曲一贯的"类型化人物"为目标之外，还有一个很关键的因素，就是该剧在情节结构方面，同以往所有的沪剧现代戏作品都不同。它没有戏剧性的情节，没有曲折离奇的故事，只有日常生活中的横截面片段呈现；它也没有错综复杂的人物关系，甚至无论是李雯与季康，还是李雯与傅明的情感关系，从头至尾没有任何推进，这和以情动人见长的沪剧常见的曲折情感线索大相径庭。对比，是剧作者在剧中体现戏剧性的唯一手段。第五场之前与之后，每个

---

① 周传家、王安葵、吴琼、奎生：《戏曲编剧概论》，浙江美术学院出版社 1991 年版，第 76 页。

人物的状态都有所改变。例如，第五场之后，李雯放低了自己的道德标准，不仅可以为了利益，不假思索地开作坊制作"大兴"牛仔裤，还能有恃无恐地直接对傅明张口，"傅明，你爸爸条子写了没有？"而傅明也将对李雯的欲望毫不掩饰地直接体现在语言与行动上，同之前有理有节的"君子"形象很不一样，似乎对李雯对自己施予恩惠后对自己"投桃报李"的必然性感到理所应当；父亲李大力和妹妹李霏对读书学习的态度和第五场之前大相径庭，原本第五场之前，一家人都在保护妹妹李霏来之不易的学习机会，而现在面临工厂人手不够，父亲李大力还会埋怨李霏还在学习，而不是去厂里帮把手；脸谱化的边缘人物"扁头"和"黑三"，也一反此前对李雯凶神恶煞时常来找麻烦的态度，变成了靠拿李雯的货吃饭的"商业伙伴"，对李雯客客气气、点头哈腰。

值得一提的是，对比呈现的手法，加上典型环境的典型人物塑造，达到的效果是引发观众的情感共鸣与主动思考，这改变了沪剧传统的"贴标签"的道德评判模式。善与恶，好与坏，正确与错误，在这部作品里都是多义性的。每个人物都有值得同情、值得赞美、值得鄙夷的一面，人性的复杂性与现实生活的复杂性在这部作品里并不作主观评判而是客观呈现。然而，倘若该剧的每场戏仅仅是呈现人物现实生活的横截面，尚且无法触及深刻的哲思。于是，《牛仔女》在编剧创作上最为精妙之处，就是在于它脱离了戏曲团圆模式窠臼的结尾，以李雯唱的一首表达对现实生活迷惘的歌曲戛然而止，留给了观众极为宽广的回味与思考的空间。这样具有现代意识的手法，既具有诗意，又有带领观众较为深刻地面对现实的意义，体现了作者对于拓宽沪剧现代戏表现手法的探索精神。

诚然，《牛仔女》的剧本中所体现的剧作者对艺术观念的探索精神，是在现实主义范畴内对表达现代性思想的戏剧形式的拓展。该剧淡情节、重哲理，用诘问与思考代替以往沪剧直抒胸臆的情感表达，其思想内涵是能和拥有含蕴内敛审美的知识分子观众产生共鸣的，而对市民的其他阶层观众来说，存在一定的欣赏门槛。但这般拥有特殊意韵的沪剧现代戏作品，是20世纪80年代末独特的产物，它的文本精准地展现了改革开放浪潮袭来的这段特别时期的社会画卷，映照出当时青年的精神状态。

二、反腐题材的尖锐表达——《一夜生死恋》的剧本创作

由陆军、李莉编剧的《一夜生死恋》于1989年9月12日首演于大舞台。该剧描写了20世纪80年代一个秋夜，"401"工程突遇险情，如不及时排除，势必危及整个上海市的安全。一群共产党员面临生死关头，必须作出抉择。他们经过一夜的思想斗争，怀着各种各样的心态来到集合点。抢险时刻终于到了，观

望的群众、外国记者、追求爱情的姑娘、要求离婚的新娘，将这人间的悲欢离合渲染得五彩缤纷、蔚为壮观。

党内腐败是一个敏感的尖锐话题，作者选择将其作为题材，是颇为大胆的。剧作者不仅有直面现实的"胆"——既不回避描写"以权谋私"的个别现象，又通过尖锐情境的编织，巧妙又充分地展现了广大党员在抢险中的革命英雄主义精神；更难能可贵的，是作者也具有现代性创作观念的"识"，将纯熟的戏剧技巧融入了沪剧现代戏创作之中，无论是新颖的叙事结构、悬念迭起的情境设置，还是复杂丰满的人物塑造，都让这部反腐题材的作品在张弛有度的节奏中，凸显了 20 世纪 80 年代特有的尖锐性。从剧本创作的角度来看，这部作品堪称戏曲现代戏的匠心之作。

（一）独特创新的叙事结构

"以线串珠"是戏曲结构的典型特征，这一特征由其"歌舞演故事"和"时空自由"两大特点决定。前者决定了其在情节叙述上必须要简洁且清晰，以便为"载歌载舞"留下足够的空间；后者决定了戏曲在情节上撷取"珠"（即情节点）时，即可以按照某一事件发生的时间顺序，从"起承转合"的情节点上去寻找，串成一条"珠链式结构"——而绝大多数沪剧现代戏作品都是按照这样的结构叙事。与此同时，戏曲的时空自由也可以支持剧作者不局限于一人一事，从人物的内心情绪中去寻找适合抒情的情节与行动，也可以从纷繁复杂的生活中撷取一斑一点，组成一个立体面。[1]"线"串连"珠"的方式，可正可反，可曲可直[2]，可以是珠链，也可以是珠花。"珠花式"概念源于创作《孽海花》的曾朴[3]，它原本是小说的结构概念。由于戏剧同小说结构并不雷同，戏剧必须遵循"集中"的原则，故在戏曲中的珠花结构一般分为"单层珠花式"（由若干情节组成，情节与情节之间不具备因果关系，但拥有共同的主题）、"多层珠花式"（以孔尚任的《桃花扇》为例，由于明清传奇篇幅浩大，所以采取与小说接近的"多层珠花式"并没有困难），以及"多线交叉式"。值得一提的是，"多线交叉式"因其借鉴于西方戏剧的观念，多见于新编戏曲中，一般是有主线与副线并存的结构形式。主线可有一条，而副线可以有多条。当主线与所有的副线都处在对等地位时，就构成了"多线交叉式的珠花式结构"。[4]

而沪剧《一夜生死恋》就是运用了"多线交叉式的珠花式结构"，和大多数沪剧现代戏的叙事相比，是较为创新的手笔，凝结了剧作者对拓宽沪剧现代戏叙事手法的探索精神。

"多线交叉式的珠花式结构"的特征是，全剧有一个大事件

---

① 刘艳卉：《戏曲剧作思维》，上海人民出版社 2016 年版，第 75 页。
② 韩军：《古代戏曲叙事结构中的叙事线索》，《戏曲艺术》1999 年第 1 期，第 61 页。
③ 他曾这样描述该作的结构：譬如穿珠，《儒林外史》等是直穿的，拿一根线，穿一颗算一颗，一直穿到底，是一根珠链；我是蟠曲回旋着穿的，时收时放，东西交错，不离中心，是一朵珠花……
④ 刘艳卉：《戏曲剧作思维》，上海人民出版社 2016 年版，第 82 页。

　　　　　　　　　　　　　　　沪剧现代戏剧本创作研究

为中心，围绕着中心事件、中心思想，组织若干条相对独立、戏份较为均等的情节线，共同构成一个立体的面。在《一夜生死恋》中，地铁工程塌方就是中心事件，围绕着中心事件，则是三个共产党员家庭在面对个人生死与民众安危前的不同表现与选择作为情节线索。每条线索分别都有一场戏，每场戏的情节围绕着一个中心点，就是一个异常尖锐的两难困境：选择"下井"面临牺牲的危险，还是"逃跑"赖以苟活。而这中心点（抉择），也是全剧的中心，每场戏都只围绕着这个中心点写。"三场戏，各自完整地交代了每个家庭的选择，是一粒浑圆的珍珠而不是半个；三场戏互相独自成一体，又共同围绕着一个中心；这三场戏是并列的，没有必然的因果关系，也没有重要性上的先后，但他们安排上的次序，又是对主题的呼应。既鞭挞了徒有其名的党员又讴歌了有些辛酸窝囊的真正党员，反映的社会面既有深度又有广度。"[①] 也正因为"珠花式"同"珠链式"相比，不强调场面与场面之间的因果逻辑关系，而更关注场面内部的内涵，以及构成的总体立体面。也就是说，在反映面的深度（即内涵）和广度（即立体面）方面，可能实现突破——这便非常适合用于表现广阔现实的戏曲现代戏写作。

《一夜生死恋》在叙事方面另一处创新，体现在"叙事者"的

---

① 刘艳卉：《戏曲剧作思维》，上海人民出版社 2016 年版，第 83 页。

运用。而叙事者在剧中并非简单化地跳进跳出剧情，连接事件和场面，而是用一种独特的戏剧性的方式，不仅将叙事者融入了剧情中——叙事者不仅能以"显性"叙述方法交代出场人物和相关故事，并发表议论，营造了一种亲近的观演关系，而且，经过剧作者的巧妙设计，还可以探讨尖锐的问题，并通过对其他人物施加影响来改变情节的进程、加强情境的尖锐性，从而将有形的说教化作无形。

在《一夜生死恋》中，赖阿毛和白娥充当着叙事者的任务，两人通过一场赌约，去三个共产党员家庭悄然"窥视"。于是，处在他们视角串联下的人物行动，不仅影响了人物自身的情感发展，也关系着两位叙事者的赌注，使情节更具张力。由于"显性"叙事方法是作者隐藏在叙述者身后，叙述者也不是在客观地叙述，而是带有自己的立场态度与性格色彩。在这种情况下介入剧情时，剧目所表现的理性思辨色彩会被减弱，但优势则是戏剧张力会有所增强，不仅能通过叙述者的情绪影响观众对于反腐这一尖锐问题的思考，还可以充分营造出悬念迭起的效果，令观感丰富多彩。

（二）尖锐戏剧情境的极致营造

《一夜生死恋》的珠花式结构中，每一颗"珠"的甄选，即在每场情节点的选择上，剧作者都严格遵循了戏曲的规则，选择的都是能使人物内心感情受到强烈冲击、且适合安排戏曲唱段的场面：如苏玉清忍住亡夫之痛，为下井交代后事；李幼亮即将面临身败名裂，被迫下井的纠结；辛耀祖和妻子喝酒诀别……更可贵的是，每条线索的每一颗"珠"都光彩夺目，每一个场面都精彩动人，这取决于出身于学院派的剧作者对西方戏剧理论与技巧的熟稔，将尖锐的戏剧情境营造得极致，彰显了其高超的编剧功力。

"情境"作为现代和当代戏剧理论中的重要概念，对刻画人物性格和推动冲突发展有非常重要的关系。在剧本创作中，戏剧情境的设置非常考验编剧的水平，并非戏剧冲突越尖锐，情境设置就越能引人入胜的。有的剧本中，编剧即使是为人物安排了极大的考验，也难以让观众提起兴趣；而有些剧本只是表现一些日常小事，就能四两拨千斤地蕴含着极大的潜在戏剧性，令观众时刻关注着冲突的发展，牵挂着人物的命运。所以，有西方戏剧理论家将理想的戏剧情境比喻为"戏的金银宝库"，而中国传统戏曲界的老艺人将其称之为"戏窝子"，或是"局式"，可见情境营造的水平之于戏剧、戏曲创作的重要性。

法国18世纪启蒙运动时期的理论家狄德罗在提出打破悲剧和喜剧严格界限的第三种戏剧体裁即"严肃喜剧"（即后世所说的"正剧"）的时候指出了"情境"的重要性："一直到现在，在喜剧里主要是人物性格，而情境只是次要的；现在情境却应变成主要对象，而人物性格只能是次要的……应该成为做基础的就是情境。"① 而后，黑格尔把"冲突"与"情境"联系起来，并将后者视为前者的前提，其基本主张是："充满冲突的情境特别适用于作剧艺的对象。"② 在《编剧学词典》一书中，对"戏剧情境"作了详细的阐述，即"戏剧情境由三种要素构成：戏剧内容发生的具体时空地点、（对人物发生影响的）具体时间、人物关系。其中，最重要的就是人物关系"③。

如谭霈生所言，"我国优秀的戏曲剧本，继承古典戏曲创作的传统，善于从人物关系上寻找戏剧性。有很多剧本，不仅那些正面展开冲突的场面有戏，那些不是正面展开冲突的场面，戏剧性也很强烈"④。以《一夜生死恋》为例，地铁工程塌方就是该剧的中心事件。剧中，第一场和最后的第九场，是主线展开正面冲突的戏份。前者，是塌方事故发生后，出现了人员伤亡，工人之间却没有人愿意冒着生命危险下井抢险。工人赖阿毛用言语刺激一名共产党员下井，那名党员慌乱失措，双方产生尖锐的冲突。第九场，是众党员下井之前，每条线索的人物各自将冲突解决，用下井的行动为本剧画上了句号。而中间第三场、第五场和第七场，描写的分别是叙事者赖阿毛和白娥来到共产党员苏玉清家、李幼亮家和辛耀祖家的所见，是三条副线。而剧作者在每条

① 朱光潜:《西方美学史》，人民文学出版社 1979 年版，第 279 页。
② 黑格尔:《美学》，人民文学出版社 1958 年版，第 253 页。
③ 姚扣根、陆军:《编剧学词典》，文汇出版社 2017 年版，第 54 页。
④ 谭霈生:《论戏剧性》，北京大学出版社 1981 年版，第 138 页。

副线上营造的戏剧情境非常精彩，具体体现在每一条副线上的人物关系上。正如黑格尔所提到的"由于剧中人物不是以纯然抒情的孤独的个人身份表现自己，而是若干人在一起通过性格和目的的矛盾，彼此发生一定的关系，正是这种关系形成了他们戏剧性存在的基础"①。富含戏剧性关系的基石在于人物性格的典型性塑造。在剧本创作中，构建戏剧情境同刻画人物性格不可分割。黑格尔反对"使一个人物仅仅成为某种情致——例如爱情和荣誉感之类——完全抽象的公式"，主张人物应该是"许多性格特征的充满生气的总和"②。黑格尔甚至认为："所表现的只是一种情致，这一种情致也必须展示出它本身的丰富性。"③ 笔者以《一夜生死恋》中第五场的内容，分析剧作者在构建戏剧情境时的巧思。

在第五场开场时，剧作者就已经营造出一个戏剧性很强的情境。开场的戏剧情境构成因素有三：

其一，是一个严重的事件：401 工程地铁塌方，苏玉清书记连夜号召全部共产党员要在第二天上午下井。这个事件对本场次的主要人物——"中共党员，401 工程设备科长，年轻有为的新潮干部"李幼亮有很大的影响，按照原则，他应该以身作则，在第二天清早下井抢险。

---

① 黑格尔：《美学》，人民文学出版社 1958 年版，第 249 页。
② 同上书，第 294 页。
③ 同上书，第 295 页。

其二，是一个特殊的环境：当晚，在李幼亮的新房内，出差的李幼亮为了新婚爱妻楚楚偷偷提前回到了上海。而在此之前，楚楚接到了一个电话，让身为党员和干部的李幼亮一回家，就马上去工程队报到。

其三，是一组反差式的人物——这对新婚宴尔，实际上在人格方面是有很大的差别，而这种差别在面对"共产党员要下井抢险"的义务时，两人的关系就有激变的可能性，而夫妻关系的改变，也会导致李幼亮是否会第二天下井这件事的不确定性，从而生成悬念。

李幼亮贪生怕死，一听到楚楚带来的消息，便心中暗自懊悔不已，通过旁唱的手法向观众表露：

李幼亮　唉！晦气！

　　　　（旁唱）

　　　　千不该，万不该

　　　　不该提前回上海

　　　　运不转，时不来

　　　　自投罗网瞎了眼

　　　　进也难，退也难

　　　　事到如今怎么办？

　　　　我无奈，奈我何

金蝉脱壳还不算晚

李幼亮随即向楚楚了解是否还有人知道他提前回来。当他得知再无人知后，大舒一口气，决定躲在家中，假装自己没有回家，以此躲过自己下井抢险的义务。

李幼亮　噢，楚楚，你听好！

　　　　（旁唱）

　　　　窗帘须拉正

　　　　吊灯切莫开

　　　　房门加保险

　　　　音响全部关

　　　　电话不可听

　　　　来客不接待

　　　　敲门不要理

　　　　叫人不必睬

　　　　躲进小楼成一统

　　　　管它地塌天地翻

　　　　熬过三天出门去

　　　　我理直气壮、堂堂正正回工程队

就此，开场情境的危机似乎暂时被李幼亮狡猾地解除。然而，楚楚虽然与李幼亮感情深厚，但她对李幼亮的做法并不认同。

楚楚　　（唱）

　　　　休怪楚楚责怪你

　　　　如此作为太不该

　　　　倘若被人来知晓

　　　　日后你我头怎抬？

李幼亮　那你的意思是——

楚楚　　不去，好吗？

李幼亮金蝉脱壳的计划被楚楚否决，两人之间关系产生了改变的张力。为了解决危机，李幼亮只能虚伪地佯装要准备去抢险，然后搬出夫妻情分来"融化"楚楚的决心——

李幼亮　我懂了

　　　　（唱）

　　　　楚楚不愧英烈女

　　　　忍心送夫上断头台

　　　　幼亮并非怕死鬼

　　　　　　　　　　　　沪剧现代戏剧本创作研究

赴汤蹈火亦气概

只为难舍夫妻情

厮守新房两相爱

如今你，既然愿意当寡妇

我何必，自作多情成累赘

我走了！（佯走）

　　李幼亮的手段见效，楚楚被李幼亮的情感牌打动，有些动摇。剧作者通过塑造了贪生怕死但巧舌如簧的丈夫与正气凛然但还是感性大于理性的妻子，组成了一对面临生死问题时戏剧张力十足的夫妻关系。如 W. T. 泼拉斯所言，"突出性格唯一的方法是：把人物投入一定的关系中去。仅仅是性格，等于没有性格，只是随意堆砌而已"①。而当李幼亮再次认为危机告一段落，自己可以假装出差未归而逃过身为共产党员的责任时，一个闯入者出现，情境顿时变得异常尖锐——在门外偷听的赖阿毛义愤填膺，向白娥发誓要让李幼亮"乖乖主动地加入敢死队"。然后，赖阿毛强行敲开了李幼亮家的大门，同原本想假装不在家而蒙混过关的李幼亮正面对峙。而赖阿毛所用的手段，是向李幼亮直接"亮出底牌"，他知道李幼亮以权谋私的不法行径。他不仅知道李幼

---

① 约翰·霍华德·劳逊：《戏剧与电影的剧作理论与技巧》，中国电影出版社 1978 年版，第 349 页。

亮的秘密，还告诉李幼亮，他正在被人调查。

　　于此，一个突发事件造成情势的突转，场上的人物关系又变得更加复杂。不仅李幼亮陷入了两难的尖锐情境，而从贪生怕死的小人行径上升到以权谋私的腐败作风时，所表现的社会问题也变得更加尖锐。直到赖阿毛告诉李幼亮塌方压死人的事，而之前给楚楚打的那个电话，就是赖阿毛自己打的。李幼亮在赖阿毛强大的心理攻势下，终于眼前一黑，崩溃抱头，只得乖乖拿起花圈，参加抢险。于是，在叙事者作为闯入者的推动下，人物的心态产生了激变。这场戏的情境通过剧作者巧妙的艺术构思，营造出多个转折与悬念，也丰满了人物塑造，十分精彩。在本场戏的情感高潮处——也就是李幼亮被赖阿毛激得无从选择，如坐针毡时，大段唱词抒发了李幼亮复杂的心态，回溯了他从曾经是有理想有志气、鲜花与锦旗常伴的好党员堕落到如今的贪污腐败分子、即将面临牢狱之灾的心理过程，也导致了他最终决定通过冒死下井抢险来赎罪的特殊心态。既发挥了沪剧唱段抒情见长的特色，将最重要的转折交给戏曲唱段来表现，也体现了剧作者将话剧戏剧创作观念同戏曲本体特性巧妙融合的纯熟技巧。

　　沪剧《一夜生死恋》思想主题直面深刻又尖锐的现实问题，在拓展现实主义舞台语汇与对人性的复杂性塑造上体现出具有现代意识的创作理念，再加之剧作者娴熟地将戏剧情境营造的技巧和戏曲唱段流畅的抒情与叙事功能相融合，成就了这部沪剧现代

　　　　　　　　　　　　　　沪剧现代戏剧本创作研究

戏佳作。20世纪90年代的戏曲现代戏剧目是以高歌主旋律为主流的，沪剧《一夜生死恋》这部独特的沪剧现代戏作品在思想上开启了下一个十年的创作基调，且在尖锐表达上又领先于下个十年的主旋律沪剧现代戏作品，加之在创作意识方面保留了20世纪80年代的探索精神，可谓是那一时期别出心裁的创作。

小　结

　　改革开放以来，沪剧现代戏创作最重要的体现之一，是编创观念发生了显著更迭，从前期过度政治化削弱现代性与人学的歧路，转向了复兴人学戏剧的正轨。新时期沪剧现代戏创作受到欧美文艺的影响，剧作者逐渐找回了创作个性与创作主体性，用作品呼唤人道主义，关注人的价值与尊严。在选材上，呈现出多样化的特质，女明星、逃犯、将门之后、志愿军的战俘，以及陷入人生观迷惘的普通人，都成了这一时期沪剧现代戏舞台上的主角。剧作者在较为轻松的创作氛围中，实现了创作的自由，出现了《东方女性》这样用人文主义关怀视角呈现"第三者"内心世界的剧本，以及《一夜生死恋》这样用极其尖锐的手法表现反腐作品的作品，这都是前所未有的、此后再也没有回到沪剧舞台上的震撼表达。

　　"融合"是这一时期沪剧现代戏剧本创作手法的趋向，沪剧舞台上出现了《牛仔女》这样主题上融合了文学作品哲学思辨的剧目，也出现了一系列在舞台美术、导演技法及情节结构设置融合话剧艺术特征的佳作。文本书学性的提升、思想深度的开掘和舞台艺术多元化的开拓，都使沪剧现代戏的发展呈现出欣欣向荣的特质。

值得一提的是，在这一时期的新剧目创作中，缺少了多见于20世纪50年代现代戏创作的农村题材和工业题材，沪剧选材的都市性增强，尤其在茅善玉、孙徐春等家喻户晓的沪剧明星演唱的剧目唱段响彻上海的街头巷尾之时，沪剧在继"西装旗袍戏"后，再度成为"最时髦的剧种"，与同一时期正在经历戏曲危机的其他剧种的境遇有着较大的差别。

第四章

20 世纪 90 年代优秀沪剧
现代戏剧本创作研究

第一节　20世纪90年代沪剧现代戏创作背景概述

在从改革开放初期到20世纪90年代的十余年间，中国的戏曲界正经历着一次于1982年左右积累爆发的戏剧危机，"'文革'甫结束时突然出现的那种报复性的'传统戏剧热'正逐渐变冷，同时，戏剧演出的上座率在下降。而且，还有许许多多剧目已经不能再上演……剧团数量、演出场次和收入均在经历一个急剧增长的短时期后又趋于减少"[1]。"剧目大大减少"与"表演艺术濒于灭亡"[2]可以说是造成戏曲界戏剧危机的"内因"。而"外因"则在于社会与国家的重大转型对戏曲构成严峻挑战：传统戏曲作为农业文明的产物，在改革开放后国家全面推进工业化、城市化背景下，同时遭遇急速城市化与全球化伴随的文化冲击，导致其生存危机不断恶化。"戏曲是中国农业社会的产物，是民族传统文化的代表性形态，当它的经济基础、文化背景、审美群体等发生

---

[1] 傅谨：《新中国戏剧史1949—2000》，湖南美术出版社2002年版，第169页。
[2] 文忆萱：《从积极方面提问题·戏曲剧目工座谈会文集》，中国戏剧出版社1982年版，第76—81页。

沪剧现代戏剧本创作研究

了巨大的变化以后，它的生存状态自然亦会随之发生变化。"①

　　而沪剧这一年轻的剧种同其他传统戏曲剧种相比，提前完成了其城市化的进程，所以幸运地在20世纪80年代暂时规避了这次危机——"上世纪八十年代，中国戏剧正在进行有关危机的大讨论时，丁是娥、杨飞飞的唱腔和唱段却风靡申城大学校园，此后茅善玉的《一个明星的遭遇》和《姊妹俩》更是火爆大上海，波及全中国，一曲'紫竹调'使无数青年为之迷醉。"②沪剧在这一时期，以现代戏为主的新剧目在创作积累中，按照自己的节奏蓬勃发展。沪剧现代戏的创作观念也经其于20世纪80年代间的创作探索中，愈发彰显现代意识。

　　现代意识体现在沪剧编剧方面，首先体现在追求"自由"与"人性"的本体回归。在题材选择方面，沪剧现代戏的描写对象有了"平民化"倾向，同此前"大跃进"时期《鸡毛飞上天》此类"歌颂模范"，和革命现代戏时期的《芦荡火种》《红灯记》此类"歌颂英雄"的作品相较，形成了强烈的对比。其次，在人物塑造方面，沪剧的创作观念更是愈发趋近于话剧，创作者更加重视人物的复杂性格塑造，着力于开掘人物隐秘的精神世界。于是，沪剧中的主人公逐渐从传统戏曲常见的"类型人物"过渡到"典型人物"，由此便出现了诸如《东方女性》《牛仔女》等通过剖

---

① 朱恒夫：《中国戏曲美学》，南京大学出版社2008年版，第258页。
② 刘厚生、安志强等：《曹禺·沪剧·茅善玉》，《中国戏剧》2010年第12期。

析与揭示人物内心，展现更广阔的时代精神与社会意识的现代戏剧作。

再次，随着宋之华、余雍和、陆军、李莉等学院派剧作者走向成熟，他们的沪剧现代戏创作也会带来西方戏剧创作新观念的融合，体现在以《一夜生死恋》《今日梦圆》等作品中具有现代性意识的情节结构设置上，令人耳目一新。

一、上海沪剧院 20 世纪 90 年代的新剧目创作

20 世纪 90 年代刚拉开序幕时，上海沪剧院就交出了一份亮眼的成绩单。首演于 1991 年，由编剧曹静卿、张东平创作的现代戏新作《明月照母心》是上海沪剧院经过十年的创作经验积累的耀眼成果，它描写了中学女教师、共产党员金晓晖收养抚育几位孤儿，讴歌了社会主义新型人伦亲情，强烈地体现了时代精神。该剧于 1991 年 5 月获全国戏曲现代戏观摩演出优秀剧目奖、优秀编剧奖、优秀导演奖等九项奖项；1992 年获得文化部第二届文华奖"文华大奖"，同时，又获得了文华编剧奖、导演奖等五项大奖；1995 年 3 月获第十四届全国电视剧"飞天奖"；演员陈瑜荣获第九届中国戏剧梅花奖、第三届上海"白玉兰"戏剧表演艺术奖"主角奖"，以及"文华表演奖"；该剧剧本于 1993 年第二届上海文学艺术节上荣获"优秀成果奖"。在此后，由该剧所改编的同名戏曲电视连续剧，也荣获了 1994 年第十四届电视剧

飞天奖"二等奖"。

1992 年，是一个关键的年份，为防止专业院团因为"大锅饭""终身制"束缚艺术生产者的积极性，出现"剧本荒"，有关方面开始探索文艺院团全员聘任制改革。上海市文化局首先在沪剧院公开招标院长，新任院长除了要达到一般的标准和条件外，每年必须保证上演两个及以上有一定艺术含金量的新剧目，每年要完成 300 场演出。①新改革的制度催生出了在此期间的一系列获奖佳作：1993 年，也就是改革之后的第一年，由徐开林编剧的《风雨同龄人》荣获第三届中国戏剧节剧本创作奖、优秀演出奖、汇演奖、优秀演员奖、优秀音乐设计奖；马莉莉获得第十一届中国戏剧梅花奖；同年，由赵化南编剧的描写 20 世纪 20 年代上海一对男女主人公的恋爱纠葛的"新编西装旗袍戏"《碧海青天夜夜心》(1993 年)，获得"上海新剧目展演"最佳剧目奖；更值得一提的是，此后还诞生了上海沪剧院建院历史上除了《明月照母心》之外，另一部获奖最多的重要之作——由余雍和、赵化南编剧的，以上海地铁 1 号线的开通为背景，通过着力塑造地铁工程师的形象，讴歌地铁建设者无私奉献的《今日梦圆》，获得第四届中国戏剧节优秀演出奖、优秀表演奖、优秀编剧奖、优秀主演奖、优秀配角奖、优秀导演奖、优秀舞美设计奖、优秀灯光设计

---

① 谢黎萍、黄坚、孙宝席：《上海文化建设三十年》，上海人民出版社 2008 年版，第 92 页。

奖、优秀服装设计奖、优秀音乐设计奖、优秀音乐伴奏奖等11项大奖；于1995年10月，荣获1994年度精神文明建设"五个一工程"奖戏曲类榜首。《今日梦圆》所采用的戏剧结构，是极具现代意识的"戏中戏"结构。编剧把剧中的主角"梁工"隐在了幕后，不让她出现在戏剧场面中，将其视作"地铁魂"的象征而存在。这种编剧技巧考虑到沪剧的艺术特色——如果直接表现地铁建设的劳动场景，简单罗列工程技术活动，会较为枯燥乏味，且难以表现，于是作者根据沪剧戏曲的抒情艺术特色，采用了"戏中戏"的戏剧结构，形成了"台上戏，台下戏，戏中戏，戏外戏，环环相扣，引人入胜"的戏剧效果，收获了评奖评委和市场观众的认可。

作为沪剧现代戏剧目创作的主力军，上海沪剧院在这一时期的创作思路可以分为两类：其一，是新创现代戏方面，承接了上个十年的成功经验，以聚焦现实、深度挖掘大时代背景下小人物的喜怒哀乐。如《明月照母心》关注新闻热点中，收养众多孤儿的平凡又伟大的母亲、《风雨同龄人》中书写"上山下乡"的"同龄人"再度重逢、《今日梦圆》侧写地铁建造者的生活、《我心握你手》表现少教所出身的小孩的校园生活、《影子》展现反贪案件、《0号首长》呈现基层居委会干部的生活、《心有泪千行》直面普通吸毒人员的生活困境，等等；其二，则体现在这一时期上海沪剧院重拾了"新编西装旗袍戏"的创作方向，《碧海青天夜夜心》和《申曲之恋》都是年代戏的原创作品，体现了该院团借用成熟的编剧资源来发展最受沪剧观众喜爱的"西装旗袍戏"剧目，以收获商业化效益的愿景。

二、区级沪剧院团 20 世纪 90 年代的新剧目创作

当戏曲界经历了 20 世纪 90 年代初市场经济体制对沪剧演出的冲击后，原本在改革开放之初硕果累累的上海市区级专业沪剧团体，发展至近年来，仅剩下长宁沪剧团与宝山沪剧团还在传承沪剧文化的香火。作为两家体量不大、在册人员不多的沪剧院团，能四十余年来保持扎实出戏、迎风踏浪、渡过危机，实属不易。

1989 年，长宁区文化局在长宁沪剧团确立团长负责制，并给予充分的自主权之后，剧团原创力之于剧团的发展就显得更为关键了。20 世纪 90 年代初，戏曲界市场开始不景气，身处于在电视媒体和网络文化的双重夹击下，以及社会转型的新形势下，不得不面临戏曲受众被挤压、观众骤然减少的现象。但长宁沪剧团作为一个在编人员不足 30 人的区级小戏曲剧团，在此期间不仅新作上座率很高，还保持每年平均演出 274 场、上演的新戏部部超过百场的纪录，可谓成绩斐然。更重要的是，这一时期的剧目还获得了国家级奖项的肯定——张东平、曹静卿创作的肃贪倡廉的现代沪剧《清风歌》公演后，被评论界誉为"一曲动人的廉

政歌"。该剧在编剧创作上最大的特点，在于巧妙地将戏剧创作的特点融入戏曲创作里，效果非常直接地体现在该剧情节的戏剧性张力、悬念与节奏的紧张感上，都强于大多数的沪剧现代戏作品。1990年6月，《清风歌》应文化部之邀进京演出，先后获得中共上海市委宣传部特别嘉奖、中共长宁区委和区人民政府通报表彰和文化部的文华新剧目奖，连演700多场。1995年，由张东平编创了以下岗女工生活为题材，表现了大的社会转型期背景下，通过个人主观调节以适应时代变化的现代戏剧目《母亲的情怀》。这一次，编剧将目光对准了上海女工下岗潮，通过表现女主角朱玲经历现实的磨难和自身不懈的努力，重新收获社会对她的认可的故事。该剧获得全国现代戏交流演出的11项大奖、获上海市文化艺术优秀成果奖、飞天奖二等奖、全国现代戏汇演大奖优秀编剧奖，以及第二届文华奖和文华剧本奖。

同长宁沪剧团在20世纪90年代奖项和商业效益双丰收的现状不同的是，宝山沪剧团随着戏曲大环境低迷，受到市场经济极大的冲击。1993年，由于市场经济对戏剧戏曲界大环境的影响，加之宝山沪剧团内部艺术工作者面对又一轮的新老交替，使得宝山沪剧团的发展再次陷入低谷。为了应对危机，宝山沪剧团除了接受宝山区委、区政府派遣领导班子给予的支持外，剧团重要演职人员义无反顾地挑起重振剧团的重任，贯彻前任团长杨飞飞所坚持的"注重原创"的剧目创作路线，接连创作数部直面时代问题与反映社会生活的现代戏新作，同编剧李莉接连合作了四部沪剧现代戏，从数量比例来看，超过了该团上演传统戏一倍。在题材方面，初期延续了 20 世纪 80 年代创作《情变》时，同有关部门联合推出"行业戏"的成功经验：《罪女泪》是同质监局合作，以"打假"作为选题，以当时较为轰动的"毒香菇害死人"的新闻事件为素材编写；《缉毒女警官》则与有关禁毒部门协作，用歌颂女警官洪燕勇于战斗敢于牺牲感人故事，向观众宣传毒品的危害；以及上演于 1997 年的《清水恋》，是以环保作为主题，同环保局合作的作品。

然而，随着宝山沪剧团有了四次成功联合出品的经验，其他戏剧戏曲院团开始争相效仿，"一窝蜂"地涌向"红头文件"寻求资助。于是，在被有关部门"一刀切"、无法同有关单位继续合作而陷入困顿之时，宝山沪剧团的创作团队开始了观察民间生活热点来寻找创作主题，丢弃此前将有关单位作为"拐杖"的创作思路，用市场效益来检验新创剧目的品质。于是，宝山沪剧团的主创和李莉开始了由前者探索题材，交与后者编剧的创作合作模式，便诞生了上演于 1998 年，以"中国加入 WTO"为背景创作的《东方彩虹》，收获了业内与观众的好评。

这一时期宝山沪剧团的现代戏新剧目创作可以大致分为两个阶段，即"定向创作"阶段与"自主选材"阶段。编剧李莉创作的《罪女泪》(1993 年)、《缉毒女警官》(1996 年) 与《清水恋》

（1997 年）这三部作品是与有关部门"联合出品"的创作，这可以划为宝山沪剧团剧目创作的"定向创作"阶段。当时职位为"艺术总监"并全程主导创作的华雯对于这一阶段创作剧目的选材理念表达得十分坦率："当初，为了市公安局能敲一个大红印章，方便出票，剧团排演了《缉毒女警官》；为了配合上海市质量监督局的宣传，剧团上演了《罪女泪》；排演大戏《清水恋》，是给环保局的'定制'（作品）。"然而，即使剧团通过选材"依附"上"有关部门"后，可以在戏曲市场低迷的时期轻松解决剧目创作资金与"组织观众包场"等"老大难"问题，但宝山沪剧团并未停止剧作创作的创新探索。

需要补充的一点，是这两部作品并非传统意义上有关部门向宝山沪剧团邀约创作的"定制剧"，而是剧团内部经过自行选材讨论，形成高水准的文本之后，以此去向与题材相符的有关部门主动寻求合作机会才确立合作关系的。在策划之初，第一步是在老百姓关心的民生新闻中撷取素材——这也印证了宝山沪剧团对"贴近群众"的民间视角之坚持，熨帖了沪剧现代戏的创作精神；第二步，便是对剧本创作上提出"艺术性创新"的要求，唯有主动提高标准才能写出可以打动有关部门的剧本，以达成合作的意向。

宝山沪剧团现代戏新剧目创作的"自主选材"阶段始于1997 年，华雯上任宝山沪剧团团长后，认识到剧团生存与发展

　　　　　　　　沪剧现代戏剧本创作研究

的要义，是必须接连创作出真正能经受市场考验的作品，即要"为观众创作"，而不是为"有关部门"宣传之需而创作警示剧。于是，剧团剧目创作改变了思路，主动在老百姓关注的热点中寻找艺术创作的素材。"说新闻、唱新闻"是沪剧剧目创作的传统根基，然而，仅仅简单地追寻热点，还不足以创作出真正优秀的作品。为了使一个小剧团能够健康地发展，在每一部原创作品投入创作前，剧团都必须慎重考虑，如果不具备"能演200场"的潜力，宝山沪剧团的主创们就宁愿继续策划研究。此后，宝山沪剧团用几年打磨一出新戏的情况时常出现。而剧团主创除了花心思甄选每一部现代戏创作的题材之外，如何在"艺术性"上有创新，更被视为是剧目成功的灵魂要素。唯有通过一部又一部经受住市场考验、使观众有耳目一新观剧感受的作品之积累，才是剧团正向发展的关键。上演于1998年的《东方彩虹》，选材始于主创对新闻与社会生活的敏感度：中国即将加入WTO，人民的生活将会发生很大的改变。而创作一部反映民族工业"立民族志气、创世界品牌"的作品，不仅"关注生活、反映生活"，还能以"非说教"的形式，通过精彩的剧情，潜移默化地增强"民族自信"。

三、20世纪90年代的探索沪剧创作

值得一提的是，20世纪90年代，沪剧现代戏的创作没有停

止探索创新的步伐。1992 年，宝山沪剧团出品的，由陆军创作的《神秘的电话》一剧，就演出形式进行了大胆的探索创新。全剧只有四个演员，但由于艺术手法新颖，表现了六个不露面的角色通过电话参与情节纠葛，为这出戏增添了曲折性和可看性，同时也创造了我国戏曲舞台上人物最少的大戏纪录。[①] 该剧市场反馈也较为成功，通过一名检察官家庭的感情风波，塑造了人民检察官的形象，反映了人们在生活变革中面临的道德与情感、良知与欲望。1996 年，由赵化南、余雍和编剧的、上海沪剧院出品的小剧场沪剧《影子》一剧，更是沪剧界面向多元化的又一次大胆尝试，是我国戏曲院团首次对小剧场艺术进行的大胆探索。[②] 小剧场戏剧的剧情比较简单，商业化特征较强，观演空间较小，表演空间不大。该剧以心理剧为框架，在场景空间的拓展、人物心理的刻画等方面独具匠心。此外，该剧仅用三个演员，开创了沪剧戏曲舞台的先河。

然而，在 1996 年之后商业化浪潮对沪剧的冲击愈演愈烈是不可回避的现实。早在 20 世纪 80 年代中国戏曲的很多剧种所经历的严重危机，沪剧终究难以规避。随着我国经济高速发展，中国社会处于发生巨大变革的过程中，使沪剧面对愈发棘手的困

---

① 《沪剧〈神秘的电话〉反响热烈》，《文汇报》1992 年 10 月 4 日，第 3 版。
② 《上海沪剧院对演出形式大胆探索，"小剧场戏曲"令人注目》，《文汇报》1996 年 10 月 9 日，第 7 版。

境——商业化兴起让文化娱乐消费选择更加多元，在都市的文化氛围影响下，上海观众的审美倾向与欣赏习惯发生了变化。于是，沪剧最终还是难免在戏曲整体式微中，走了下坡路。无论是剧目获奖数量，还是沪剧创作的探索与创新能力，乃至民间流传的新唱段，都在即将到来的新世纪有了明显的减少与衰退。

第二节　主旋律题材的异军突起

20世纪80年代初期、中期，戏剧创作生机勃勃。我国新派探索戏剧始于20世纪80年代初，锋芒新锐，至20世纪80年代成果累累、声势赫赫。20世纪80年代的探索剧热潮冷却之后，20世纪90年代的中国戏剧在题材选择、思想内涵、人物塑造等多个方面逐步以突显时代主旋律为目标。谱写时代主旋律的戏剧创作逐渐成为戏剧界、戏曲界创作的主调。[1]

产生这种戏剧创作观念的改变，其原因有二，其一在于广大院团的创作者随着社会主义市场经济发展，以及政治思想觉悟和社会责任心有所增强。体现在剧目创作上是更加理性化地对过去艺术探索实践进行总结与反思，追求创作出反映时代主旋律、贴近时代生活、贴近观众心灵的艺术精品；原因之二较为功利，因为戏剧（戏曲）在20世纪90年代的演出市场上开拓乏力，反而催生出新的功能，它成为许多剧团用以得到更多的政府资助以摆脱生存困境的有效途径。国家导向性地在每一届戏剧界的重要评

---

[1] 夏写时：《评近年戏剧创作》，《戏曲艺术》1993年第2期，第12页。

奖中，将政策向那些主旋律戏剧作品倾斜。随着评奖活动越来越多，院团戏剧创作者有意识地趋附文化管理部门的意志而创作的剧目也越来越多。[①] 主旋律作品便在 20 世纪 90 年代的戏剧创作中"唱主调"。优秀的主旋律精品剧目从政治思想内涵的角度来看，"有利于发扬爱国主义、集体主义和社会主义的思想和精神；有利于弘扬民族优秀文化、讴歌中华民族优秀品质；有利于改革开放和市场经济的思想和精神……有利于民族团结、社会进步、人民幸福和倡导用诚实的劳动争取美好生活的角度来看，也是符合人民的利益、促进社会进步的优秀作品"。[②] 而从创作观念的角度来看，主旋律的精品之作具有将思想内容与表现形式较好地融合的特质，是戏剧界创作者们在 20 世纪 80 年代席卷中国的探索剧目热度冷却之后，于 80 年代末期逐步尊重艺术自身发展规律、尊重国情、尊重观众审美之后的理性思考与实践的成果。其突出的特点是：以艺术传统为基础，循序渐进式，让观众能够接受对新事物的适度探索，观众既能感受到其璀璨的时代气息，又能欣赏到传统的艺术美。它与 20 世纪 80 年代探索剧目相较之下有明显进步的是，它能够驾驭新的艺术表现手段，能够从容地把握创新的"度"，使之得心应手地为表现思想内容服务，因此观众接

---

① 傅谨：《新中国戏剧史 1949—2000》，湖南美术出版社 2002 年版，第 184 页。
② 单捷夫：《浅谈二十世纪九十年代中国戏剧的特点》，《戏剧家》2005 年第 4 期，第 67 页。

受，艺术家认可。①

评奖也催生了戏剧院团在创作方面精品意识的强化。唯有将精品生产作为最高目标，在思想和艺术上进行一番精心打磨，才能为剧种发展留下经典剧目，满足人民日益增长的精神文化需求。

沪剧在 20 世纪 90 年代留下了两部主旋律题材的现代戏可称得上时代精品：一部是 1991 年 4 月 24 日由上海沪剧院上演的，由曹静卿、张东平编剧的《明月照母心》，于 1992 年 4 月 20 日获文化部第二届文华奖新剧目大奖榜首；另一部，是 1995 年 6 月由上海沪剧院上演的，由余雍和、赵化南编剧的《今日梦圆》。笔者将从编剧学的角度分析这两部作品，分析它们各自在创作主旋律作品时，如何规避"假、大、空"的窠臼，而体现戏剧艺术创作者作为"人类灵魂工程师"的使命感。

一、主旋律"精品"现代戏的创作

（一）获文华奖作品《明月照母心》

《明月照母心》是一部感人至深的作品，也是为党的 70 周年生日而创作的一部献礼剧目，改编自武汉一位叫胡曼莉的老师的真人真事。剧中主人公金晓晖不顾外界的议论与丈夫的不理解，以饱满的爱呵护着三个孤儿。孤儿们也希望减轻金晓晖的负担，

---

① 单捷夫：《浅谈二十世纪九十年代中国戏剧的特点》，《戏剧家》2005 年第 4 期，第 67 页。

于是向社会发了一篇征母启示，引发了社会的热切关注。表达了"人间自有真情在，明月永照慈母心"的主题。1991 年 5 月，该剧赴扬州参加全国戏曲现代戏观摩演出，作为上海市唯一入选此次演出的现代戏，在汇演中受到评委的高度赞扬，被认为"这是近年来戏曲表现家庭伦理方面最成功的一部戏"①。最终，该剧在这次会演中收获包括优秀剧目、优秀编剧、优秀导演、优秀表演等在内的 9 个奖项，是获得单项奖最多的剧目之一。②1992 年，在文化部举办的文华奖新剧目评选中，该剧高居榜首。同时又获得最佳编剧奖、导演奖、表演奖、音乐创作奖、舞美奖。1993 年获上海市文化方面奖项级别最高的上海市文化艺术优秀成果奖。该剧主演陈瑜荣获"梅花奖"。③

作为当时戏剧创作含金量最高的奖项，文华奖是于 1991 年由文化部设立的专业舞台表演艺术的最高政府奖项，其目的主要是为了推动戏剧精品创作，"其导向性主要是要求弘扬时代主旋律、反映改革开放和现代化建设的现实生活。要求艺术上高品位，把好的思想内容和优秀的艺术形式高度统一起来，重视综合艺术效果"④。

---

① 《沪剧〈明月照母心〉轰动扬州》，《文汇报》1991 年 3 月 29 日，第 1 版。
② 《全国戏曲现代戏观摩演出闭幕》，《文汇报》1991 年 5 月 31 日，第 1 版。
③ 汪培、陈剑云、蓝流主编，《上海文化艺术志》编纂委员会、《上海沪剧志》编辑委员会编：《上海沪剧志》，上海文化出版社 1999 年版，第 96 页。
④ 曲润海：《八度文华 几层思索》，《戏曲艺术》，2000 年，第 110 页。

"以情动人"的"人学"意识主导着《明月照母心》的创作，是该剧收获巨大的反响与成功并成为主旋律精品之作的关键所在。中国戏曲舞台上虽然自古类型化、脸谱化的人物居多，但戏曲写作方面"人学观"的重要性，先人早有阐述——"明初朱有墩在谈到元代水浒戏时曾有'形容模写，曲尽其态'的论述……到了明中叶，对人物塑造的关注才逐渐多起来，比如金圣叹在评《赖婚》一折时提出以'心、体、地'（心即心理意志，体即人物身份，地即情境）的一致性来阐述刻画人物的要领，应该是比较精辟的见解了，王骥德、李渔也从不同角度呼应了这一主张。"① 虽然剧中平凡的女教师金晓晖收留三个孤儿的行为非常伟大，但《明月照母心》的动人之处，在于编剧并没有把养母作为一个"高大上"的人物在歌颂，而是细致地描写孤儿们同养母之间的情感波动，把他们都作为"大写的人"——养母因为误会玲玲偷钱，冲动地打了玲玲一耳光，事后发现是玲玲为了减轻自己的负担而懊悔不已，除却这一笔对金晓晖的"负面情绪"的描写之外，编剧也描绘了玲玲姐弟经历了一段时间"贪恋"母爱的温暖与理智上不愿意为养母造成负担的"天人交战"。在编剧笔下，金晓晖与玲玲姐弟都是心理世界复杂的、大写的"人"，他们有理智，也有私欲；有爱的奉献，也有过动摇——这都是"人学观"在编剧创作上的体现。创作者在剧中虽然也表现了人物的崇

---

① 陆军：《戏剧的"人学观"及其他——书序两篇》，《艺海》2015年第11期，第6页。

高与美好，但并没有将其提纯成"高大全"的英雄，在剧中也表现了人物同普通人并无差别地生活着，有困难苦恼、遗憾伤感、喜怒哀乐。马也曾这般评论道《明月照母心》这出戏，笔者认为非常贴切——"如果艺术仅仅告诉我们一个英雄壮举或感人的事迹，虽然那就是生活事实，但那也不像是真的。只有把这英雄行为融入人物生活逻辑和日常生存之中，它才能被强烈地感受到，并且一定以为那是真的。"[①]

"感动"是《明月照母心》带给观众、剧评人最大的审美体验。戏曲剧本何以打动观众？关于这个问题，在此宕开一笔作分析。

戏曲以"歌舞演故事"，存在一个普遍观念——"故事"需要曲折的情节与尖锐的冲突。然而，"北杂剧中也有无冲突之作，南戏传奇中却有冲突尖锐之作，我们不应当把有无冲突作为判别戏曲的唯一标准"[②]。由此可见，戏曲文本在此可分为两类："以讲故事为重的戏曲，情节自然占首要地位，必然要重视'冲突'；若以抒情或者歌舞为重的剧本，则'冲突'是抒情的辅助，应有另一番标准。"[③] 也就是说，戏曲艺术的特别之处在于，即使没有曲折的情节，如果"以情动人"，也可以成就为一部佳作。而沪剧现代戏《明月照母心》就是没有强烈的冲突，但发扬戏曲艺术"以情动人"打动观众，从而收获奖项与口碑双丰收的案例。

---

① 上海沪剧院主编：《风中的紫竹调》，上海文化出版社 2016 年版，第 45 页。
② 宋光祖：《戏剧结构类型与冲突》，《戏剧艺术》1987 年第 4 期。
③ 刘艳卉：《戏曲剧作思维》，上海人民出版社 2016 年版，第 146 页。

从该剧故事情节中可见，这部作品的主要人物关系——养母金晓晖与孤儿玲玲姐弟之间不仅没有尖锐的矛盾冲突关系，相反还被真实动人的情感关系紧密牵绊着。在编剧学概念中，冲突分三种：人物与人物的冲突、人物与环境的冲突，人物自我内部的冲突。而在《明月照母心》中的冲突，是从特定人物的特定的视角才会存在的冲突。从金晓晖的视角来看，冲突属于人物与外部环境的冲突，对于收留孤儿、抚养孤儿这一重大决定，金晓晖从来都没有过犹豫，既坚定又坚强，所以不存在人物自我内部的冲突。而故事中她同不理解她所作所为的周遭环境的冲突，都是较为边缘、次要的矛盾，金晓晖始终在主动地选择忽略和努力去弥合化解。金晓晖的行动目标是一心想克服困难，把孩子们收留在身边，难以割舍。所以，在这股"爱的动力"驱使下，她的行动是：以教师的身份在课外辅导学生，努力减轻一家人的经济压力，并积极同不理解自己的丈夫与周围人沟通，所以在她看来，这并没有造成太大的冲突。

而从懂事的孤儿玲玲姐弟的角度来看，自己的存在为养母造成了经济负担与情感压力，但姐弟俩都很想生活在胜似亲生母亲的金晓晖身边，享受母爱的温暖，这便在他们的内心中造成了较强烈的矛盾与冲突，即第三种冲突——人物自我内部的冲突。但由于玲玲并非主人公，她自身的戏剧冲突并没有在大部分时间推动情节的发展，直到故事发展到在靠近结局的戏份，懂事的孩子们也因为深爱与心疼养母金晓晖，而"战胜"了内心的所谓对母爱的"贪恋"，作出了一个石破天惊的举动——向社会发出一则"征母启示"。但这一行为最终造成的结果，既是加深了同金晓晖的情感羁绊而非矛盾冲突，又造就了一个情感真挚又夹杂着遗憾的结尾。孤儿们的"征母启事"让有意收养他们的来信纷至沓来，金晓晖与李大光夫妇本着为社会主义培养人才的目标，为他们仔细甄选出最适合他们的收养家庭。结局是孤儿与养母金晓晖依依惜别，既带着对未来的憧憬，又氤氲着伤感的离愁别绪。编剧所设计的这个结尾既感人又含蓄。这个社会主义新家庭成员之间的关系既面临着离散，又为未来的相遇留有了余地，能使观众在被深刻的情感打动之余，还能感到意犹未尽，留下一点回味。

剧本中，人物是情感的载体，以"人学观"意识塑造的人物更是承载着真挚动人情感。《明月照母心》作为主旋律作品，创作者歌颂了金晓晖这个社会主义新人的崇高精神，但仅凭如此还不足以使它成为一部精品之作。实际上，该剧最值得借鉴的成功经验，是重在抒发人与人之间的动人真情，而非对金晓晖这个新时代楷模过人之举的宣扬。既然选择了重在抒情的创作路线，那么情感关系的表现与感情交流对象的塑造就变得格外重要。在《明月照母心》的编剧手法中，有一处十分高明的技巧乃编剧的创造，就是塑造了玲玲这个独特的孤儿形象。玲玲这个人物的作用，一方面是让观众借着玲玲的眼睛，以她的视角观察金晓晖，走进这个特别的家庭，可以表达身在这个家庭内部的"局内人"才会有的真实"一手"感受；另一方面，编剧将她设置成一个独特的年纪——介于孩童与成人之间的懂事少女，少了些孩童的顽劣，不会将金晓晖对孤儿们的付出视为理所当然，又比成人有更多的天真的顾虑。社会上对于金晓晖收养孤儿的行为，有着持续的关注、审视，也带来了一定的压力，而这种外部压力在少女玲玲的眼中又会因为感激，甚至是愧疚，被格外放大。在人物原型素材中，社会上存在一些人并不理解人物原型胡曼莉为什么要这么做，甚至有些非议。而在剧中从玲玲视角的情感表达，不仅能消解掉观众对金晓晖收养孤儿的不理解，还能引发情感的共鸣。

孤儿玲玲过分懂事，她会叮嘱亲弟弟强强把玩具让给弟弟妹妹，教弟弟和她一起装肚子痛不去郊游为父母省钱，会对养父母打地铺自己睡床这件事感到惴惴不安，会揽过洗衣服的活儿，还会偷偷为邻居洗衣服补贴家用……纵使创作者在塑造玲玲时有诸多笔墨描写她的早熟，但她在金晓晖身边时，她永远是个贪恋母爱的孩子。当玲玲临别时的"三呼"妈妈，唱出了她心底荡气回肠的情感。一股社会主义新型人际关系组成的情网，牢牢地拴住了观众的心。可见，玲玲这一角色的塑造，有力助推了金晓晖崇高形象的建立，其烘托之功颇为显著。

值得一提的是，该剧的高潮情节，编剧曾有过一次较大的改动。在 1991 年 6 月《剧本》所刊登的版本中，"征母启事"的戏份是照搬了现实生活中胡曼莉的做法，金晓晖自己选择刊登"征母启事"，为了孤儿们的未来，选择更适合他们的父母，而忍痛舍弃了亲情，体现了金晓晖无私利他的崇高精神。在之后的演出文本中，编剧对此处情节作了较大的调整，别出心裁地设计为是孤儿玲玲体恤养母，"再不愿为幸福家庭拖累"，而自发同弟弟去登报，用稚嫩笔触写下的"征母启事"，将对金晓晖的依恋永远深埋在心底。编剧的这一处改动，深化了该剧创作时在"情"上追求极致的理念，"征母启事"这一情节从上一版正面描写金晓晖的广义的、社会化的"爱心"，改写成对难以割舍的母女情的抒情，将沪剧"以情动人"的优势发挥到极致，带给观众催人泪下、感人肺腑的审美感受。

沪剧现代戏的创作曾经走过"重在传达思想"和"重在以言明理"的弯路，但艺术生命还在于艺术本身，戏曲现代戏创作需根据剧目内容情况和剧种的优势，选择最具观赏性和审美价值的创作手法。戏曲是剧诗，诗便要重情。戏曲现代戏并不算漫长的发展历史中，已有很长一段时间徘徊于重情轻理的弯道上。而真正塑造非类型化人物的重要手段，就是要找到正确的叙事角度，抓住冲突时机，充分展现人物的内心世界，在发挥其抒情特长的前提下融情于理中。从沪剧现代戏《明月照母心》的创作经验来看，究其成功的三个要素，缺一不可：其一，在于从生活出发，塑造了具有生活质感的典型人物；其二，是在题材选择时摸准了时代脉搏；其三，则是创作者所运用的抒情手段非常高明、自然，人物情感真挚动人，令人回味无穷。

（二）获"五个一工程"奖作品《今日梦圆》的剧本创作

1994 年，在上海地铁 1 号线通车之际，一部表现上海地铁建设者精神风貌的沪剧现代新剧目，于同年 12 月在云峰剧场首演。上海沪剧院创作者造就了艺术创作几乎与现实生活同步进行的"奇观"，用独特的方式和惊人的速度，再现了沪剧艺术"说新闻唱新闻"的传统。该剧原名《此情深深》，1995 年，该剧经过修改后，更名《今日梦圆》，发表于《上海艺术家》1995 年第 5 期，1995 年 6 月首演于上海戏剧学院实验剧场。同年 11 月，上海沪剧院携《今日梦圆》一剧赴成都参加第四届中国戏剧节，收获了领导、专家、观众的好评如潮，共获得优秀编剧、优秀导演、优秀演出在内共 12 项大奖。很多评委称赞该剧"在反映四化建设的戏剧创作领域作了重要探索，取得了重大突破"，是一部"令人振奋的大制作、大手笔"。郭汉城评价："这个戏开了戏曲表现重大建设题材的先河，是上海继《大桥》之后的又一力作，为这届戏曲节增了光。"同年，该剧又荣获了中央宣传部颁发的"五个一工程"奖，并名列所有获奖戏剧作品榜首。①

---

① 褚伯承：《乡音魅力：沪剧研究与欣赏》，上海社会科学院出版社 2004 年版，第 362 页。

沪剧现代戏剧本创作研究

20 世纪 90 年代初，面对多元文化夹击，流行歌曲和"快餐文化"的盛行，以及文化体制改革的滞后，弘扬民族精神和经典文化的高雅艺术一度受到较大冲击。而党的十四大提出建立社会主义市场经济体制的目标和浦东的开发，又迫切需要上海的文艺事业包括高雅艺术事业有一个大的发展和提高。在这历史发展的关键时期，上海市委领导多次强调，要大力弘扬主旋律，积极扶持高雅艺术的发展，不断提高上海文艺水平。[①] 在文化事业整顿提高的基础上，上海提出要积极推进文艺精品的创作和生产，掀起文化建设高潮。上海经济蓬勃发展，为文化建设大发展提供了丰富的物质基础和创作源泉；党中央对文化部门进一步增强精品意识出大作力作的要求，为上海文化事业大发展提供了良好的契机；一系列重大节庆和发展节点的到来，也需要创作大量优秀的文艺作品来进行庆祝。[②] 在上海掀起的文化建设高潮中，"五个一工程"是其中一个重要抓手。"五个一工程"是中共中央宣传部为推动精神产品的生产、繁荣社会主义文艺创作而实施的重要文化工程。通过每年认真抓出一部好电影、一部好电视剧、一台好戏、一本好书、一篇或几篇有创见的好文章[③]，来催生富有鲜明时代精神和浓郁生活气息、思想性与艺术性相结合、为广大人民群

---

① 谢黎萍、黄坚、孙宝席：《上海文化建设三十年》，上海人民出版社 2008 年版，第 130 页。
② 同上书，第 133 页。
③ 1995 年起，将一首好歌和一部好广播剧列入评选范围。

众喜闻乐见的文艺精品。[①] 自 1991 年实施该工程以来，上海就将其作为精神文明建设的龙头工程，作为促进上海文化事业繁荣发展的重要载体。1991 年度至 1995 年度，上海在连续 5 届评选中，共有 26 部作品获得"五个一工程"奖[②]。而沪剧现代戏《今日梦圆》作为这 26 部中成绩突出的一部，不仅满足了主旋律精品反映现实生活，弘扬时代精神的要求，描绘了上海地铁建设这一宏伟工程建设者的胸怀与精神；更可贵的，是该剧的创作者独辟蹊径，根据人物性格和人物关系设计了独特的戏剧情境，不仅妙趣横生，且抒情动人，从而使宏大的建设场面与细腻的人物情感巧妙结合，收获了别致的艺术效果。

剧本描写了 20 世纪 90 年代某沪剧团正在排练沪剧现代戏《地铁魂》。排演过程中，编导方家杰同主角杜鹃之间发生了不愉快。杜鹃认为该作品中的主角是以其母梁工为原型创作的，而其母亲因工作原因，忽视了家庭，导致其父亲漂泊海外，家庭分离，最终其父离世，让杜鹃心生怨恨。她不能理解也拒绝理解"梁工"这个角色，坚持退出剧组。杜鹃生病住院，其间母亲也只是匆忙中来见了她一面，后又赶回工作岗位上，也让杜鹃的怨念愈深，这更促使了杜鹃拒绝出演修改后的《地铁魂》一剧，也

① 谢黎萍、黄坚、孙宝席：《上海文化建设三十年》，上海人民出版社 2008 年版，第 133 页。
② 同上书，第 134 页。

导致了她和方家杰之间的爱情出现了裂痕。直到杜鹃被命运牵引着来到了地铁施工工地，她见到了无数像母亲一样的，为地铁建设奉献自己力量的无私的地铁人的工作情形，这才对母亲的无私奉献有了一层新的理解。

在上海建造城市地铁，是凝聚了几代地铁人心血的壮举。上海因地质是软土层为主的关系，曾被外国专家断言不适合建造地铁。而中国的工程师与建设者们通过夜以继日的付出与奉献，终于克服了重重困难，取得了巨大的胜利。上海沪剧院新剧目的创作方向有十字方针，即"与时代同步，与城市同行"。上海地铁1号线的建成，是值得用文艺精品歌颂的上海发展的伟大节点。但工业戏容易写得枯燥乏味，往往被艺术家视为畏途，表现重大工程题材的剧目鲜有成功之作。面对这样一个工业建设的硬题材，上海沪剧院的创作者们本着强烈的责任感与使命感，知难而上，巧妙地将"硬题材"作"软处理"，通过精巧的构思，避开了乏味的地铁建设过程展现，用独特别致的叙事结构编织情节，通过"正写"与"侧写"两个角度表现地铁工程技术人员与广大工人的奉献，凝聚了编剧建构故事的智慧。

《今日梦圆》是戏曲现代戏对工业题材创作手法具有现代意识的一次成功的探索。该剧不仅没有如同其他"工业戏"作品一般，使用一般化的锁闭结构或是开放式结构，正面描写地铁建设的过程，而是极具实验精神地借鉴了"套层结构"。"套层结构"，是编剧独具匠心的巧妙构思。"套层结构"在中国传统戏曲创作中曾被运用过 [①]，该结构在西方的话剧艺术中运用得更为广泛。沪剧作为最为接近话剧的戏曲剧种，《今日梦圆》中的套层结构更接近于莎士比亚的《哈姆雷特》、皮兰德娄的《六个寻找剧作家的剧中人》的剧作结构，故体现了沪剧创作持续向话剧艺术汲取养分的创作传统与求新意识。

"套层结构"也称为"戏中戏"。在《今日梦圆》中，体现在该剧开场时，故事发生于沪剧现代戏《地铁魂》的排练厅现场，并且剧中的所有人物除了地铁建设者及家属之外，都是同剧中所排演的沪剧现代戏《地铁魂》的演员与导演。"由于'套层结构'具有直观性与双关意味，往往能够适当扩充并加深戏剧作品固有的内涵意蕴，而且其新奇别致的'横插一杠、节外生枝'的独特表演形式，还可以大大激发观众的欣赏兴趣，获得出人意料、引人入胜的良好戏剧审美效果。" [②] "套层结构"的双关意味在《今日梦圆》剧本中，杜鹃所身处的独特戏剧情境里：她在单位领导的安排下，主演向地铁建设者致敬的沪剧现代戏《地铁魂》，但她从头至尾一直在对这个安排作出反抗，向戏中的编导方家杰一再辞演，认为自己没有办法发自内心地说出剧中的台词，因为

---

① 例如明代王衡的杂剧《真傀儡》、清代李玉的杂剧《万里困》(亦作《万里缘》)、《清忠谱》。

② 姚扣根、陆军：《编剧学词典》，文汇出版社 2017 年版，第 119 页。

在《地铁魂》一剧中她所饰演的角色同她生活中的角色一致，都是地铁建设工程师的女儿，但她无法理解剧中人那样对母亲为了建设地铁而不顾家庭；而杜鹃的排练之外的"戏外"生活，却是无法像辞演角色那般作出坚定的反抗。她不理解母亲梁工，甚至记恨母亲，但哪怕她一直都见不到母亲，她都无法割断自己同母亲千丝万缕的联系。与此同时，在生活中，方家杰又有另一重身份，是她无法割舍、相亲相爱的恋人。身为主演，她可以一再辞演以她自己作为蓝本创作的角色，但身为恋人，她没有选择，只能支持他的创作，极不情愿地陪伴他去地铁为创作采风。"双关"体现在杜鹃所处的戏里与戏外，也体现在杜鹃的工作与情感关系上，让杜鹃始终处于两难的境地，所有她的内心选择，都很难在现实中作出决断。创作工作与现实生活交织在一起，全部都围绕着地铁建设，无孔不入地包围了杜鹃的生活。《今日梦圆》的观众也由此借用了杜鹃的视角，了解了关于地铁建设者的生活。由此，《今日梦圆》一剧形成了"台上戏，台下戏，戏中戏，戏外戏，环环相扣，引人入胜"①的戏剧效果。

《今日梦圆》开场于"地铁魂"的一段戏。在剧本中，通过演员的表演、唱段与灯光的辅助，制造了一段舞台幻觉。直到身为编导的方家杰介入、打断，打破了舞台幻觉，观众方才发现，

---

① 《戏中有戏，此情深深》,《文汇报》1994 年 12 月 17 日，第 5 版。

原来这是发生在排练厅，而杜鹃刚才的表演并非按照剧本指示，而是自己的即兴发挥。此处"横插一杠、节外生枝"的安排，在沪剧现代戏中属于别出心裁的设计，会自然而然地激发观众的好奇心，饶有兴致地期待着往后剧情的发展。沪剧明星杜鹃辞演，这部戏还能排练下去吗？她为什么对自己身为梁工女儿的身份，不仅没有感到光荣，反而对母亲有着如此大的成见呢？悬念由此生发。《今日梦圆》的编剧在情节结构的设置上求新的另一方面，就体现在编剧一环接一环地设置了一系列小悬念，并通过小悬念推动了剧情，这是在沪剧现代戏舞台上较为少见的编剧手法。例如，沪剧女演员刘美林出场，就向编导方家杰请假要离开，两人心照不宣的状态，显然是有在场其他人不知道的秘密；老奶奶以梁工为杜鹃找的老保姆的角色登场，但杜鹃无论如何拒绝，老奶奶都用尽各种方式留在杜鹃身边陪伴，显然已经超出了一个应聘保姆的陌生人的职责，老奶奶的真实身份到底是什么呢？杜鹃的父亲，究竟是为什么要离开母女俩独自在美国？就连剧中的核心人物梁工，也一次又一次地同杜鹃（在观众的视角）擦肩而过，始终不露庐山真面目，令人愈发好奇……编剧制造了一个又一个小悬念，按住不表，再一个接一个地揭开谜底，让观众在有张有弛的节奏里沉浸于剧情之中，带给观众新奇又畅快的审美感受。

《今日梦圆》在配角人物的塑造上，也有十分亮眼的一处妙

沪剧现代戏剧本创作研究

笔。那位隐瞒身份去为杜鹃做老保姆的老奶奶虽然身为配角，不参与戏里的主要冲突，是一个类型化角色，但她身上喜剧色彩浓厚，语言风趣诙谐，是一个在沪剧舞台上少见的老年人喜剧形象。编剧为老奶奶这个角色的台词设计可谓是妙语连珠，诸如"咦，包大人讲的呀，爱情两个字好辛苦"（出自当时热播电视剧《包青天》的主题曲《新鸳鸯蝴蝶梦》的歌词），"听常宝宝讲，你到工地时来跟踪追击的（意指跟踪男友），我担心你们冲突升级……"以上这些在 20 世纪 90 年代时髦的双关语台词，出自一个四世同堂的老人，是具有极大反差感造就的喜剧性的。与此同时，老奶奶这个角色的精神内涵，则表现了一种与时俱进、海纳百川的海派精神。老奶奶作为从旧社会过来的人，又是上海变迁的见证人，从她的语言中，观众可以感受到上海人的精神正在发生着深刻的变化。老奶奶满口新名词，非常具有时代气息，诸如"订合同""件件到位""实行三包""一条龙服务""车沿大路走，人跟时代跑""家里事，我承包了"，等等。正是由于上海人的内在精神在发生惊人的巨变，才使上海的物质文明发生质的飞跃。[①]通过老奶奶的形象塑造，观众可以生动地感受到上海随时代灵活变化的独特氛围。

此外，老奶奶在剧中的功能，除了揭开自己的真实身份后，

---

① 胡越：《〈今日梦圆〉的构思与创意》，《中国戏剧》1995 年第 6 期，第 40 页。

通过表达她对梁工为人的敬仰，来化解杜鹃心中对母亲的成见。另一个重要作用，是用其自身的喜剧色彩带给观众趣味盎然的观感，为剧目的前半部分观众对杜鹃"任性"行为的负面感受产生"中和作用"；同时，在杜鹃身边安排一个陪伴者，能使她有机会吐露自我内心的想法，从而给观众一个逐渐走进这个年轻女孩的内心深处的通道，可谓是编剧所做的一个精妙安排。

诚然，《今日梦圆》虽然凭借其精巧独特的构思和新颖的创作观念在众多主旋律作品中脱颖而出，但还是存在一些不足的缺憾。例如，全剧的主要矛盾冲突聚焦在杜鹃与梁工母女的误会上，最后仅凭一封父亲的信件，就陡然间尽释前嫌、解决矛盾，从手法上看还是有些过于单调和老套。除此之外，在结局之处，编剧想通过地铁工人自发代替忙于抢险的梁工为女儿杜鹃庆生，而纷纷举起应急灯烘托生日的气氛。虽然编剧设计的人物行动能够将舞台上的情绪与气氛推到极致，但实在是同当时地铁工人和梁工都正在奋力排险的环境背景十分不协调。除此之外，《今日梦圆》由于是为地铁工程建设通车而创作的应景之作，其创作落点十分具象，而非如同《明月照母心》那般歌颂人与人之间动人的真情那般隽永。所以，在上海民众对地铁建设的关注热度消退之后，该剧就再难复演。由此可见，倘若创作目的是要成就一部时代经典，选题就不能仅仅追逐时代热点。

二、主旋律题材创作的繁荣

20世纪90年代，上海沪剧院推出的戏剧现代戏作品中，除了以上两部精品之作以外，另一部获奖作品依然是主旋律题材，为1998年首演，编剧曹静卿、姚声黄、李颖创作的《我心握你手》。该剧描写一个失去家庭关爱的高中生如何在学校班主任和社会的关爱下健康成长，并呼吁人们关注青少年教育，获得上海国际艺术节"新剧目奖"；1999年，该剧获得第十届白玉兰戏剧表演艺术奖"主角奖"与"配角奖"；2000年，该剧被文化部、国家计生委、中国妇联等部门授予第八届中国人口文化"戏剧一等奖""最佳编剧奖"。文化部将此戏列为可供移植和改编的优秀剧目，向全国文艺院团推荐。由此可见，持续发力输出主旋律题材的创作，是作为国家级院团上海沪剧院追逐奖项的创作路线。

区级剧团长宁沪剧团在20世纪90年代最成功的作品《清风歌》，是一部反腐题材的主旋律作品。虽然该剧同1989年上海沪剧院推出的反腐佳作《一夜生死恋》的题材相同，但对于反腐这一社会尖锐矛盾的表达，远不如《一夜生死恋》那样犀利深刻，笔触显得温和了许多。但因反腐题材的自身特色就是社会民众所关注的热点，再加之在构建情节时注重戏剧性与人物情感的张力，故也同时收获了奖项肯定与良好的商业效益。

《清风歌》主要讲述的是20世纪80年代检察干部倡廉肃贪的行动。主要人物是女检察员董蕙，她面对情与法的夹击与复杂又艰难的现实，刚正不阿，秉公办事。董蕙和检察员同事对案情的追查是故事的主线，但编剧的巧妙设计在于，将董蕙的出场延后，剧目开场于一场光怪陆离的某物资局副局长林倩萍的生日宴会，第一场戏就节奏紧张地发生了数个戏剧性场面：直接表现以"两条外烟"作为掩护的受贿场景，这是观众极度关心却无法目睹的犯罪现实；点出掌握了反派势力林倩萍、林辉母子犯罪证据却被迫害而失踪的周波——对反派而言，宛如"柯洛克斯泰"之于"娜拉"一般的定时炸弹，增添了剧情发展的复杂性；离奇的案件发生——林家巨款被盗，却不报案，反倒是盗贼寄信给检察部门：林家是最大的盗窃犯；戏剧性的人物关系——董蕙作为反派林家的对立面，却因和林家侄子相爱订婚，被卷入情与理的漩涡，而第一场最后一句台词揭露周波与林辉的妻子曾是情侣，也为对立关系的人物之间是否会互相牵制埋下伏笔，而使得情节充满了悬念。

整出《清风歌》，将悬念与反转迭起的风格延续至终，令观众大呼过瘾。与此同时，编剧也没有放下沪剧作为戏曲作品对于人物感情的真挚表达：对于主人公董蕙来说，因对手太强，查案受阻、同男友深陷情与法的漩涡，以及当结尾揭示罪犯林辉竟然就是自己失散三十年的亲哥哥时，骨肉亲情之间的情感冲突都通过唱段抒发得非常动人，体现出沪剧艺术"重情"的优势。

长宁沪剧团在 20 世纪 90 年代的另一部佳作《母亲的情怀》

　　　　　　　　　　　　　　沪剧现代戏剧本创作研究

讲述了一个下岗女工坚韧地面对生活，并用善良感化了周围人的故事。虽然主人公是一个普普通通的下岗女工，但她面对生活的艰难所作出的令人崇敬的选择，以及她持之以恒的拼搏精神，都弘扬了社会主义正能量，同样也是一部主旋律风格的剧目。

"下岗女工"这个社会选题，是 20 世纪 90 年代中期的上海乃至中国的时代痛点。"下岗女工再就业"的题材，既包含了当时受到社会普遍关注的热点，又具有积极向上的正能量，在当时的文艺创作之中较为普遍。倘若简单地表现一个受到生活挫折的下岗女工自强不息从而改变人生的励志故事，容易使观众产生审美疲劳，剧目也无法产生较大的影响力。而《母亲的情怀》的创作者在构建戏剧情节时有一处巧思独具匠心——通过编织了一个具有"奇情"审美色彩的爱情故事，"包裹"住"下岗女工自强不息改变命运"的人物行动主线。

该剧讲述了下岗女工朱玲同儿子小峰相依为命，小峰因为童年的一场医疗事故耳聋，这个家庭因为四处为小峰奔波求医而陷入赤贫。丈夫病亡，自己又下岗，朱玲经历了一连串生活的磨难，始终没有放弃希望。她来到老教授李宏达家中，两人形成了一个彼此需要的紧密联系——李宏达因为女儿李芳出国，独自一人，需要陪伴；而朱玲既可以替李芳协助李宏达整理研究关于"聋哑儿童语言训练"的课题，又能借此机会帮助小峰学习说话。三人之间的平衡关系，因为三个巨大的变故接踵而至而打破——

重病的老教授爱上了朱玲，想娶她为妻，这是朱玲不曾料到的结果；婚后老教授突然病重身亡，这又带给朱玲一次生活上的磨难；性格乖张的李芳回国后，因为误解和嫉恨，对朱玲母子在生活上"赶尽杀绝"，夺走了教授留给朱玲母子的遗产，更是"雪上加霜"。朱玲遭遇的这一系列充满戏剧性的打击，无不让观众对她和小峰的命运揪心不已。

朱玲面临的"生活的死结"如何解开？编剧用塑造女主角朱玲重情义又顽强自立的形象来破局。朱玲用她真实的感情、独立自尊的努力去解决生活的困境。因为重情义，朱玲在犹豫之后，还是选择嫁给教授，照顾他的余生；因为自立，她选择将教授的遗产还给李芳，自行整理教授的研究成果。最终，她不仅收获了工作成果、社会的认可，让小峰过上了更好的生活，用宽容与善良化解了李芳对她的敌意。该剧的创作者立足于沪剧现代戏的民间性审美，用"奇情"吸引观众，并塑造一个极为重情重义的主人公，用她多舛的命运和丰沛的情感打动观众，从而广获了观众口碑。

由宝山沪剧团出品，上演于 1998 年，表现中国加入 WTO 的社会热点事件的《东方彩虹》在创作观念上也有意识地规避"说教"，用自然、有趣的笔触描绘当代的现实生活。该剧的剧情设置比较巧妙，剧情由两条主线组成，主线其一是表现海外归国的"大旺染织厂"新任厂长方佳，克服重重阻力，发展老厂，最终使其评上了"中国名牌",从而走向世界的故事;主线其二则是男女主人公甜蜜却曲折的爱情线索。沪剧观众的民间审美趣味上,一直都是喜欢看婚恋戏的,却很少在新中国成立后的沪剧现代戏作品中得到满足。《东方彩虹》将男女主人公方佳与余强"女强男弱"的戏剧性情感关系与互相试探、彼此错过又情意相投的情感线糅进方佳发展治理染织厂的主线中,显得情趣盎然。观众既得到轻松愉快的观剧体验,又在潜移默化中生发出"民族自信"。

三、主旋律题材的"行业戏"创作

宝山沪剧团在 20 世纪 90 年代的沪剧现代戏创作,无论是同有关部门联合推出的"行业戏"作品,还是自主选材的原创之作,都一律指向了符合社会主义时代精神的主旋律题材。虽然这体现了宝山沪剧团的社会责任感,但难免造成了沪剧新剧目创作的题材单一化倾向。

上演于 1993 年的《罪女泪》是一部以"打假治劣"为题材的警世作品,它的创作灵感源于 20 世纪 90 年代初轰动一时的"毒香菇致死"的社会新闻,这一事件不仅在上海坊间街头巷尾激烈讨论,也引起了质监局的高度重视。宝山沪剧团的创作团队在把握这个题材时,并没有把"毒香菇"一案的案情直接呈现在舞台上,而是改编成了一个新的故事:"主人公肖玲是一家制药厂厂长,为挽救濒于倒闭的工厂,聘用劣性不改的章扬推销出一批失效药品，肖玲的女儿因使用这些药品，惨死在手术台上，肖玲自食轻视法律的苦果、血的教训使她感悟到伪劣产品是由伪劣人品制成的。"[1] "自食其果"是民间戏曲喜闻乐见的故事模式，宝山沪剧团虽然借用了它作为故事结构，但秉着对艺术性追求的创作传统，并没有将其简单处理成"恶有恶报"，而是在人物塑造上力图处理得较为丰满：肖玲的行动线是为了挽救山灵制药厂"几百名职工的生活，为了使工厂复生"[2]，铤而走险触犯法律，但创作者对其人物内部动机增添了一笔"面对女儿冰冰病魔缠身需要巨款治疗，加上丈夫在国外吉凶难料，陷入痛苦的深渊"[3]，从而造成了困境的前后夹击。当她最终主动站在了法庭的被告席上，承担个人命运的悲剧、悔恨与救赎时，人物弧光使观众感到动容，引人深思。

上演于 1996 年的《缉毒女警官》是为公安部门创作的禁毒题材作品，讲述了缉毒女警官洪燕在与毒贩作斗争的过程中，忍痛牺牲了女儿生命的故事，曾在宝山区内和杨浦、闸北、卢湾、静安、长宁、嘉定等区巡回演出。对于此类题材来说，禁毒工作者的"牺牲"和其面临的"危险"，以及毒贩的"残忍"与毒品对人造成的"创伤"是四个必然出现的关键词，仅仅将这几个元

---

① 顾维安主编：《宝山年鉴》，1995 年，第 169—170 页。
② 吴福荣主编：《中国戏剧年鉴》，1995—1996 年，第 60 页。
③ 同上。

沪剧现代戏剧本创作研究

素串联起来，虽然能形成具有紧张情节的故事，但难免流于一般。在这样的"命题作文"中，挖掘"艺术性"难度很大。创作者的破题方式是立足于沪剧以情动人的特质，聚焦在人物情感上，在"母女情"上做文章，将高潮情境设计为"为试探来者真假，蒋老板竟当着洪燕的面，往被他们抓来的洪燕的女儿身上注射冰毒。洪燕震惊了，她强忍痛苦，眼睁睁地看着毒液注入女儿的血管"①。意图让观众直面毒贩的残忍之后，再利用沪剧凄婉动人的唱段细腻地描绘母女之间在遭遇了这样极端的情境之下复杂的情感。笔者认为，《缉毒女警官》是宝山沪剧团在同有关部门"联合推出""定向创作"阶段，宣传口号性最强的作品。甚至为了向观众普及毒品的危害与缉毒警察所面临的危险性时，在场与场之间用"画外音"的形式向观众直接讲述，手段过于直白简单。于是，造成了除却高潮场景母女俩的唱词凄婉感人可打动人心之外，其余戏份都有宣教之嫌。

环保题材的《清水恋》是宝山沪剧团同有关部门合作的"警示沪剧"的最后一部，将目光聚焦在工厂废水污染对农田与农民的戕害上。在创作方面吸取了一年前的作品《缉毒女警官》的教训，这部作品并没有为了宣传环保理念而大喊说教性口号，而是在剧情与人物设置上下足了功夫，提升了该剧的审美趣味。剧

---

① 李春熹主编：《中国戏剧年鉴》，1997—1998 年，第 196 页。

中，编剧设置了一组对立关系——女主角金萍的身份，是环保局的环境监理员，而她的丈夫王咏平正是一直偷排污水的清水镇化工厂厂长。故事发生在金萍流产两次后，好不容易怀孕所以需要安胎而无法"施展拳脚"的特别时期。两人在污水处理观念上是一组对立关系，金萍出于正义，必须"大义灭亲"。可矛盾的是，在生活中，两人又十分恩爱，剧中也展现了不少情趣盎然的夫妻相处片段。两人在情与理中互相牵制，既有很强的戏剧性，也平添了几分喜剧色彩。此外，对于环境污染的"罪魁祸首"王咏平的人物塑造方面，编剧并没有把他处理成脸谱化的"利欲熏心"的厂长，而是设计他世界观的认识有限，在做他自认为正确的事，直到剧情发展到结尾时，他才幡然醒悟："原本以为是为了大家着想，没想到是害了大家。"作为"警示剧"，剧中展现了不少由废水污染造成的恶果——"狂风肆虐，暴雨倾盆，有毒污水漫出土坑流向四方。田里的禾苗死了，塘里的鱼虾死了，看着满塘死鱼，凤妹心死了……她喃喃着跳进了死鱼塘中。金萍发现后纵身鱼塘救人，致使胎儿流产再不能生育……何副厂长双目失明。"[①]但表现农村人鲜活生动的台词、极富张力的人物关系和生活情趣十足的场景，都增强了该剧的艺术表现力，使主旋律作品同戏曲的民间性色彩相融合。

---

① 周慕尧主编：《上海文化年鉴》，1999 年，第 200 页。

沪剧现代戏剧本创作研究

第三节　道德模范形象的建构与创新

在主旋律题材的作品中，"模范剧"是一脉选材的分支。新中国成立初期，"大跃进"运动开展之后，沪剧现代戏创作曾刮起过一阵"先进模范剧"的风潮，颂扬1949年以后中国社会生活中的"好人好事"。这一时期的作品时代特征浓厚，且都聚焦于同阶级敌人的"斗争"与对落后分子的"教育"来构建戏剧情节，随着时代发展，无法跟上观众的审美。20世纪90年代的主旋律现代戏作品因其弘扬正能量的剧旨，主角往往是一位道德模范，倘若一般化地打造正义凛然的形象，就会使作品内涵显得苍白肤浅。于是，如何塑造具有时代精神又富有隽永艺术魅力的道德模范形象成了一部作品成败的关键。

一、"社会主义新人"形象的建构

在清除了20世纪80年代"资产阶级自由化思潮"的影响之后，20世纪90年代的优秀戏剧作品，不再是以开掘"深层的自我意识"的"自我价值"实现为目标，而是"从极其丰富多样的社会生活中，反映人们各种社会关系中的本质，表现了时代前进的要求和历史发展的总趋势"①。沪剧现代戏《明月照母心》的创作者，就是把"描写和培养社会主义新人"作为自身的社会责任感与历史使命感。而剧中所表现的"社会主义新人"和其带来的"社会主义新型家庭"的特殊情感与关系，凝结了创作者在浩瀚的生活素材中拣选题材的智慧。

关于"什么是社会主义新人形象"的问题，在当时的戏剧理论界持有不同的看法，"有的同志认为社会主义新人应该有很高的政治思想水平，只有大智大勇叱咤时代风云的英雄人物才有资格进入社会主义新人的画廊"②，但《明月照母心》的编剧曹静卿、张东平则是将普通人的形象引入了社会主义新人的行列，从生活中选择了一个成就了平凡又伟大事业的普通人作为主角，拉近了主旋律戏剧中"社会主义新人"同观众之间的心灵距离。

沪剧创作一向的"说新闻，唱新闻"的传统，也延续到该剧的创作上。1990年，收养遗孤，被社会上称为"一千个孩子的妈妈"的武汉女教师胡曼莉的感人事迹感动了编剧曹静卿与张东平，两人为了创作剧本，前往武汉深入生活，实地采访了胡曼莉老师，不仅了解了胡曼莉老师本人的经历、思想与性格，以及她决心做收养孤儿这一独特行动的动机与原因，更是撷取了动

---

① 陈清泉：《兴奋中的思考——看"七一"现代戏汇演有感》，《上海戏剧》1991年第6期，第4页。
② 思立：《心系观众笔生花——记沪剧剧作家曹静卿》，《中国戏剧》1994年第10期，第37页。

人的真实素材，用以丰富剧本的细节。例如，《明月照母心》剧中，孤儿玲玲在为妈妈金晓晖洗衣服时，发现妈妈的袜子上有很多补丁。这一细节源于编剧曹静卿与张东平在武汉采访胡曼莉老师时，对她细致入微的观察中所发现的细节：胡曼莉老师青春靓丽，平时身上的衣服整齐漂亮，但脚上的袜子却打了补丁。① 这一细节让创作者深深感动，它表现了胡曼莉老师因要抚养这么多孤儿，经济拮据，但仍然对生活充满了热情与追求体面的态度；此外，造访胡曼莉老师时的自身经历，还带给创作者能巧妙地运用在剧本中的细节，例如，编剧曹静卿与张东平在去采访胡曼莉的过程中，为他们开车的出租车女司机坚决不肯收下车费。女司机说："胡曼莉为孤儿做了那么多事情，我这样也是为了表表我的心意。"② 这一细节融入了剧本的第二场，金晓晖领回三个孤儿回到家，丈夫李大光告诉她，家中缴房钱、煤气、电灯、自来水费的钱都不够了。金晓晖拿出钱给丈夫，丈夫误以为金晓晖去乡下找回孤儿军军时，这么远的路竟然没有坐车子。金晓晖告诉丈夫："坐了，为了赶时间，我还第一次坐了出租小轿车。可那个承包出租汽车的司机，看见我是为了孤儿的事情，说啥也不肯收车费。你看，我们这个社会毕竟是好人多吧。"③ 这个细节既表现

① 曹静卿、张东平：《生活为我们开路》，《上海戏剧》1992 年第 3 期，第 7 页。
② 同上。
③ 曹静卿、张东平：《明月照星星——又名〈明月照母心〉》，《剧本》1991 年第 6 期，第 6 页。

了金晓晖对寻找孤儿军军的焦急挂念，又能够侧面表现当时社会上对金晓晖这个社会主义新人模范的所作所为的敬意。

值得一提的是，毛泽东在《在延安文艺座谈会上的讲话》反复提及关于生活是文艺创作唯一源泉的思想，对编剧曹静卿、张东平影响颇深，他们坚信，只有从生活出发才能塑造具有时代特征的社会主义新人形象。在前往武汉实地采访胡曼莉前，曹静卿与张东平曾本着编剧的生活经验在心中勾勒出胡曼莉的形象："我们总觉得这个人物应该是善良、温和、朴实的女性，也是性格比较内向和中国式的贤妻良母。"然而，他们见到胡曼莉本人时，才惊讶地发现他们本着经验主义对一个收养很多孤儿的中学女教师的想象有误。"胡曼莉不是传统概念的贤妻良母，而是一头齐肩长发，衣着华丽。平时热情开朗，多才多艺，能歌善舞，也是一名事业有成的年轻教师。她的英语教学已经成为武汉市中学英语教学的典范，她所在的班级有 3 名学生在全国中学生英语比赛中名列前茅，家长们争先恐后地让自己的孩子在她的班级里学习英语……"[①] 现实生活给予了创作者真实动人的养分，灌溉出舞台上金晓晖清新靓丽、温柔坚定的年轻妈妈独特形象。体现在《明月照母心》里的金晓晖的性格与行动中，是她待人接物和蔼可亲、知恩图报；对丈夫体贴入微，不吝于用香吻表达爱意；对

---

① 曹静卿、张东平：《生活为我们开路》，《上海戏剧》1992 年第 3 期，第 7 页。

待孩子们热情洋溢，耐心细致，对工作满腔热情，业务上广有口碑；除此之外，对待他人的非议、丈夫的不理解、孩子的误解，虽然面临了前所未有的压力与严峻的考验，但她始终拥有坚定的信念与直面烦恼的勇气。在创作者的笔下，金晓晖仿佛好雨，无声、无形、无彰，润物细无声，润了丈夫（李大光）、同学（陆根才），更滋养了孤儿们的心灵。

为了将金晓晖独特的母亲形象塑造得令观众觉得亲切自然，编剧颇具现代意识地为其设计了一个表达她冲动的、有一丝负面色彩的动作——在她误会孤儿玲玲偷拿了别人的钱时，怒火攻心，扇了玲玲一耳光。一些人认为，这一巴掌降低了金晓晖的人物基调，损害了她光辉的形象。但编剧曹静卿认为，这一处动作设计实则是缩短了金晓晖与普通人之间的距离，在他的观念中，"社会主义新人不是神，金晓晖不是完人。她是在和传统观念和面对压力的情绪管理的斗争中一步一步前进，是生活在人世间的有血有肉的活生生的社会主义新人"①，所以在创作时不能予以故意拔高。可见，在戏曲现代戏创作时，即使有真实的生活原型作为基础，也需要编剧在塑造人物时既要注入艺术家的理想，又要设计具有真实质感的独特行动，方能打动观众，成就一部优秀的现实主义作品。

---

① 思立：《心系观众笔生花——记沪剧剧作家曹静卿》，《中国戏剧》1994 年第 10 期，第 38 页。

现实生活是纷繁复杂的，高尔基曾把现实分为三种：过去的，现在的，属于未来的——他把体现着理想的现实称为"第三种现实"。车尔尼雪夫斯基在论述"美是生活"时，特别强调美是"我们在那里看得见依照我们的理解应当如此的生活"，"美与崇高在现实中客观存在"。金晓晖的舞台形象，就体现着"现实中的理想"，反映着符合我们理想的现实。① 创作者唯有从生活出发，才能创造出社会主义新人的精神世界，既包含美与崇高，又真实动人。

二、剧本与表演结合相得益彰的人物塑造

《明月照母心》一剧收获巨大的成功的因素，除却剧本创作优秀之外，同演员的精彩的表演、诗意的舞台呈现也分不开。其中，著名沪剧演员陈瑜对女主角金晓晖的人物塑造可圈可点，荣获了白玉兰奖、梅花奖、文华奖等多项表演类大奖。陈瑜在剧作者对金晓晖人物的精心刻画的基础之上，充分理解了剧中人物的心路历程，并设计了多处层次丰富的细节处理，熨帖地表达了金晓晖细腻动人的情感世界。

王朝闻在《美学概论》中说，"欣赏者的想象，是由艺术形象所唤起的"。在处于社会转型期的当时，随着改革开放大潮席

---

① 上海沪剧院主编：《风中的紫竹调》，上海文化出版社 2016 年版，第 42 页。

卷下商品经济因素对社会上每个人的影响日趋活跃，功利主义的观念逐渐侵蚀了人们的情感与生活，这是潜藏着道德危机的社会现象。《明月照母心》则是一部从具有中国特色的社会主义道德文化的角度去揭示为人处世的人生哲理的作品，在正视了当时社会现实的基础上，呼唤"利他主义"的道德回归。剧中金晓晖承载着剧作者塑造"完美""神圣"人格的重任，代表了兼具传统美德与社会主义时代精神的普通劳动者。陈瑜在出演金晓晖时，准确把握住了人物的性格基调，诠释得相当成功，为表现剧目主题与整体风格增色添彩。

例如剧中的第二场戏，金晓晖带着孤儿们回到家中，观众得以跟着孤儿玲玲的视角去走进金晓晖的生活空间。陈瑜用富有丰富层次的表演，将她同丈夫李大光的关系呈现得真实细腻。丈夫本就为经济状况捉襟见肘，眼见家里又多了两个孤儿，便感到犹豫和烦恼。陈瑜诠释的金晓晖的状态是沉着自信的，因为她认为丈夫能理解她的想法，夫妻之间的情感纽带足以使丈夫与他并肩担负起抚育孤儿的责任。所以在她用唱段"情劝"李大光的这段戏中，陈瑜的唱腔积极明快，说白饱含深情，但没有一丝犹豫，体现了她丝毫不担心丈夫会不接受她的选择。当丈夫同意取出亲生女儿的独生子女费给玲玲姐弟买衣服时，陈瑜在戏中用轻快的动作猛地给了丈夫一个亲吻，显出了金晓晖活泼轻松又情趣盎然的家庭气氛。陈瑜深知，要生动体现出这个社会主义家庭内动人的情感纽带，需在诠释剧本中戏剧动作的基础上，赋予人物生活化的细节与内心潜台词丰富的动作节奏设计。例如在一场夜晚的抒情戏中，舞台上月色透过窗户，照见了孤儿们睡梦中的笑脸。陈瑜步履轻盈地缓缓走过，一面唱着"看孩子深睡梦中露笑脸，我犹如口含蜜糖心里甜"的抒情慢板，一面请求为孩子们盖好被子，又趁着月色细细端详了一会儿孩子们可爱的脸蛋。一回头，看到月光也照见了在一旁深夜伏案绘图的李大光的剪影，她便慢慢走近丈夫，为他披上衣服，深情地依偎在丈夫身边。这段安静的夜戏，体现出"人静心不静"的氛围。观众的心随着陈瑜细腻的动作与节奏处理，和她一起体味着人间真情，内心的暖流也在观众的心中流淌着。

剧中有一场"雨中送伞"的戏份，一向不理解金晓晖的孤儿军军终于了解了事情的原委后，冒雨为她送伞。这场戏演员的表演也处理得细腻错落。当陈瑜饰演的金晓晖发现头上有伞，倏地一怔，可当她发现这把伞是军军送来后，金晓晖喜出望外，但又怕孩子淋雨，将伞轻轻推回给了军军。当军军再次把伞推给她时，她情不自禁地将军军紧紧抱住，流下了感动的热泪。陈瑜所表现出的这几个细节，熨帖地体现了金晓晖作为一个母亲的动人情怀。

在情绪高潮的戏份中，陈瑜的处理也是经过精心的设计，收放得当的。例如，她突然面对丈夫的出走，错愕过后，将升腾的

　　　　　　　　　　沪剧现代戏剧本创作研究

情绪一时忍下，怅然若失地望着丈夫远去的背影，然后很快用镇定的态度面对孤儿们；而表现金晓晖错怪了玲玲，并错手打了玲玲的段落，陈瑜也处理得层次丰富：陈瑜先是苦心教诲，劝她把钱还回去。当玲玲一再拒绝时，陈瑜表现出金晓晖又一次忍住了升腾的情绪，一字一顿清晰地说"那你自己去还"，表现了金晓晖对玲玲行为的失望、痛心与忍耐。但玲玲再度拒绝，金晓晖忍无可忍，失手打了玲玲。陈瑜对这个动作的处理，是使用了类似于电影中的慢动作与定格的处理，痴痴地看着自己抬起的手，为自己的冲动感到万分懊恼，此时的情绪依旧处理成"收"着。当玲玲喊她一声"妈"，告诉她事情的原委后，她方才发觉是她错怪了玲玲，蓄势已久的情绪终于外放，向玲玲道歉，观众无不为母女俩的眼泪动容。而在全剧情感的大高潮，和孤儿玲玲姐弟告别的戏中，面对玲玲的辞行，唱出"三呼妈妈"的动人唱段，陈瑜表现金晓晖的情感一开始是"收"着的，体现了金晓晖的理智，她一贯是为孤儿们的未来考虑，而不能为了情感私欲将孩子们束缚在自己的身边；可她看到玲玲捧上的一双袜子，金晓晖此刻身为慈母心中汹涌的母爱胜过了此前理智的克制表达，将情感宣泄而出，兴奋地上前，母女俩眼含热泪深情拥抱，催人泪下的对唱与赋子板声情交融，感人至深。剧作者的人物刻画与陈瑜的细腻的表演相得益彰，在娓娓动人的抒情场面中，没有任何宣教色彩地讴歌了"社会主义新人"的道德文化。

三、"不出场的主人公"——独辟蹊径的道德模范形象建构

在《今日梦圆》一剧中,"梁工"这一角色不仅身为歌颂地铁建造者的主旋律戏剧的表现主体,还是剧中人物关系的核心人物。但是,让这样一个重要人物从不出现在舞台上,而剧中的矛盾冲突都是围绕着她的思想与行动展开,这便是《今日梦圆》的编剧独辟蹊径的巧思,是剧本创作塑造主要人物技巧的"变体"与创新。

梁工是"地铁魂"的象征,被编剧设计隐于幕后,从未出场,但剧中的每个人物都在受到她的影响后,在舞台上呈现出人物状态的改变,或是生发出独特的行动:工程队长张震海和他的工友们对梁工非常敬爱,因为梁工是他们的带头人,是值得信赖与追随的主心骨,他们也受梁工的影响,每个人都投入忘我的建设工作中;老奶奶体恤梁工忙于地铁建设的工作无暇照顾生病的女儿,主动要求去当杜鹃的老保姆,放下了照顾自己重孙子的事,去陪伴杜鹃,给她关怀。《地铁魂》的剧组里,无论是为了创作而去采风的方家杰,还是为了揣摩人物而去"下生活"的沪剧演员常宝宝,他们都在同梁工的接触中,对她十分敬佩,纷纷想方设法和杜鹃沟通,尽力去解除母女之间的误会……《今日梦圆》的剧情高潮,是常宝宝给杜鹃带来了一封父亲的亲笔信,终让杜鹃知晓,原来她对母亲"不顾父亲安危"的成见,竟是一个天大的误会。这个发现与突转的手法,让杜鹃和借用杜鹃视角获

取信息的观众同时了解到，原来是父亲出于自私的原因，放弃了在中国建设地铁的事业，也放弃了母女俩，在生命的终点忏悔不已。由此可见，梁工并非为了事业而不顾家庭，反而是为了家庭成员之间感情纽带不断，宁可自己吞下了女儿对她巨大的误解。《今日梦圆》的结局是，地铁工程发生险情，梁工在前线镇定自若地指挥，将个人安危置之度外，在她的指挥排险下，工程危机解除。梁工的人物塑造，在编剧的刻画中，即使没有在剧中露面，也是本剧塑造得最为丰满、多面的典型人物。观众通过编剧巧妙的构思，逐步走进了梁工的内心世界，感受到她对地铁建设事业的执着追求，以及对女儿与丈夫的隐忍深情。

更值得一提的是，编剧设置杜鹃与梁工这一对有隔阂的母女，除了通过两人的矛盾冲突推动剧情，用女儿一步一步走近母亲的内心深处、解除误会来塑造母亲崇高的形象之外，更深刻的思想内涵，是表现两代人的思想隔阂，即20世纪90年代受商业化浪潮冲击下成长的年轻人对老一代人无私奉献的革命英雄主义精神从不理解到逐渐理解的过程。这样的人物关系和矛盾设置非常具有时代特征和典型性。毫无疑问，20世纪90年代的年轻人的职业观和梁工的"一心为公"之间有一定的距离，职业观念的代际变迁折射出深刻的社会变革。因此，在社会主义现代化建设中，须呼唤主旋律文艺作品回归革命精神。在剧中，女儿杜鹃对母亲的理解和深沉的爱，其实是呼唤一种真正高尚的社会主义精神和情感的共鸣。剧中杜鹃对母亲的不理解，就是编剧试图折射当时社会上很多青年不理解老一辈无私奉献的英雄主义精神的缩影。①

上海沪剧院在 20 世纪 90 年代的创作，除了"时代同步，城市同行"这八字方针之外，还提出过"求新，求变"的四字追求②。《今日梦圆》这部现代戏作品的成功之处，就是编剧将"求新，求变"的创作理念贯彻在主旋律创作中，在道德模范形象构建与强化中求新和求变，通过不随大流的"逆向思维"建构剧情，成就了一部与众不同的精品之作。

---

① 齐志翔：《发扬反映现实生活的好传统——上海沪剧院〈今日梦圆〉创作谈》，《中国戏剧》1995 年第 12 期，第 25 页。
② 王强：《上海沪剧院：始终以现实题材表现时代》，《文化月刊》2019 年第 10 期，第 24 页。

小　结

　　20 世纪 80 年代的沪剧现代戏创作者对多元题材、深刻主题与表现手法的探索热潮冷却之后，于 20 世纪 90 年代趋向于在题材选择、思想内涵、人物塑造等多个方面以凸显时代主旋律为目标，于是主旋律的戏剧创作逐渐成为主流。政府的资助与对主旋律戏剧的评奖，甚至是与有关部门合作的"行业戏"背景，都是造成这一时期沪剧现代戏创作主题较为单一的原因。

　　评奖也催生了戏剧院团在创作方面精品意识的强化，在这一时期诞生的主旋律作品中，留下了《明月照母心》《今日梦圆》这般获得国家级最高奖项肯定的时代精品。它们在剧本创作上有独辟蹊径的巧思，发扬了沪剧婉约动人的本体特质，在导演、舞美与演员出色的舞台综合表现上也获得了官方的肯定。

　　与此同时，对于商业化浪潮的冲击，沪剧创作者也在通过创作商业化题材的方式积极应对。符合传统沪剧观众审美的"西装旗袍戏"的新编剧目重新登上了沪剧舞台。工业题材随着《今日梦圆》的"硬题材软处理"的巧思，交出了亮眼的成绩。但遗憾的是，在抵御商业化浪潮的过程中，农村题材依旧在 20 世纪 90

年代的沪剧新剧目创作中缺席，没有得到沪剧创作者的重视。

　　然而，随着我国经济飞速发展，在 1996 年之后商业化浪潮对沪剧的冲击愈演愈烈，沪剧终究难以规避难题，且面对着愈发棘手的困境。在戏曲整体式微中，沪剧创作力在 20 世纪 90 年代中期后持续下滑，无论在商业效益还是国家级评奖肯定这两个方面，都再难见佳作诞生。

第五章

21 世纪以来优秀沪剧现代戏剧本创作研究

第一节　21世纪以来沪剧现代戏创作背景概述

20世纪90年代初期，中国戏曲界普遍遭受了市场经济冲击，而上海沪剧院因其拥有雄厚的政府支持、成熟的创作力，以及选材的魄力，顽强地抵抗住了市场的低迷，收获了口碑与奖项。但步入21世纪的头十年，沪剧界的获奖作品大幅减少，仅有上海沪剧院创作的三部作品：分别是于2005年首演，由余雍和、曹静卿编剧的、从家庭伦理角度反映毒品危害的现代戏《心有泪千行》，获第11届中国人口文化奖"剧目银奖"；首演于2008年，由赵化南编剧，为迎接上海世博会而创作，以松江顾绣传人顾露香的事迹改编而成的《露香女》，获2008年上海市新剧目评选"优秀剧目奖"；以及首演于2012年，由罗怀臻编剧，改编自李碧华的民国题材小说《胭脂扣》的《海上梦》，获2010年上海市新剧目评选展演"新剧目奖"。诚然，奖项并不能成为判断一个戏曲院团的创作力是否在走下坡路的唯一标准，只能算是一个重要参照，而对于剧目创作的质量还需要从剧本内部进行深度探讨。

一、2000—2013 年上海沪剧院的新剧目创作

从新创剧目题材方面，可总结出 2000 年之后国家级剧团上海沪剧院剧目创作的选材思路：

其一，是革命历史题材，有《宋庆龄在上海》《生死对话》，以及为纪念辛亥革命 100 周年而创作的《董梅卿》；

其二，是名著、旧剧的再度改编演绎，有《石榴裙下》《金大班的最后一夜》《瑞珏》《啼笑因缘》《海上梦》（改编自李碧华小说《胭脂扣》，原名《胭脂盒》）等；

其三，是以追逐重要时事热点的角度进行创作——如以世博会为题材创作的《露香女》；

其四，在原创现代戏方面，大多以先进模范人物为题材——以优秀扶贫支边教师查文红为素材创作的《上海老师》，以歌手丛飞的感人事迹改编的《人间至爱》，以消防总队特勤支队龙阳中队为素材编写的《军礼》，以上海浦东三林镇舞龙队为素材的《舞龙人》，以敦煌研究院院长樊锦诗事迹改编的《敦煌女儿》等；

其五，体现沪剧"民间性"创作精神的原创喜剧及表现当代平凡人生活的现代戏剧目数量最少，仅有的两部是表现老年人重组家庭的喜剧《龙凤逞强》与描写 20 世纪 70 年代末至 21 世纪初上海平凡小人物奋斗史和情感史的《十六铺人家》。

由此可见，上海沪剧院在这一期间的原创现代戏作品因多以先进模范人物、先进模范队伍作为现代戏创作题材，便有为

"扬"了"追逐奖项而选择剧目创作内容",而"弃"了沪剧艺术的民间性与贴近群众的特点之嫌。但值得一提的是,有一部"西装旗袍戏"作品收获了商业上的成功,成为上海沪剧院近年来几乎每年都要上演,且上演次数为剧院演出史上前三位的作品[①],这就是由陆军以"部分情节取材于同名沪剧传统戏"[②]的《石榴裙下》。这部作品自2002年诞生以来,近20年都有极佳的市场反应与观众口碑,实属难得。它的成功不仅在于题材选择为沪剧传统经典剧目打下了坚实的观众基础,更在于作者在文本创作时渗透了符合沪剧观众"民间性"审美趣味的编剧观念,为"西装旗袍戏"注入了符合当代人价值观的生命力。

二、2000—2013年区级沪剧院团的新剧目创作

步入新世纪后的长宁沪剧团在新创剧目选材方面,深耕于表现当下时代的现代戏剧目创作。2001年,由陆军创作的《秋嫂》,一扫沪剧常见的市民气与说教性,为沪剧注入了动人的诗意和高级的浪漫主义情怀,令人眼前一亮。此外,为了使沪剧艺术走进校园,长宁沪剧团犹为关注教育题材,创作了《文红老师》(2002年上演)与《陶行知》(2004年上演)两部现代戏作

---

① 来自2018年的数据,另外两部作品是包场演出的禁毒宣教剧《心有泪千行》与骨子老戏《陆雅臣》。

② 陆军:《女儿大了,桃花开了》,选自《陆军剧作自选集》,上海文艺出版社2012年版,第408页。

品，其中《文红老师》一剧，央视投入 70 万元拍摄并多次在央视戏剧频道播出。2008 年 5 月 12 日，全国人民都在为汶川大地震悲恸，震区人民的生活牵动着所有人的心。在地震发生仅仅两个月后，长宁沪剧团就公演了一部由薛允璜编剧的优秀现代戏作品《废墟上的爱》，这也是上海市第一台公演的反映汶川抗震救灾斗争的大戏。长宁沪剧团以最快的速度，用剧目反映了全国人民对灾区的支援，以及灾区人民在党员的带领下顽强自救的感人故事。创作者将新闻素材中报道的一系列耳熟能详的"舍己救人的道德模范"素材通过人物关系线索交融在一起。作为那一年上演的以汶川地震作为题材的剧目，观众关注的不再是情节，而是在剧场中产生共鸣的情感宣泄。薛允璜撰写的唱词优美动人，全剧的高潮在第四场"书包揪心"中，女主角中学教师金玉兰面对遇难儿童的书包，用感人至深的唱段同孩子们话别，使观众同演员、角色的情绪同频共振，催人泪下。

宝山沪剧团现代戏创作力的发展经过此前的长期积累，稳步提升。该团以"十年磨一剑"的态度，在新世纪的第一个十年内接连创演了描写改革开放后农村城镇化进程中农民致富之路的《宝华春秋》(原名《田园梦》)、描写当代烈士王瑛感人事迹的《红叶魂》等获得了群众口碑及政府认可的作品。其中，由张东平编剧，上演于 2008 年的《宝华春秋》是宝山沪剧团自建团以来，唯一一部用时整整六年，三度打磨的作品。《宝华春秋》

的前身，分别为上演于 2004 年的《田园梦》和上演于 2006 年的《美丽大家园》。这部渡易名的心血之作书写了"宝山人"的故事，展现了宝山区在郊区城镇化过程中，宝山农民行为与观念上的变化。有趣的是，时任团长华雯最初组织创作这部作品时，灵感来源是当年的一本畅销书——美国作家斯宾塞·约翰逊创作的寓言故事《谁动了我的奶酪》。这本书的主题，引发了剧目主创的思考：在纷乱复杂的社会迷宫中，要想做到积极适应变化绝非易事。这就需要人们摒弃先前对工作和学习造成消极影响的态度和性格。主创团队由此决定，创作一部思想深刻，但表现形式"贴近群众"的描写宝山农民生活的沪剧现代戏作品，深入浅出地向观众表达"大多数人只是恐惧改变，并不恐惧现状。而残酷的事实证明，现状才是罪魁祸首，才最需要去恐惧"这一哲思。在主题定下后，剧目主创很快地找到了该剧主题可以表达的哲理方向——宝山区农民城镇化的进程，正是需要一次又一次地彻底改变自己，才能不断获得成功。于是，剧团组织剧目主创们到宝山区大场镇"下生活"搜集素材，以村干部的真实故事，以"大华集团"等案例为主要原型，创作了这个故事：宝华村党支部书记金兰云，为了村民们过上好日子，带领大家向城市化发展前进，遭遇了村民们的不理解和阻力也绝不放弃探索和努力的故事。在创作过程的讨论中，导演卢昂提出了一个同话剧《茶馆》相似，但不常见于戏曲作品的戏剧结构——以金兰云的养父金福

　　　　　　　　　　　沪剧现代戏剧本创作研究

根的三次"不愉快"的祝寿场面，来表现宝山农村城市化进程的三个关键时间节点。每一次，金兰云都想好好为养父祝寿，但都恰逢一些需要村民接受生活巨变的重大决定，而村民们每一次都不仅不理解，还都会闹得很不愉快。最后一次，是因为要为修建大学城而迁坟，让一向理解金兰云的养父金福根都要同她决裂。但为了宝华村的发展，金兰云从不妥协，拼尽全力解决了所有问题，感动了村民……《宝华春秋》立足于民间视角，在艺术性上大力创新——结合了话剧的结构，还加入了主创的哲学思考，即便是宝山地区的观众看到发生在自己身边的故事，也能品出深刻的内涵。

宝山沪剧团的第一部根据真人真事改编的作品是上演于2009 年、由张东平编剧的《红叶魂》。该剧的创作素材源于优秀纪检干部王瑛的先进事迹①。宝山沪剧团的创作团队经过前往巴中实地采风，从各方面了解了王瑛的为人、事迹与人物细节后，被深深打动。经过短短三个月的创作，《红叶魂》于 2009 年 7 月30 日首演。该剧描写了王瑛生命最后几年所经历的重要事件——"扶持年轻干部、建造连心桥、关爱'背二哥'、侦破贪污案，最

---

① "2008 年 11 月 27 日，全国纪检监察系统县级工作者标兵，四川省南江县原县委常委、纪委书记王瑛因积劳成疾，因病去世，年仅 47 岁。她在南江工作的 11 年里，一身正气、两袖清风，真正做到了'权为民所用，情为民所系，利为民所谋'，被誉为'党的忠诚卫士，群众的贴心人'。在确诊肺癌晚期的两年多里，她仍然坚持工作，直至生命的最后一刻。"

后发现自己身患绝症、母女离别"①，于中国共产党建党九十周年之际进京展演。

　　讲述新时期优秀共产党人的主旋律戏曲作品不胜枚举，而宝山沪剧团的这部《红叶魂》犹为打动观众的原因，在于宝山沪剧团的创作团队在撷取"真人真事"素材时，拒绝对英雄人物"脸谱化"处理，采用了体现人性中矛盾、复杂的细节去塑造"典型人物"，让舞台上的人物因真实、生动而感人至深。例如，在采风的过程中，宝山沪剧团的创作团队注意到了一个有趣的细节——王瑛在工作上无所畏惧，但在生活中会害怕毛茸茸的小动物。于是，创作者将这个细节放入了第六场中，王瑛在调查的过程中看到一只老鼠，吓得跳到水泥包上。这一笔不仅使场面生动有趣，也为铁面无私的"女包公"形象注入了平易近人的生活质感，成为一个"大写的人"、一个"真实而又普通的女人"。此外，老鼠也巧妙地对应了"硕鼠"的意象，便形成了一个极富戏剧张力的对比——作为反腐英雄，纪检干部王瑛面对"硕鼠"，勇敢地"战斗"到生命的最后一刻；作为女人，她也有脆弱、真实，甚至怯懦的一面。在《红叶魂》的创作中，正是对王瑛"缺陷"与脆弱的描写，使得舞台上因呈现一个女英雄真实的人性而显得格外真实动人。在王瑛身边工作过的同事评

---

① 叶骅：《巴山红叶　永不凋零　大型现代沪剧〈红叶魂〉》，《上海戏剧》2009 年第 9 期，第 25 页。

价道："在这么多描写王瑛的艺术作品里，最喜欢的是说着一口上海话的沪剧版王瑛。因为在沪剧版本中，看到了我们熟悉的王瑛。"

随着宝山沪剧团稳扎稳打地不断积累剧目创作经验，其集大成者——取材于安徽齐云山的真实故事，塑造了生活在社会底层、勤劳善良、坚韧顽强的女性的《挑山女人》一剧于2012年诞生，收获奖项无数，成为上海沪剧界近二十年来最辉煌的作品——"自2012年首演至今（2017年12月4日），原创沪剧《挑山女人》演遍了大半个中国……获得了包括中宣部'五个一工程'奖、文华奖'优秀剧目奖'、中国戏剧节'优秀剧目奖'在内的18个重要文艺奖项。主角华雯更是凭借在剧中出色诠释了'王美英'一角摘得了'二度梅'和'文华表演奖'。"[①]《挑山女人》的成功，说明宝山沪剧团已经走出了一条现代主义题材的原创道路，为剧团重新赢得了生机。[②] 经过以上现代戏创作经验的积累，宝山沪剧团形成了清晰且契合自身条件的现代戏选材与创作思路：

首先，是在创作剧本时注重人物刻画，杜绝脸谱化、理想化。女主角是"大写的人"。按照这一思路，从《红叶魂》到《挑

---

① 颜维琦、李娇：《小微剧团靠什么出精品——原创沪剧〈挑山女人〉的五年"挑山"路》，《光明日报》2017年12月14日。
② 红菱：《"拼命花旦"与"滑稽小生"的戏剧情缘》，《上海采风》2014年第9期。

山女人》的人物塑造一脉相承。

其次，是选材时，倾向于选择从民间撷取真实的故事素材。在编剧手法上，除了故事性追求戏剧化加工以外，决不放弃对每一部作品思想性和艺术性的追求。例如，《宝华春秋》中，不仅加入了可以引发观众思考的哲学悖论主题；在呈现方式上，也借用了现代主义戏剧的故事结构。

再次，推出原创剧目时重"质"而非"量"。这一时期除了《红叶魂》因是邀约创作而创演速度相对较快之外，其余所有原创现代戏作品，大多数剧目在剧团邀约编剧、导演与作曲一起打磨多年创作的。因其新作接连受到民间观众与政府奖项的一致认可，宝山沪剧团通过自身努力，不仅艺术生命被"盘活"，而且带着极大的自我认同。

三、2013 年后的三大沪剧院团的新剧目创作

戏曲现代戏作为善于演绎时代精神的文化载体，体现 2013 年 12 月中共中央所提出的以"三个倡导"为基本内容的社会主义核心价值观的主题成为戏剧舞台上的主旋律。2013 年至今的沪剧现代戏新剧目创作，几乎都扣准了中国梦和社会主义核心价值观，更是在创作手法上体现出对主旋律叙事的追求。此外，这一时期的沪剧现代戏创作还有另一个共同点，就是三家国营院团都放缓了新剧目创作的速度，不再以量取胜，而转为年复一年地

意图通过"打磨"剧目来创造精品。以上海沪剧院为例：上演于
2013年的《海上梦》改编自2009年的作品《胭脂盒》；2016年
的《回望》改编自十年前的旧作《生死对话》；2018年，上海沪
剧院将六年前的《敦煌女儿》全部推翻，重新创作了一部同名新
剧；2018年的《家·瑞珏》改编自十一年前的《瑞珏》；2018年
的新创剧目革命题材的现代戏《一号机密》，也在2021年建党
一百周年之际再次经过修改后上演。略显遗憾的是，2013年以
来的上海沪剧院现代戏新创剧目，在评奖层面，无论从奖项的含
金量，还是获奖的数量上，都再未重现宝山沪剧团所创作的《挑
山女人》的辉煌。这一时期的获奖作品为：2015年，由杨林、李
颖编剧的沪剧现代戏《敦煌女儿》，入选"三个一批"戏曲剧本
创作扶持"新创剧本"项目；由赵化南编剧的作品革命现代戏
《回望》，获2017年上海市舞台艺术作品评选展演作品奖；由蒋
东敏编剧的新编古装历史题材沪剧《邓世昌》，获上海市新剧目
评选展演获"优秀作品奖""主题创作奖"。

　　长宁沪剧团在2013年之后，也明确了创作剧目的思路，提
出自身"两条腿走路"的剧目创作方针：一方面，继承前辈顾月
珍的精神传统，立足于沪剧现代戏的探索和实践，编创加强正面
舆论导向的现代戏作品，创作出"红色三部曲"；另一方面，以
当代观众的视角，在内容与形式上有所创新地梳理、改编经典沪
剧老戏，并推出"传奇三部曲""恩怨三部曲""名著名作三部曲"

等独树一帜的"长宁文化品牌"。

　　"打磨"也是近年来长宁沪剧团创作现代戏的关键词。长宁沪剧团的"红色三部曲"分别是《赵一曼》《小巷总理》与《风雨江城》。这三部作品放在一起的原因，不仅因为都是主旋律作品，更重要的是，长宁沪剧团至今都没有停止对这三部作品的打磨。《小巷总理》，以同一个主角——社区基层干部潘雅萍经历不同时期的社区居民生活难题来编写新的剧目，成为一个独具特色的固定故事范式；而《赵一曼》是长宁沪剧团前身"努力沪剧团"的革命现代戏代表作，近年来也经过编剧薛允璜的多次修改，这部戏一番番"打磨"的目标，是为了让每一个年龄段的观众都能被赵一曼的精神感动。而于2021年上演的建党一百周年献礼剧《风雨江城》，更能体现长宁沪剧团对革命历史题材现代戏的"打磨"精神。因为该作品是一部在十年间被二度"大改"的作品，其最早的版本，是上演于2011年的《苏娘》。因为《苏娘》一剧演出反响较好，长宁沪剧团决定通过将其精心修改，力图使它成为可以传承给沪剧后辈的经典剧目。于是，2018年，编剧徐正清将其修改为《青山吟》，再次上演。《青山吟》相较于《苏娘》，虽然情节线索大致脉络不变，但人物关系的复杂性与节奏的紧张感，以及人物刻画的深刻性方面都作出了调整：例如，将女校长的儿子"苏霖"，改成了女儿"沈凌"，并将其同前作中思想进步的准儿媳"华珍"的形象作结合，使女校长的亲生骨肉不再只是一个推动情节的功能性角色，而塑造得更为丰满；《苏娘》一剧开场于女校长的准儿媳与父亲谈论小儿女心事的场面，而《青山吟》直接开场揭示女校长作为地下党的重要信息与她即将面对的危机，使剧情变得更加紧凑；前作《苏娘》的算命先生原本只是一个暗示男女主人公命运的"边缘性人物"，而在《青山吟》中，算命先生在剧情高潮处揭开了其真实身份——原来同女主角一样，是一个地下工作者，这也使得剧中的人物关系变得更加复杂与紧密……《青山吟》上演后，长宁沪剧团通过举办专家研讨会，聆听了专家的修改意见。诸如：要利用女主角是校长的身份，加入学生自发掩护校长的情节，体现年轻人对于革命事业的积极参与；削弱了格调不够高的旧恋人重逢戏份，并加重女主角身后党组织的笔墨；为了使身为国民党军官的男主角投诚时人物转折更加合理化，在他的身边新加入一个新角色——实际身份是我方"同志"的副官，可以对男主角施加潜移默化的影响……从2011年的《苏娘》到2021年的《风雨江城》，长宁沪剧团以"十年磨一剑"的态度，以"传承"为理念，践行了剧团"以戏树团"的现代戏创作目标。

宝山沪剧团在2012年出品的《挑山女人》收获成功之后，也大大减缓了原创的步调，迄今为止，仅有于2015年上演的抗战题材的《乡魂》，2019年上演的青少年教育题材的《苔花》两部原创作品。《乡魂》是围绕"冤魂杀鬼子"这一具有猎奇色彩的传说，表现抗战时期老百姓运用民间智慧和日寇斗智斗勇的故事。同沪剧早期经典革命现代戏《芦荡火种》与《红灯记》一样，将观众喜闻乐见的"民间隐形结构"引入革命叙事，既呈现出英雄先烈捍卫家园流血牺牲的悲壮色彩，也包含诙谐戏谑令人捧腹的情节。而《苔花》是宝山沪剧团近年来重点"打磨"的作品，力求在作品中表现出"与时俱进"的精神，该剧的主创有意识地加入街舞、"英雄联盟"（游戏）等流行元素，例如，该剧中有一场老人与小学生认真讨论着流行文化的具有戏剧性反差的情境，令人会心一笑。沪剧的创作传统在新中国成立前一向大胆，善于吸纳新鲜事物，且因其灵活多变的美学特点，天然具备流行元素的兼容性。然而，新中国成立后经过社会制度及此后院团体制的改革，沪剧创作中这一原本可以称之为优势的创作传统被埋没。好在，宝山沪剧团的创作团队没有遗忘沪剧的创新精神与海纳百川的文化基因，将"与时俱进"的新鲜血液注入新剧目的创作中，带给观众耳目一新的审美体验。

2019 年，习近平总书记提出，"把握时代脉搏：为时代画像、为时代立传、为时代明德。"[1] 扎根时代，以人民为中心，创作反映当下现实的现代戏精品，才能使得文艺作品能承担起"培

---

[1]《记录新时代　书写新时代　讴歌新时代》,《光明日报》2019 年 3 月 5 日, 第 1 版。

根铸魂"的历史使命。中国文艺界当下的使命，就是立足于当代生存状态和精神世界，创作出弘扬主旋律、传递正能量的新剧目。民族戏曲在今天，应更加关注现实、关注大众的生存状态、关注普通人的情感，要弘扬社会主义核心价值观，为中国特色社会主义发展作出更大的贡献。

第二节　农村题材的复归与女性形象的塑造

2000 年之后，有别于 20 世纪 90 年代三大沪剧院团发力于创作主旋律题材的现代戏剧目的现象，沪剧现代戏在这一时期的选材趋向于多样性。可喜的是，农村题材的现代戏新剧目终于重新回到了沪剧舞台上。农村题材是当代戏曲现代戏创作相对被忽略的选材。实际上，相较于城市题材，农村戏一般被学者认为更适合作为戏曲现代戏的题材。宋光祖曾在《戏曲写作教程》一书中提出——"一般来说，现代戏比较易于表现农村生活，难于表现城市生活。因为农村生产生活方式的机械化自动化程度比城市低，跟古代生活方式接近，便于借鉴传统程式。"[1] 沪剧同其他戏曲剧种相比，因为传统程式较少而对表现城市生活障碍不大，但自 20 世纪 50 年代的《罗汉钱》后，再无优秀的农村题材新剧目问世，对于发端于农村、在农村有较大观众群体的沪剧来说不可谓不是一种遗憾。于是，在 2000 年后，沪剧界开始重新重视农村题材的新剧目创作，并诞生了几部被赋予了当代美学追求的佳

---

[1] 宋光祖：《戏曲写作教程》，上海人民出版社 2015 年版，第 203 页。

作，对农村题材剧目的传承与发扬作出了极大的贡献。

沪剧向来是一个善于表现女性题材的戏曲剧种。沪剧史中绝大多数剧目，都是以女性作为主角，这样的创作传统自 20 世纪前叶以"西装旗袍戏"之名登上大上海舞台以来便形成了。在沪剧发展的各个时期作品里，我们可以通过剧目中所塑造的女性形象中一窥时代的烙印，可以从中体味到深深的时代底蕴——特定时代赋予作品的带有审美理想的"有意味的形式"。[①] 千禧年以后的沪剧舞台上，诞生了两部农村题材的佳作，其共同之处不仅在于塑造了两个灵魂高贵的女性形象，并且发扬了沪剧以情动人的特点，对塑造"女性之美"的追求发挥到了极致。

一、追求意趣的审美体验——《秋嫂》的剧本创作

2001 年 9 月，由陆军创作、长宁沪剧团出品的沪剧现代戏《秋嫂》首演于徐泾影剧院。该剧讲述了改革开放大潮中一个发生在农村的悲欢离合故事，塑造了一位品格高尚的当代农村妇女形象。这部作品是一部改编之作，由原作者本人操刀改编剧本，将他的话剧代表作品《夏天的记忆》搬上了沪剧的舞台，使沪剧观众也接受了一场真、善、美的洗礼。《夏天的记忆》是一出有影响力的话剧作品，被天津人艺列为十大保留剧目之一，先后获

---

① 苏珊·朗格:《情感与形式》，中国社会科学出版社 1986 年版，第 33 页。

得了文华奖、曹禺戏剧文学奖、田汉戏剧奖、金狮奖，曾在第七届中国戏剧节中斩获了中国戏剧家协会颁发的优秀剧目奖、优秀导演奖、优秀表演奖、优秀舞美设计奖，主演温丽琴后来个人获得了中国戏剧表演最高奖项梅花奖，还被韩国汉阳大学搬上舞台。提及这部作品的创作初衷，作者表示："这部戏反映的是我对农村和农民的一个浅显的认知：中国农民最伟大的地方在于他们可以经得住任何贫困，受得了任何磨难；而中国农民最渺小的地方则在于很多人富起来以后不知道该怎样做人，该怎样做事。改革开放后，暴发户'铺天盖地'，但是，因为人文素养、道德水准没有相应提升，结果，钱越多，丑剧就越多；权越大，悲剧就越大。我想通过《夏天的记忆》中秋子这个美好女子形象的塑造来弘扬中华民族优秀的传统道德，期冀在法制还没有健全以前，让传统的道德力量为社会剧变中的撕裂与阵痛提供些许缓冲，也算是一个书生之愿吧。"①

引作者手记中的一句话，"好女人是一本精彩的书，书里面是一首首动人的诗"，这是沪剧现代戏《秋嫂》的主题。同话剧《夏天的记忆》相较，沪剧现代戏《秋嫂》在话剧的基础上增加了动人的唱段，以及调整了部分戏剧情节后，更是增添了自然之美的意境与诗意的审美趣味。在《秋嫂》中还增加了秋嫂的邻居

---

① 《戏剧，要用人性之光照亮生活——专访上海戏剧学院二级教授、著名剧作家陆军》[DB/OL]，http://www.whb.cn/zhuzhan/tuiguang/20210511/404167.html。

雨婶、云妹这两个新人物，在原作《夏天的记忆》中，秋嫂的邻居只出现在台词中，她有一个叫"梭子嫂"的邻居可以借给她灯泡。从未出场的"梭子嫂"到出场人物"雨婶""云妹"名称上的变化，也能体察出作者在戏曲化改编自己的话剧作品时，在原作现实主义批判精神的基础上，追求的是浪漫主义精神和大自然的诗意之美。上海戏剧学院的朱国庆教授曾撰文作此评价："沪剧《秋嫂》是一出非常理想主义的戏曲，它的人物情节完全是按照人们的理想和愿望虚构的，它的结尾的基础是彻底浪漫主义的，但是人们仍然喜欢看，原因就在于理想主义和浪漫主义的背后有着一种强烈的现实主义精神。它反映了人们对当前社会中物欲主义的唾弃和对理想人生的探索。由此可见，现实主义并不在表现生活的照搬，而在生活本质的揭示。"[①]

陆军也是一位戏剧理论家，在他的理论专著《编剧理论与技法》中，第十四章强调戏剧作品必须重"意趣"——明代著名书画家、松江人陈继儒也指出，戏曲的审美特征必须具备"三有"，即"有味、有致、有神"[②]。清代李笠翁则更是强调："'机趣'二字，填词家必不可少。机者，传奇之精神；趣者，传奇之风致。少此二物，则如泥人、土马，有生形而无生气。"[③]陆军将戏剧作

---

① 朱国庆：《好女人是一本书——评沪剧新戏〈秋嫂〉》，《上海戏剧》2001 年第 12 期，第 11 页。
② 陈竹：《中国古代剧作学史》，武汉出版社 1999 年版，第 277 页。
③ 李笠翁：《李笠翁曲话》，中国戏剧出版社 1962 年版，第 16 页。

品的意趣，归纳为"新、奇、趣、巧"四个字，不论是求新、求奇、求趣、求巧，目的皆是强调作品要吸引人，要引人入胜。于是，意趣要足，便是指要让观众对戏剧作品保持兴趣，有吸引力。而一般来说，能吸引人的戏剧作品，至少包含两个特征：其一为有悬念，其二是有情趣。实际上，情趣也是一种悬念，即对情趣的期待心理。① 在他的沪剧现代戏剧作《秋嫂》中，作者凭借其精湛的编剧技巧与对美的极致追求与创造，为这部作品注入了动人的诗意和高雅的浪漫主义情怀。美是"至高的善"，在无所为而为的玩索。② 美的对立面是"俗"，而俗"无非是缺乏美感的修养"③。在市面上的沪剧现代戏作品中，充斥着庸俗的市民气与说教气，而《秋嫂》虽是农村题材，但传递给观众的是高雅的审美体验。这部美学韵味浓厚的沪剧现代戏作品，让观众在观剧过程中，净化了心灵，剧作者精湛的编剧技巧也让整个审美活动趣味盎然。

（一）追求意趣特征之一：营造悬念

在沪剧现代戏《秋嫂》中，悬念的营造，丰富了该剧的戏剧张力，扩展了戏曲现代戏观众的审美体验。戏剧理论家贝克说：悬念"就是兴趣不断地向前延伸和欲知后事如何的迫切要求"④；

---

① 陆军：《编剧理论与技法》，中国戏剧出版社 2009 年版，第 235 页。
② 朱光潜：《谈美》，中华书局 2016 年版，第 115 页。
③ 同上书，第 3 页。
④ 顾仲彝：《编剧理论与技巧》，中国戏剧出版社 1981 年版，第 253—254 页。

沪剧现代戏剧本创作研究

亨脱说："悬念是……戏剧中抓住观众的最大魔力"[①]；安德罗斯说："引起戏剧兴趣的主要因素是依靠悬念"[②]；亚却把悬念比作德谟克列斯头上的剑，这把剑悬在空中，不知什么时候会落下造成灾难。[③] 西方戏剧理论家普遍认为，悬念是引起观赏兴趣的一个重要手段，能让观众对戏剧情节和人物命运通过急切期待的心理状态保持关注的技巧。

《秋嫂》一剧中，前三场戏都是在为秋嫂和罗小山之间的爱情萌动作铺垫，观众正在为这个大龄女人与小青年最终如何处理好他们于世俗不容的爱情关系而引发好奇与期待时，在剧中的第四场通过罗小山"点上一支烟，默默地望着秋嫂，神情复杂""忽然抽抽搭搭哭起来"等心虚的动作，以及让秋嫂摸不着头脑的言语，暗示观众接下来的情节或将会急转直下，罗小山纵然深爱秋嫂，但他有惊天的秘密向秋嫂隐瞒。剧作者在向观众传递一个信息——罗小山的出现，也许是一个阴谋，所以需要在日后向秋嫂祈求她的宽恕，悬念由此被剧作者营造出了：

罗小山　（唱）秋嫂啊——

　　　　　　你柔肠片片豪情涌，

---

① 威廉·亚却：《剧作法》，上海戏剧学院戏文系翻印，第 234 页。
② 同上书，第 133 页。
③ 陆军：《编剧理论与技法》，中国戏剧出版社 2009 年版，第 238 页。

激起男儿万千勇；

你良言句句金不换，

铁石人儿心亦动。

春山无颜面对你，

唯有一事要通融：

哪怕是山呼海啸天地动，

有句话你定要记心中，

总有一天我会找上门，

向你赎罪、请你原谅、求你宽恕，

然后再为你打一辈子工。

秋　水　春山，你今天怎么了，说话颠三倒四的。跟你说，你一点责任也没有，要说有罪，我才是有罪的，因为我可以做你的妈了。可现在，我告诉你，一切都是我愿意的，从此以后，你还是把这些彻底忘了吧！

罗小山　不！我永远不能忘记！

秋　水　可你要知道，一个男人，带着深深的负罪感又怎么能去干大事业，你还要考大学呀！春山，听我一句话，忘掉一切！

罗小山　秋嫂，我向你发誓，总有一天，我会跪在你脚下，把我所有的一切都告诉你，然后，我要用八抬大轿来娶你！

秋　水　你疯了吧，春山！

　　　　　　　　　　沪剧现代戏剧本创作研究

罗小山　我没有疯，我现在比什么时候都清醒，为了这一天，我
　　　　愿意付出一切代价！（几乎歇斯底里地）我要娶你！我
　　　　要娶你！我要娶你！

　　紧接着的第五场戏，发生在乡村旅馆的一个单间，为了第
三者一心要和秋嫂离婚的张阿冬独自在桌前喝酒，敲门前来的房
客，竟然是声称要去高考的罗小山，而罗小山竟然是去张阿冬那
里"述职"去了。原来，罗小山的出现确实就是张阿冬为暗算善
良的秋嫂设下的圈套，张阿冬为了让秋嫂同自己离婚，而派罗小
山有意去勾引秋嫂。张阿冬按照原计划，要给罗小山两万元酬
金，让他远走高飞。悬念再次产生，显然，罗小山是真心爱上了
秋嫂，可两人的关系竟是如此复杂，在这样极端的戏剧情境之
下，罗小山、秋嫂和张阿冬三人之间的关系又该何去何从？剧作
者通过不断设置悬念来展示人物命运的波折。"发现与突转"的
编剧技巧在接下来的戏剧场面里多次出现，造成人物在"顺境"
与"逆境"之间的来回翻转："罗小山向张阿冬展示孝顺的秋嫂
为了照顾张阿冬的盲父，自己编写的张阿冬的家信"；"在罗小山
表示秋嫂已经是张阿冬前妻，自己会堂堂正正地赢得她之后，张
阿冬开始回心转意，向罗小山施加阻力""张阿冬的盲父揭穿了秋
嫂编写信件"；"罗小山向秋嫂坦白，甚至连张阿冬的出现也是他
安排的，引发了秋嫂的愤怒"……在剧作者精心编织的一系列突

转之后，让观众时刻牵肠挂肚的张阿冬和秋嫂的人物关系变得愈发复杂，何以收场也更加难以预料，戏剧节奏也变得更加明快紧张，带给观众酣畅淋漓的观剧感受，这也是大多数当下的沪剧现代戏所缺失的充满意趣的审美体验。

（二）追求意趣特征之二：制造情趣

在陆军的戏剧理论著作中提到"意趣"的特征之二，是情趣。戏剧要有情趣，才能吸引观众。除却情境、人物、语言与细节要追求有趣之外，情趣亦应有性情志趣与情调趣味。在沪剧现代戏《秋嫂》的剧作中，剧作者制造情趣的方式在于两个方面：其一，乃剧中人物追求人性与欲望的性情解放；其二，在于对"美"的审美情趣的极致追求。而这两者在剧作者巧妙的建构下融为一体，给观众造成了层次丰富的高级审美体验。

《秋嫂》一剧，是沪剧舞台上第一次呈现秋嫂与罗小山这样一对年龄差距颇大、在世俗的眼光下会受到非议的爱侣情欲的作品。在此之前，唯有长宁沪剧团 20 世纪 90 年代的代表作《母亲的情怀》中表现了 40 岁下岗女工朱玲与 60 岁退休老教授李宏达的婚姻，但《母亲的情怀》一剧对于两人恩爱的夫妻相处片段的描写，更多的是侧重于表现两人相敬如宾、一起为科学研究奋斗的方面。而在《秋嫂》这部作品中，39 岁的秋嫂与 22 岁的罗小山之间荷尔蒙的萌动是从两人登场时就开始了，并通过罗小山在河滩里游泳与秋嫂在河滩边脱下外衣，擦洗身体等在异性面前暴露身体的场面，增强了两人对彼此的欲望。此后，在第三场中，两人在鸭棚躲雨，在鸭棚子"耐人寻味的腥味"的催化下，见罗小山被蛇咬伤的秋嫂"俯身用嘴去吸吮伤口上的毒汁"，使罗小山"被秋嫂母性的温柔所征服，如醉如痴地躺在秋嫂身边，任凭秋嫂（摆）弄，他的眼里闪着幸福的泪光"。该剧用诗意的笔触，唯美地描绘了男女主角追求欲望的场面，是沪剧舞台上较为大胆的作品。尤其是，即使秋嫂是一个追求自由的现代农村妇女，但两人的年龄差也时常使秋嫂带着羞愧的禁忌感，而禁忌感也带给观众浪漫的审美趣味。托尔斯泰以为，美的事物都含有宗教和道德的教训①，虽然这是一种从个别事物中见出普遍原理的狭义逻辑，但大多如《安娜·卡列尼娜》这样的传世名著，描绘的都是带有禁忌色彩的爱情。除此之外，秋嫂与罗小山这对真挚爱侣的年龄差距，也是弗洛伊德心理学在文艺作品中的投射：弗洛伊德把文艺都认为是性欲的表现。性欲是最原始最强烈的本能，在文明社会里，它受道德、法律种种社会的牵制，不能得到充分的满足，于是被压抑到"隐意识"里去成为"情意综"②……男子通常都特别爱母亲，女子通常都特别爱父亲。依弗洛伊德看，这就是性爱。这种性爱是反乎道德的、法律的，所以被压抑下去，在男子则成"俄狄浦斯情意综"，在女子则成"厄勒克特拉情意

---

① 朱光潜：《谈美》，中华书局 2016 年版，第 47 页。
② 同上书，第 28 页。

综"。① 剧作者笔下塑造的罗小山就是"俄狄浦斯情意综"的体现，从小失去母亲，所以内心深处的"隐意识"会对母爱有格外的依恋。秋嫂虽然膝下无子，也没有将罗小山视为自己的孩子那样去对待他，但秋嫂温柔的性格中带着刚毅果敢，再加之她完美的人格，润泽了罗小山内心深处干涸已久的对爱的渴望，于是引发罗小山对秋嫂的强烈迷恋。

然而，两人在第三场经历了极其美丽的肌肤之亲场面后，即使两人超越世俗的爱情是极度美好的情感，但深谙美学情趣的剧作者并没有选择加以笔墨描写两人甜蜜美好的爱情生活，以满足观众对"有情人终成眷属"的期待，而是用一种更高明的手法，去追求更高级的审美感受——表现两人情爱的戏份戛然而止，紧接着下一场戏，就是秋嫂为罗小山收拾行李的临别场面。纵然秋嫂心中万分不舍，让他忘记自己，去参加高考，追寻属于自己的人生。

秋　水　（忙迎上去）春山，你到哪里去了，怎么才回来？把我
　　　　等得快急死了！
罗小山　我在跟村里的乡亲们告别。到这里都快半年了，突然要
　　　　走了，心里头还真是舍不得！

---

① 朱光潜：《谈美》，中华书局 2016 年版，第 29 页。

秋　水　天下没有不散的筵席，你的天地不在这里！

罗小山　（深情地望着秋嫂）秋嫂，你还希望我回来吗？

秋　水　如果你考上了大学，我希望你永远不要回来，把这里的一切忘得干干净净。

罗小山　要是我考不上呢？

秋　水　你只要记住，无论什么时候，如果你觉得实在过不下去了，那么，这里就是你最后一个歇脚的地方。

　　剧作者有意将两场戏相隔的故事时空间隙拉开，选择不用多余笔墨描写两人爱情生活的场面，是深谙美感和快感之间的区别——"美感与实用活动无关，而快感则起于实际要求的满足。"[①]爱情生活的表现，是满足了观众的审美"快感"，而"美感"是更高级的、更富有诗意的审美感受。罗小山和秋嫂的爱情，终究是有世俗争议的情感，当爱情成为拥有、占有的模式，远不如有距离的美感来得富有情趣。

　　朱光潜在其著作《谈美》中论及"美感起于形象的直觉"[②]，"它包含了两个要素：其一，目前意象和实际人生之中有一种适当的距离。我们只观赏这种孤立绝缘的意象，一不问它和其他事物的关系如何，二不问它对人的效用如何。思考和欲念都暂时失

---

① 朱光潜：《谈美》，中华书局 2016 年版，第 28 页。
② 同上书，第 26 页。

其作用。其二，在观赏这种意象时，我们处于聚精会神以至于物我两忘的境界，所以于无意之中我的情趣移注于物，以物的姿态移注于我。这是一种极自由的（因为是不受实用目的牵绊的）活动，说它是欣赏也可，说它是创造也可，美就是这种活动的产品，不是天生现成的。"[1] 代入审美主体为观众，审美客体为《秋嫂》一剧，可得出上述两个要素都有所体现。秋嫂是一名农村妇女，然而在《秋嫂》一剧通篇没有任何关于农村贫困、落后、观念迂腐等描绘，表现的全都是乡村美丽的自然风光，以及用充满诗意的笔触描绘"经绳""插秧""盖麦堆"等劳作场面，并将这些戏剧动作同两人的感情发展巧妙有机地结合在一起。无论是对于城市的沪剧观众，还是乡村的沪剧观众，这般经过诗化了的乡间动作场面与情感、情欲的描写，都是同审美主体的实际生活体验有一定的距离，这便体现出"美感起于形象的直觉，这种形相是孤立自足的"[2]。而《秋嫂》一剧中，观众通过欣赏活动自然而然生发的移情，则投射出对秋嫂这般"完美人格"的向往。秋嫂这一人物的塑造体现了剧作家深厚的功力，观众同罗小山一般认识秋嫂愈发深刻时，也愈发同罗小山一般体会到秋嫂这样拥有完美人格的好女人"是一本精彩的书，书里面是一首首动人的诗"。观众的情趣，即对于完美人格的向往与认同和"物的姿态"（即诸

① 朱光潜：《谈美》，中华书局 2016 年版，第 26 页。
② 同上书，第 46 页。

如剧中秋嫂故意将罗小山气走，是为了罗小山的前途考虑，徒留自己偷偷伤心……体现秋嫂完美人格的行动）交感共鸣，才见出美的形象①，因为所谓的美感经验，就是在聚精会神之中，观众的情趣和物的情趣往复回流②，依靠的是剧作家的妙笔为观众营造了审美情趣的空间。

在剧作家对"美"的极致追求下，《秋嫂》一剧的主题不再歌颂或暴露社会和文化（深层的社会）的某种美好或黑暗，而充分发挥了文学艺术特有的长处，将主题上升为个体的人格美，人格生成的高度，使得戏剧真正变成了一首诗（黑格尔语）③。值得一提的是，如此诗意盎然的沪剧现代戏《秋嫂》的原作，即话剧《夏天的记忆》剧本，竟是取材于上海郊区新中国成立以来第一起"雇凶杀妻案"——"一个农民做了老板，发财以后看不起自己的老婆，雇了一个人去勾引她，然后自己去捉奸。我戏中写的是被雇来的人爱上了他的老婆，但在生活中，他的老婆被杀掉了。这个案件非常残忍。"④剧作家在社会新闻素材中，挖掘出具有普遍意义的思想内涵，创作出了震撼人心的话剧《夏天的记忆》，继而又凝聚了对意趣的追求和对美学的认识，将它改编搬

---

① 朱光潜：《谈美》，中华书局 2016 年版，第 46 页。
② 同上书，第 20 页。
③ 朱国庆：《好女人是一本书——评沪剧新戏〈秋嫂〉》，《上海戏剧》2001 年第 12 期，第 11 页。
④《戏剧，要用人性之光照亮生活——专访上海戏剧学院二级教授、著名剧作家陆军》[DB/OL]，http://www.whb.cn/zhuzhan/tuiguang/20210511/404167.html。

上了沪剧现代戏舞台，成就了一部高质量的戏曲现代戏剧作，不仅发展了沪剧现代戏在农村题材方面的创作，也拓宽了沪剧现代戏对人性、情欲与诗意的表达。

二、追求"心理现实主义"的创作理念——《挑山女人》的剧本创作

由宝山沪剧团于 2012 年首演的《挑山女人》是沪剧近二十年历史上最为耀眼的作品。该剧系真人真事改编，取材于安徽齐云山平凡农妇汪美红的真实故事，塑造了生活在社会底层，勤劳善良、坚韧顽强的山区妇女形象，歌颂了伟大的母爱和女主人公极致高尚美丽的精神境界。

（一）《挑山女人》的创作思路

《挑山女人》的选题，来自主创们被真实素材深深感动后的自发创作冲动，华雯团长如是说——"《挑山女人》的创作灵感最初源于一张报纸，这篇《能挑起山的是母亲的肩》的报道感动了我，这个真实的故事感动了我们的创作团队，我们有强烈的创作欲望去表达这种感动。"编剧李莉也称，"在看那些资料的过程中，我一次次地被感动着，有时甚至泣不成声"，并有了如下感慨："一个普通的女人，以生命之'扁担'，挑起生活之'大山'，经春历秋十七年，蹒跚独行着抚养大三个孩子。也许，她从未想过类似'精神''信仰'之理念，然她以自己的实际行动昭示，生

命因精神而坚韧，为人因信仰而善美！借此，中国千千万万之普通便深蕴了蓬蓬勃勃之伟大了……"[1]

真人真事的改编在选材确立之后，编剧接下来需要确定故事的立意，这同编剧对原素材案例解读的视角和编剧自身的审美观念息息相关。编剧李莉对这个故事"到底想说什么，该怎么说才好呢"的问题，经过思考后，得出有以下三种途径：

"1. 表述生活之苦难与来自外力的救赎：主人翁历经坎坷，在周边的种种帮助和扶持下，终于走出了困境。如此，结局圆满，亦可展示社会的美好。

2. 表述苦难中无奈沉陷的挣扎与悲戚：如此，可赚取同情悲悯的眼泪。

3. 表述于苦难中的独立与担当：在我们这样一个地域广博、人口众多的天地里，对于不平的呼号是必须的，但如果仅仅让主人翁悲天跄地的呼号，等待社会的关注与帮扶，是远远不够的。莫如以实际行动证明：生活担当之不易，精神独立之可贵。在众人眼中，可以读出生命之路是要靠自己坚持走的，也可以在感动之余思考，我们能够为弱势群体做些什么？"[2]

---

① 上海宝山沪剧艺术传承中心编：《沉重的救赎——〈挑山女人〉与一位当代母亲的思考》，上海三联书店 2017 年版，第 13 页。
② 同上。

编剧李莉提到的第一种途径，常见于以受苦受难的小人物为主人公的主旋律题材作品，是一种较为一般化的编剧思路。第二种途径和第三种途径都是以苦境苦情感动观众的方式。实际上，以情感人向来是我国传统戏曲的创作传统，明末清初曲家黄周星有言："论曲之妙无他，不过三字尽之，曰'能感人'而已。感人者，喜则欲歌欲舞，悲则欲泣欲诉，怒则欲杀欲割，生趣勃勃，生气凛凛之谓也。"[①] 由此可见，"令人泣"则是能感人，能符合传统戏曲观众的审美，而这种审美取向的形成与农业社会同情弱者的道德观念之养成息息相关。但第二种途径和第三种途径的区别，在于第二种途径仅仅写了主人公蒙受超乎常人的苦难，而缺少高于常人的品质，这是不足以感动大部分观众的；而第三种途径中，苦境苦情是背景，剧作者真正要表现的是主人公面对苦境苦情主动作出的抗争，这是令人敬佩的选择。就如《琵琶记》中最动人处是赵五娘在苦难中仍然选择奉行孝道，所以《吃糠》这出折子戏流传至今，让千万人泪湿衣襟。《挑山女人》中的王美英的创作笔法同《琵琶记》中的赵五娘如出一辙，创作者将主人公承受的苦难作为凸显其崇高精神境界和顽强生命意志的基础，站在历史的高处，探寻其伟大人格的历史价值和当代意义，以悲悯而又敬仰的情怀去观察她，刻画她，浓墨重彩

---

① 黄周星：《制曲枝语》，《历代曲话汇编（清代编　第一集）》，黄山书社2008年版，第224页。

地描写其善良宽厚、大爱无疆的精神境界和不向命运低头、自强自立的生命意志，既表达了对她的深切同情，更抒发了对她的热情赞美。[①] 真正感人肺腑的，正是编剧选择的第三种途径通过剧目向观众传达的立意——"生活担当之不易，精神独立之可贵。"是王美英在面对巨大的困苦境况时，所表现出来的优良品质。

毛声山在《琵琶记》评点本中录王思任（季重）语曰："《西厢》易学，《琵琶》不易学。盖传佳人才子之事，其文香艳，故易于'悦目'；传孝子贤妻之事，其文质朴，难于动人。故《西厢》之后，有《牡丹亭》继之，《琵琶》之后，难乎其为继矣。"[②]才子佳人缠绵悱恻的爱情向来是戏曲观众的审美趣味，而如《琵琶记》那般描写"以道制欲"、导人向善的道德人伦故事，有违背人性之嫌。再加之当下主旋律戏剧舞台上，立意为歌颂平凡人直面困境的勇气与担当的作品实际上并不少见，《挑山女人》的题材相较之下并无特别之处，为何偏偏是它找到了能够走进观众心灵的钥匙？答案在该剧导演孙虹江的创作总结提到的："有人问我《挑山女人》为什么会如此打动人……我概括为两个字'真切'。而真切的来源，除了我们对人生的感悟和积累，体验生活

---

① 上海宝山沪剧艺术传承中心编：《沉重的救赎——〈挑山女人〉与一位当代母亲的思考》，上海三联书店 2017 年版，第 152 页。
② 毛声山：《毛声山评第七才子书琵琶记》卷一，《琵琶记资料汇编》，书目文献出版社 1989 年版，第 292 页。

则是一个不可或缺的重要环节。"① 编剧李莉在论述现代戏创作方式时，也提到："……现代戏，与历史剧相比，前者需要先求形似，再达神似……创作现代戏，则必须先熟悉当事人的生存环境与生活形式，透过这些存在的形式，再挖掘深处的神韵。换言之，故事编得再好，情感描绘再浓，却不像当事人的生活，观众是不会买账的。"② 由此可见，那把走进观众心灵的钥匙，就是"真实"。《挑山女人》的创作团队为了写戏，多次下生活汲取素材，创作者在生活素材的积累、情感上的联想、山区生活的体验和对齐云山区民风民俗的认知之后形成了创作蓝本。戏曲现代戏作品所追求的"形似"，唯有在这番辛苦卓绝的努力下才能达到。

（二）"心理写实主义"创作手法的融入

优秀的戏曲现代戏，须"神形兼备"。关于戏曲现代戏的"神似"如何在剧本创作中达到的问题，导演孙虹江提到一个宝贵的创作经验：

我和华雯都有一个很重要的共识，那就是"心理现实主义"。舞台样式可以千变万化，表演风格也可以偏向于传统或现代，但

---

① 上海宝山沪剧艺术传承中心编：《沉重的救赎——〈挑山女人〉与一位当代母亲的思考》，上海三联书店 2017 年版，第 21 页。
② 同上书，第 13 页。

"心理现实主义"这块基石决不能动摇。"心理写实"的依据就是你对人物和他的经历、生活以及生活环境的了解而产生的，是"真切"的源头……①

　　……相当一段时间，在舞台的呈现方式上往往被"空空如也"的漂亮场面所取代，包括我也走过这样的弯路。今天的反思使我悟出了一个道理，我们以往丢弃的恰恰是戏剧最核心的价值——真切。一百年前俄罗斯的契诃夫追求的是"心理现实主义"，斯坦尼一生所追求体验的是"真实"加"美"，他还特地说明，如果"真实"缺了"美"，"美"缺了"真实"，都不是艺术。在沪剧《挑山女人》中我和华雯试图向着这个目标前行，不敢说已经到达了很高的境界，但我们通过几个大戏的磨合确实尝到了"心理写实"的甜头。②

　　由上述引文中可见，《挑山女人》在创作过程中，积极发挥了沪剧作为最接近话剧的剧种优势，在戏曲现代戏的创作中，融入了话剧具有现代性色彩的"心理现实主义"手法，从而在文本内部就体现出对表现对象"内部真实"的艺术追求，从而达到了"神形兼备"的艺术效果。

---

① 上海宝山沪剧艺术传承中心编：《沉重的救赎——〈挑山女人〉与一位当代母亲的思考》，上海三联书店2017年版，第21页。
② 同上。

"'心理现实主义'的美学观念，虽然早在19世纪50年代车尔尼雪夫斯基提出'心灵辩证法'的理论后即初露端倪，但其真正成熟（指理论之后的体系化和创作实践中的大面积丰产）则是到了20世纪初叶由斯坦尼斯拉夫斯基促成的，其体验派表演体系是在心理现实主义的基础之上建立起来的，其核心或美学本质属于心理现实主义。"① 斯坦尼斯拉夫斯基在执导剧作过程中，"不仅发明了'心理现实主义'这一名词术语，而且创立了心理现实主义美学体系，并为保证这一体系能够在戏剧创作（主要执导表演方面的二度创作）中得以全面推行而提出的一整套比较完备的应用理论与技巧。而心理现实主义的一度创作即文学剧本的创作中的理论与技巧，则主要是由斯坦尼斯拉夫斯基的学生、苏联著名导演古里叶夫教授在其名著《导演学基础》中提出来并且进行了一定开发性研究"。②

　　西方戏剧理论中，由亚里士多德首先提出的外向化的戏剧美学观念（如情节剧、佳构剧、闹剧等）在戏剧史上长期占据统治地位。亚里士多德认为，戏剧纯粹是表现外部行动的艺术，外部情节是第一位的；没有人物性格仍然可以称其为戏剧，而没有外部情节或外部行动，则绝对不能成为戏剧。然而，契诃夫却大胆

---

① 王建高、邵桂兰：《心理现实主义戏剧及其题材革命》，《戏剧文学》1999年第7期，第41页。
② 同上。

地提出了内向化戏剧美学见解。契诃夫戏剧中的心理现实主义，发扬了人的主体意识，以再现或表现人自身的主观内心世界为其宗旨，因此又可称为"主观的或内在的现实主义"，或是"追求人的主观生活真实的现实主义"。用契诃夫自己的话说就是"全部的含义和全部的戏都在人的内部，而不在外部的表现上"。契诃夫的心理现实主义戏剧要求编剧、导演在一度创作与二度创作中，努力"表达剧本的内部生活、内部动作和心灵的积极活动"，"在心灵的隐秘角落里寻找真实，人类心灵的真实"。俄国著名现实主义作家陀思妥耶夫斯基以及一些现代派艺术家们将这种"内心的真实"称之为"最高意义上的现实主义""最高的真实""更高的理想的美"；鲁迅先生也曾称其为"高的意义上的写实主义"，更有助于写出人类灵魂的深。[①] 曹禺曾谈及契诃夫的戏剧观对自己的影响："他教我懂得艺术上的平淡，一个戏不要写得这么张牙舞爪，在平淡的人生的铺叙中照样有吸引人的东西。读了他的作品，使你感到生活是那样丰富。"[②] 沪剧《挑山女人》从开场到谢幕，没有一场戏包含了激烈的人物之间的正面冲突，甚至没有用"起承转合"叙述完一个完整的事件，整出戏就是女主人公王美英的日常生活片段的截取。然而，正因为它借鉴

---

① 王建高、邵桂兰：《论契诃夫的戏剧美学观念及其革新实践》，《文艺研究》1994 年第 6 期，第 66 页。
② 同上书，第 71 页。

了"心理现实主义"创作手法，让观众走进了人物的内心，带给他们极其真实的感动。将"心理现实主义"运用得如此成功的戏曲现代戏作品非常鲜见，于是，《挑山女人》带给观众的审美感受是非常独特的，这部作品的横空出世，才会收获广泛的赞誉。

沪剧《挑山女人》在所体现的"心理现实主义"的创作观念体现在以下方面：

其一，从情节建构意识来看，由于"心理现实主义"戏剧在戏剧题材的选择上多着眼于普通人的日常生活，便造就了《挑山女人》中每一场戏的情节，都是平静"流淌"在舞台上的生活片段。强化外部戏剧性和情节性的传统剧作有利于写出跌宕起伏的戏剧情节，但倘若将其用以表现普通人的日常生活，所表现的须是戏剧性激变的场面。而《挑山女人》的每一场戏中，所呈现的动作都是日常的、生活化的，主人公王美英面对婆婆的恶意，没有和她发生任何激烈的冲突，她只是作出了选择：一个人照顾三个幼儿，一担一担和男人一起挑山——她只是在舞台上平静地生活。契诃夫指出："在舞台上得让一切事情像生活里那样复杂，同时又那样简单。人们吃饭，就是在吃饭，然而就在这时候，他们的幸福形成了，或者他们的生活毁掉了。"[1] 例如《挑山

---

① 契诃夫：《契诃夫论文学》，人民文学出版社 1958 年版，第 420 页。

女人》第一场中，王美英提出想让婆婆帮她照顾孩子，她可以抓住学习的机会，发展生存技能养家。可她在面对婆婆刻薄的拒绝后，她的希望被无声地掐灭了，性格坚强的她也无声地为自己做好了决定，在寻死不成后，她听到了远处传来了挑山夫的歌声，又再一次为自己做好了决定，她要隐忍地一步一步付出血与汗，与命运带给她的苦难作对抗。整场戏没有用外部戏剧性、情节性强的手法去处理，而是用契诃夫的手法，将这一段生活片段处理得既安静又日常，像流动的潺潺溪水，却又在流动的自然过程中翻卷出一个个漩涡，这些漩涡就是主人公王美英命运的改变。高尔基将其称为"生活琐事的悲剧"。这种"将戏剧生活化"的艺术手段的目的在于利用弥漫于剧作中的亲切的生活气息带来的认同感来吸引观众，使他们去审视和思考舞台上正在展现出来的生活。① 所以，在"心理现实主义"观念的影响下，《挑山女人》的戏剧情节被创作者有意识地淡化处理，原本可以着重放大的戏剧冲突却采取"静态化"、简单化的处理手法，王美英无论遇到什么样的困难和阻力，从来没有去和其他人物产生任何对抗与冲突，而都是秉承了她一贯靠自己双手和血汗解决的独立态度。甚至在剧本中第七场，即结局、高潮的位置，当情节发展到王美英得知等了她多年的成子强已经离开人

---

① 王建高、邵桂兰：《论契诃夫的戏剧美学观念及其革新实践》，《文艺研究》1994 年第 6 期，第 71 页。

世，按照常规的戏曲写作规律，此处人物内心情感澎湃，应该有一处唱段抒发满腔情感。然而，《挑山女人》创作者却独辟蹊径地选择将这个唱段删除，让主人公"沉默"，仅仅用动作表达情感。

王美英冲进门内，扑到桌前，抖抖地拿起扁担拥在胸前，终于号啕痛哭……那是十七年来，王美英从来没有过的放纵，从来没有过的宣泄，从来没有过的孤独！

这个段落，来自华雯团长的修改创作。乍看之下，此类话剧的舞台提示在戏曲剧本中显得有些突兀。然而，当演员站在舞台上将这一段戏表演出来，观众无不被带入女主人公真实的痛苦之中。和常规的唱段抒情的手法相比，"沉默"的力量显得格外震撼。

其二，在情节结构方面，"心理现实主义"对外部情节结构进行淡化处理，则导致全剧表现出一种散文化的或松散化的结构特征。《挑山女人》就是这样的情节结构，全剧"没有一人、一事、一个冲突，一条线索等作为全剧外部情节的统治者，其结构形态完全与外国古典主义戏剧的'三一律'和中国古代李渔提出的创作观念背道而驰。这就是剧作者在安排组织外部情节的时候感到比较自由，可以放开手脚多写进一些不受某一中心严格控制的横向展开的生活面"①。剧中所呈现的每一个王美英的生活片段，都是她养育儿女、爱情生活、工作困境、经济困难甚至是生命安全的问题交织在一起的困境。此外，《挑山女人》一剧人物关系简单，故事情节也十分简单，它远远没有追求复杂或紧张的人物关系，也没有设计充满危机的戏剧情境，在剧作节奏的处理上，也是平缓温和的。

其三，在人物塑造上，《挑山女人》文本中强调的是人物内心的真实。契诃夫遵循着一种内向化的性格观念去塑造典型形象的，其核心是力求超越人物表层的个性特征而直接进入人的内心世界。②而《挑山女人》作为一部由真人真事改编的作品，则需要创作者把生活进行选择提炼和加工改造这样一个使其"典型化"的过程。创作者在情节创作和人物塑造时，始终牢牢把握着展现"真实"的人性，对人的缺陷与在特殊情境下所作出的错误抉择也毫不遮掩："王美英"为了"一趟能赚三趟的钞票"，竟然冒险在大雪夜带着两个孩子挑山，孩子差点因此滚下山去，让王美英后悔不迭；因为家里没有老人照顾，王美英出门挑山的时候，不得已要狠下心来把孩子们绑在台子脚上，却因为百般不舍与牵挂，时常出现幻觉，总是听到孩子在哭……

---

① 王建高、邵桂兰：《论契诃夫的戏剧美学观念及其革新实践》，《文艺研究》1994年第6期，第73页。
② 同上书，第68页。

除了主角王美英，剧中其他角色也塑造得非常真实。"戏里大郎和幺妹两个孩子的刻画也富有感染力，双目失明的大郎摸索着编织千千结，年幼不懂事的幺妹以跟踪方式阻挠母亲再婚，这些细节描绘既生动别致，又入情入理，不仅写活了孩子，对女主人公形象的塑造也起了有力的烘托作用。"[1] 在《挑山女人》中，在次要人物的塑造里，也设置了常见于农村居民性格中的缺陷——永远从自己的角度出发看问题，做事不顾后果，导致王美英的人生磨难又增加了几重。婆婆生怕王美英改嫁，不许她出去工作，还离开家，让她一个人拉扯三个孩子；女儿幺妹担心"新爸爸"影响他们的生活，通过一个恶劣的谎言，有意拆散了心心相印的母亲和成子强……他们会犯错，他们也会后悔，他们都是真实的"人"，在舞台上呈现的都是最真实的人性，创作者着重表现的是人物心灵发展变化的历史。

《挑山女人》带给观众真实动人的审美体验，打动了无数观众。华雯谈及其演出的经历——"有一次，一名观众在观看中因为号啕大哭被劝离了剧场，经了解，是因为她已经过世的奶奶和剧中的王美英有着一样的经历；又有一次演出结束，一个年轻人冲上舞台对我说：'妈妈，我想抱一下您。我是北大一

---

① 褚伯承：《沪剧与海派文化》，江苏人民出版社 2020 年版，第 267 页。

年级的学生，我向您保证，从明天开始，我每天会给我远方的妈妈打一个电话！'……这样感人的故事在这（演出的）五年里举不胜举。这五年的演出经历让我感悟到戏剧艺术的真正魅力就是一种唤醒，唤醒观者对自己过往经历的回味、思考和感悟。"① 美国当代戏剧理论家贝克在《戏剧技巧》一书中曾反复强调，能否产生这种心理或者情绪的反应效果，是检验一部作品是否拥有戏剧性的主要依据。使用了"心理现实主义"创作观念的《挑山女人》，即使"淡化"了情节，减少了戏剧性强情节对观众的刺激，但因为其善于创造出情绪状态，或以此唤起观众相关的情绪记忆，或让观众体验到他们在以前或在别处不可能体验到的某种情感。就如同斯坦尼斯拉夫斯基曾提到的——这种情绪体验和由此而来的感动，"是一种最强烈的情感，是观众听众最珍贵的反应。这种反应比他们的笑声、最热烈的鼓掌更为宝贵"②。

《挑山女人》的成功，是宝山沪剧团此前坚持发展原创力的过程中，一步一个脚印积累而成，更是同创作团队的掌舵人引入"心理现实主义"的创作观念息息相关。此外，这部现代戏作品

---

① 颜维琦、李娇:《小微剧团靠什么出精品——原创沪剧〈挑山女人〉的五年"挑山"路》,《光明日报》2017年12月14日。
② 王建高、邵桂兰:《论契诃夫的戏剧美学观念及其革新实践》,《文艺研究》1994年第6期，第74页。

的民间视角题材，也体现了宝山沪剧团独特的艺术创新，与大多数戏曲关注英雄劳模不同的是，它关注的是生活中最普通的农村妇女，表达人性中最真实的部分，用真、善、美的审美体验去感动每一个普通观众。

沪剧现代戏剧本创作研究

第三节　主旋律叙事下的民间性挖掘

一、还戏于民，返本开新——《小巷总理》系列三部曲的剧本创作

在农耕文明中成熟的戏曲艺术，在向现代化城市生活、工业文明、信息文明转换的过程中，也需要完成创作思维的转变。当代戏曲现代戏作品在趋向于展现民间色彩、民族特色和运用丰富的传统技法与具有现代性精神的"人学观"进行创作时，则体现出戏曲创作者们对戏曲文化与其表现手法的价值与魅力的信赖在普遍提升。

戏曲在当代的传承与发展，离不开"返本开新"与"还戏于民"。所谓"返本"，即激活传统，回归于发现戏曲艺术之本。除却戏曲艺术讲究写意性、程式化等一套不同于西方舞台艺术的美学观念之外，还包含其民间性的审美立场；而所谓"开新"，即融入时代，不断开拓新的表现手段，包括借鉴话剧、歌剧等西方舞台艺术。① 近年来，戏曲工作者除却戏曲的创作观念、表演艺

---

① 季国平：《重建戏曲健康发展的生态》，《人民论坛》2017 年第 1 期，第 57 页。

术引入现代性意识进行革新，对演出市场有意识地开拓也是在创作过程中所重点关注的方向。为了更好地传承与发展戏曲艺术，戏曲创作者应具有"活态"传承的意识，即戏曲与时代相结合，并深入普通民众的日常生活。"活态"传承不仅能够让戏曲在艺术文化生态中得到保护与持续传承，也能让普通民众从多种角度去了解戏曲。长宁沪剧团常年坚持在基层为群众演出，更可贵的是，近年来创作出品的反映社区文明建设的《小巷总理》系列三部曲，是在市场与口碑双丰收的弘扬社会主义核心价值观、贴近生活、贴近时代，真实反映当下社会热点的作品，观众因此喜闻乐见，亦体现了"还戏于民"的创作精神。该剧展现了当代上海生活画卷，讲述了周边社区的故事，树立了热心帮助居民解决问题、无私奉献的社区干部的形象。[①]

（一）"还戏于民"的创作思路

创作于 2013 年的第一版《小巷总理》，是自 2008 年的《废墟上的爱》、2009 年的以"世博"为题材的《梦圆曲》之后，长宁沪剧团又一部沪剧现代戏作品。其间间隔了四年之久，可见对于一个区级剧团来说，新创剧目题材选择需要慎之又慎。延续戏曲剧种的生命的血液靠的是优质新剧目的产生，沪剧这一年轻剧种发展到当下，在创作力方面产生了现实危机，这是沪剧艺术工

---

① 郑荣健：《沪剧〈小巷总理〉：以小见大，讲好上海故事》，《中国艺术报》2019 年 7 月 22 日，第 4 版。

沪剧现代戏剧本创作研究

作者无法忽视的问题。21世纪以来，上海市的国营剧团只剩下三支血脉：上海沪剧院、长宁沪剧团与宝山沪剧团。每一个剧团唯有找准定位，生产出受到市场青睐的新剧目，才能使沪剧的艺术生命绵延不绝。于是，长宁沪剧团创作团队从前辈顾月珍的"现代戏创作精神"给予的启发，在剧团内部经历了一番思考与调整之后，开始对沪剧现代戏创作内核有了极其明确的目标——"贴近生活、贴近时代"，要创作出"反映社会生活热点、观众喜闻乐见的作品"。①"生活"二字，是该剧团创作者思考的重点。回顾长宁沪剧团之前的现代戏创作，笔者发现，《小巷总理》系列，是该剧团现代戏创作题材取向的分水岭——在此之前，"肃贪倡廉""女工下岗潮""灾后重建""世博会"等，可以总结为老百姓生活中的新闻热点，为观众所关注。而《小巷总理》系列，则是把故事范围直接辐射到每一个观众的日常生活之中。甚至可以说，走出上海，辐射全国，每一个城市观众都能在表现居民社区生活问题的一系列故事中，找到自己或是身边人的影子。《小巷总理》系列，故事中所呈现的，是发生在城市居民生活当下性最强、同时也是最常见的"热点问题"与"难点问题"。

选择这一充分开掘了"民间性"的题材来创作剧目，宛如对当代社会问题"精准号脉"。灵感源自2012年底，团长陈甦萍看

---

① 关心：《时髦"小巷总理"：访陈甦萍聊〈小巷总理〉》，《上海戏剧》2014年第3期，第36—37页。

了一出名叫《柏阿姨的一天》的话剧，她由此联想到之前所了解过的，同为人大代表的长宁区街道社区第一线居委干部朱国萍的事迹。于是，团长陈甦萍带领编剧徐正清"下生活"，收集了大量居委会干部工作的真实素材后，巧妙地将"真实生活中的一地鸡毛"融入了虚构的"可乐坊"居民小区的干部"潘雅萍"的故事里，并通过面向基层群众以艺术加工成戏曲现代戏的形式演出他们身边的事，体现出"还戏于民"的创作观念。

2013 年版本的"小巷总理"潘雅萍，在舞台上忙得焦头烂额，面对居民与物业之间矛盾重重，有小区停车位不足引发纠纷、拆除违章搭建引发居民的不满……热心的她，还要帮忙协调人际关系："未来岳父"与服刑人员"准女婿"的互不理解她要帮忙沟通，钟点工与男主人引发的"桃色误会"她也要帮忙解除。而她的家庭状况，也无法让她舒心，虽然她有一个理解她工作的丈夫老林，可是他身为船长，几乎不在家；因为潘雅萍在暴风雨之夜指挥抢险，扑在第一线，无暇照顾女儿饮食起居，导致准备高考的女儿患上肠胃炎上吐下泻而高考落榜……编剧徐正清在潘雅萍工作与生活的一团乱麻中，捋出了一条贯穿始终的主线，那便是来自剧目上演的 2012 年至 2013 年间，老式居民区遇到的很常见问题——自来水管的修理经费总是"好事多磨"，老式居民区水质污染是每个居民生活中影响最大的问题，居民自然急不可耐。这需要潘雅萍去一次又一次向上沟通，更需要居民

　　　　　　　　　　　沪剧现代戏剧本创作研究

们的耐心与理解。编剧设置的这个困境，需要编剧将潘雅萍这个人物塑造得立得住、有信服力，才能收获居民的感动，从而圆满地解决问题。这部沪剧现代戏因为其题材精准，反映了一系列与观众日常生活密切相关的热点问题，一经推出便收获了观众的好评，为长宁沪剧团的现代戏创作之路又增加了一部既具市场性，又广获口碑的作品。

2018年，经过五年的打磨后，《小巷总理》第二部问世，它是前作的升级版，又被称为"小巷总理2.0版"。徐正清对前作一些较为粗糙的编剧处理作出了修改，例如：要化解岳父谭老师与准女婿冯亮之间的心结，不能只让女儿谭文燕讲出冯亮是因为她而入狱的故事就解决，于是编剧加了一个新人物"丁老伯"，并穿插冯亮对丁老伯照顾有加的戏份，孤老丁老伯主动将遗产赠予冯亮，为谭老师对冯亮改观作出了关键性的推动；居民蒋金妹误会钟点工董来娣同自己丈夫关系暧昧而闹事，前作的解决方式仅为潘雅萍几句话点拨一下，显然力度不够，人物关系改变显得突兀。而2018年版编剧给这个冲突场面"煽风点火"，设置了董来娣的丈夫正是同潘雅萍矛盾最深且脾气最为暴躁的居民何家龙，于是这个原本关于桃色误会的争执的场面不仅没有得到化解，而且成了推进到何家龙主要唱段的基础，将何家龙这个剧情中的主要"对立人物"塑造得更加丰满，并升级了他同潘雅萍矛盾的重要场面。

此外，在 2018 年的《小巷总理》第二部中，编剧所做的最重要的修改，就是将潘雅萍要处理的最核心危机，"与时俱进"地由"修理自来水管，改善居民水质"，改为当年社会生活中的问题——"拆违风波"。实际上，"拆违"这一社会生活问题，在前作里有一笔体现，风波的核心人物何家龙在 2013 年版本中第七幕出场过。有趣的是，在这一版（2018 年版本）中第一场也提及了一段关于居民们对"垃圾分类"持有不同态度的剧情，而在此后的 2019 年最新版本《小巷总理之"可乐坊 25 号"》中，"垃圾分类"又成了这部戏贯穿情节的主要矛盾——由此可见，《小巷总理》系列创作的精神，是将观众时下最有共鸣的现实问题通过居民人物的戏份极具趣味性地在戏中"摊开来讲"，并随着不同时期的发展而流动地将其展现在沪剧现代戏的舞台上。

（二）"返本开新"的创作手法

2019 年，长宁沪剧团继续推出了《小巷总理之"可乐坊 25 号"》。不同于前两部之间修改与打磨的关系，编剧除了沿用了主角"小巷总理"潘雅萍，以及名为"可乐坊 25 号"的老式社区作为故事发生地点以外，其他全部为重新创作的故事。此时的编剧徐正清，已经同长宁沪剧团有过多次合作，对剧团的演员、工种已经相当熟悉。于是，这次为其"量身定制"的现代戏能让人感受到他们之间的默契。在居民的语言台词上，趣味性和生活质感都有所加强，每个人物都塑造得更为灵动。在剧情结构方

　　　　　　　　　沪剧现代戏剧本创作研究

面，虽然这次的潘雅萍也面临居民为她出的不少难题，但同两部前作不同的，是主要由"垃圾分类"引发的问题贯穿始终，情节发展脉络较前作清晰得多。当潘雅萍和她的后辈——年轻的居委会主任叶峰一路"过关斩将"，将居民们遇到的垃圾分类的问题一个个处理妥当后，人物关系出现反转，剩下的唯一问题由潘雅萍亲自解决——原来一直以来与她对立的居民林文昌，就是同她因为家庭内部误会而有心结的小叔子，主人公最后解决的问题，是家庭内部的矛盾。沪剧剧目创作中，因观众的审美口味，时常出现两个对立人物在剧情发展到高潮处揭开彼此之间真实关系以达到反转作用的编剧手法。编剧的此番安排，延续了沪剧观众喜闻乐见的创作传统，使剧中人物关系形成了闭环后，再以戏曲观众所热衷于充满民间性审美的"合家欢"场面作为结局。

值得一提的是，在《小巷总理之"可乐坊 25 号"》的创作中，体现了"返本开新"的创作意识——编剧颇具现代意识地使用了布莱希特的"间离效果"，打破了观演关系的第四堵墙。剧目开场于"导演"同台上的"演员们"讨论台词，如同"戏中戏"的模式。并借"演员"对台词中提到垃圾分类的意见，表达出广大市民对垃圾分类的真实写照，是一个亲近观众内心的民间视角——

扮演林文昌的演员：垃圾分类哪能搞，确实是个问题。现在惯垃圾不仅规定辰光不便当，就是到底哪能分也真的弄不清爽。

【众人附和。

扮演赵璐兰的演员：不瞒你们讲，我现在口袋里一直放着几张五十元的钞票，就怕什么时候违反了规定被罚款。

当观众沉浸于剧情中时，会突然出现几处角色突然台词"吃螺蛳"，或是打断台词，并同"导演"讨论台词的戏份，甚至"自说自话"由说台词变成给自己增加唱段，打破了舞台幻觉，这样的效果在戏曲现代戏舞台上显得十分新颖有趣，令观众会心一笑。

周一梅：……垃圾分类是国家大事，是关系到千家万户，子孙后代的民生大计。（咳嗽）不好意思，调门太高了。我还是唱可以吗？

在最后一场戏，"演员们"因为对角色有较深的感情，在结局上演之后，再次打断，对剧本中的结尾表示不满，自发要求"导演"修改结局——手法宛如皮兰德娄的戏剧《六个寻找剧作家的剧中人》。编剧借用了现代主义戏剧手法，巧妙地融入了民间戏曲之中，不仅增强了趣味性，也为沪剧现代戏的创作手法探索出一个新的方向。

《小巷总理》系列三部曲，因其题材稳稳扎进普通老百姓的现实生活，不仅得到了上海乃至长三角沪剧观众的共鸣，甚至在北京巡演时也得到了热烈反响。团长陈甦萍提到，该剧在北京上演时，虽然观众听不懂上海话，需要借助字幕来理解。可当舞台上呈现出一系列城市居民都会遇到的共同问题时，观众感到十分亲切，反响热烈。陈甦萍在采访中谈及"当演到社区里喇叭传来'居民同志们，请大家提高防范意识，注意安全，出门之前关好门窗……'时，北京的观众爆发了热烈的掌声。"在当代观众皆有共鸣的日常生活前，上海弄堂的居民和北京胡同的居民融为一体。这是长宁沪剧团在近十年的沪剧现代戏创作时，所找到的使其走出长宁、通向全国的密码，体现了沪剧艺术走出上海，立足于中国纷纭的戏曲舞台的文化自信。该剧也作为 2019 年全国基层院团戏曲汇演的参演剧目，与会专家"认为该剧以小见大，通过社区、弄堂里千头万绪的居民小事，从社会的'毛细血管'中捕捉时代变迁的涓涓细流，真实再现了蕴存于现代都市的底层人生百态和时代进步的旧貌新颜"[①]。该剧不仅践行了陈甦萍回应时代号召提出的创作基准——"传播正能量是我们的魂，弘扬真善

[①]《沪剧〈小巷总理〉：以小见大，讲好上海故事》，《中国艺术报》2019 年 7 月 22 日，第 4 版。

美是我们创作的根，扎根优秀传统文化的传承是我们的使命与责任"①，更是充分发挥了"还戏于民"的创作意识对戏曲艺术传承的作用：戏曲舞台上表现的日生活与观众宛如"鱼水相依"，"返本开新"的现代性创作意识又能进一步扩大戏曲观众的年龄层次，同时规避会因远离群众生活、为评奖而创作的创作倾向给戏曲自身带来的危机。

二、英雄形象的"现代性"塑造——"革命剧"《一号机密》的剧本创作

2018 年，由上海沪剧院出品，李莉、黄嬿编剧的沪剧现代戏《一号机密》是一部革命题材的佳作。该剧讲述了 1931 年的上海，在顾顺章叛变后，中共中央重要文件"一号机密"面临凶险的暴露危机。"一号机密"所载的内容是中共中央早期的重要文件，必须想尽办法保护，不能落入敌手。周恩来下达指令由地下工作者陈达炜、韩慧芳夫妇保护文件，而韩慧芳不幸被捕牺牲。陈达炜无奈之下，只得和妻子的孪生妹妹韩慧苓假扮夫妻，以求文件周全。就在"一号机密"即将上交，陈达炜和妻妹韩慧苓产生感情之时，陈达炜却燃尽了生命最后一抹余晖。该剧讴歌了为革命前赴后继、献出了宝贵生命的优秀共产党人的精神火焰。

---

① 《沪剧〈小巷总理〉：以小见大，讲好上海故事》，《中国艺术报》2019 年 7 月 22 日，第 4 版。

国内红色题材的舞台作品在迎接中华人民共和国成立 70 周年、中国共产党成立 100 周年的重要时间节点上呈现出井喷之势，其中不乏收获业内专家好评与市场口碑双丰收的优秀之作。除了沪剧现代戏《一号机密》以外，还有用杂技特有的形式和动作肢体语言展开革命叙事的杂技剧《战上海》；打破传统线性叙事，在舞剧中尝试了故事叙事，创新性地将谍战题材搬上舞台，感动了无数观众，连摘文华大奖和"五个一工程"奖的舞剧《永不消逝的电波》[1]；以及用当下年轻人最为追捧的音乐剧形式，借其高昂、热血、震撼的舞台语言，讲述家国情怀、信仰坚守故事的音乐剧《伪装者》等。[2] 以上几部作品，除了都是以讴歌先烈不畏牺牲的革命主义精神之外，还有一个共同特点，都是在艺术理念和表现手法上，呈现出新的面貌与状态，从而带给观众新颖别致的审美享受，体现了引入现代性意识创作红色主题作品的优势。这些优秀作品的横空出世，是新时代文艺理念整体转型的成果。2013 年 12 月 30 日在中共中央政治局第十二次集体学习时，习近平总书记首次提出"创造性转化、创新性发展"的思想，从而形成了一种整体性的理念转型，"一种融汇中华优秀文化传统、西方现代文明传统和中国革命文艺传统的具有新时代特征的'新

---

① 王悦阳：《〈一号机密〉：谍战进入沪剧"红色家底"》,《新民周刊》2019 年第 43 期，第 64 页。
② 忻颖：《做让年轻人喜欢的红色音乐剧：访音乐剧〈伪装者〉主创》,《上海戏剧》2021 年第 5 期，第 11 页。

时代'文艺观正在逐步形成。"① "新时代"文艺理念整体转型，落实在红色题材的剧本创作方面，主要体现在将"现代性意识"注入创作理念中，摆脱了样板戏时期革命现代戏的流行的创作理念束缚。

关于"现代戏"，戏剧理论家董健曾言："就戏剧而言，'现代化'的基本内涵有三条：第一，它的核心精神必须是充分现代的（即符合'现代人'的意识，包括民主的意识、科学的意识、启蒙的意识等）；第二，它的话语系统必须与'现代人'的思维模式相一致；第三，它的艺术表现的物质外壳和符号系统及其升华出来的'神韵'必须符合'现代人'的审美追求。"② 有着明确现代意识的剧作家罗怀臻认为："所谓'现代'，首先，它是一种视角，是迄今为止人对人本身、对人所生存的环境的研究、发现、了解的成果。……与此同时，'现代'又是一个发展着的概念，不只是历史学断代意义上的现代，就是当下……现代是一个渗透性的概念，它不是某个具体时期的划分。"③ "现代意识不是西方意识，而是人类文明、中国文化积累到当下，人们运用科学的眼光看待人生，看待人的生理、看待人的情感、看待历史。"④ 由

---

① 金莹：《"两创"思想，三江汇流，正当时：对话罗怀臻谈红色题材创作》，《上海戏剧》2021年第4期，第12页。
② 董健：《中国戏剧现代化的艰难历程——20世纪中国戏剧回顾》，《文学评论》1998年第1期，第31页。
③ 罗怀臻、孙瑞清：《古典戏曲　现代沉思》，《剧本》2000年第7期，第31—36页。
④ 单三娅、李韵：《中国戏曲在当代的思考》，《光明日报》2006年12月1日，第6版。

此可见，"'现代意识'既包含了相对稳定的内涵，也包含了发展变化的一面，即与时俱变的审美感应与价值追问，也就是'时代感'"①。在近年来优秀的红色主题文艺创作里，这种现代意识体现在"人的发现"的文艺思潮中和对复杂人性的探索中。而在红色题材的戏曲现代戏的领域，剧作者须在坚持正确的历史观、价值观的同时，有意识地在人物塑造、揭示人的精神，在洞见人性深度与寻找时代共鸣点方面进行积极探索。以沪剧现代戏《一号机密》为范本的剖析，主要体现在英雄人物塑造的现代性意识上。

（一）"现代性意识"融入真实史料的改编

在沪剧历史上，因该剧种以擅长演绎现代戏为特色，在红色题材作品创作中积累了一大批讴歌党和国家、讴歌英雄、讴歌人民的作品。加之上海作为中国共产党的诞生地，红色"基因"一直在上海赓续。上海出品红色题材作品，既有深厚的历史积淀，又有极强的现实意义。②沪剧作为在上海这一"红色摇篮"土生土长的戏曲剧种，以传承红色文化为传统创作出了《红灯记》《芦荡火种》《星星之火》等一大批作品逐渐积累为沪剧特有的"红色家底"。然而，这些剧目中所塑造的英雄形象大多没有缺点、没

---

① 李伟：《论罗怀臻剧作的现代意识》，《南大戏剧论丛》2018 年第 1 期总第 14 期，第 160—161 页。
② 王悦阳：《〈一号机密〉：谍战进入沪剧"红色家底"》，《新民周刊》2019 年第 43 期，第 62—65 页。

有个人欲求，甚至没有家庭。例如，沪剧《红灯记》中，收获成长的只有李铁梅，而李玉和是秉承"高大全、三突出"的创作理念塑造的类型人物；《芦荡火种》中的阿庆嫂的丈夫从未出场，全剧绝无表现阿庆嫂个人生活的戏份，等等。这些红色主题现代戏作品中着重刻画的英雄人物只有远大的共产主义理想和为了革命理想斗争的昂扬斗志，被剧作者"神化"。然而，随着中国社会观念的发展和时代审美的与时俱变，当代观众在认识人性、直面人性、重新建立人的价值和尊严后，已经无法对集体概念下符号化、概念化、脸谱化的"人"产生极大的审美乐趣。文艺作品中的"英雄被过度神化、过度消费的结果，使人们不再相信所谓'神性化'的英雄"①。于是，创作理念的现代意识其中一个方面就表现在对"人的发现"上，如同《一号机密》里的陈达炜这般有人情味，甚至会险些犯错误的"人性化"英雄应运而生。

　　沪剧《一号机密》的故事取材于中共地下党人真实的人物素材。历史上，共有十几位中共党员隐姓埋名，前仆后继，在国民党、日本人的眼皮底下将作为中央文库的"一号机密"腾挪隐藏，让关乎中共生死存亡的档案文件"毫发无伤"，最终在革命胜利之时"完库归党"。② 这场跨越近 20 年的伟大的"接力"非

---

① 李伟：《论罗怀臻剧作的现代意识》，《南大戏剧论丛》2018 年第 1 期总第 14 期，第 160—161 页。

② 孙丽萍、郭敬丹：《守护"一号机密"：一场隐秘而伟大的接力》，《时代邮刊》2021 年第 21 期，第 52 页。

常具有传奇色彩。"无奇不传"是具有民间审美因素的戏曲创作传统观念。而沪剧《一号机密》就是截取了惊心动魄的隐秘战线历史中的一段，主角陈达炜、韩慧芳与韩慧苓以"一号机密"的第二任保管人陈为人、妻子韩慧英与妻妹韩慧如为原型而创作。

现实生活中的陈为人同陈达炜一样，曾在狱中受过重刑，染上了严重的肺病。他的妻子韩慧英也同剧中的韩慧芳一样，也是中共成立初期就入党的"老革命"，是同陈为人并肩作战的忠诚伙伴。陈为人平时整编文件，对外隔绝，调出与送进文件，都由韩慧英联系。[1] 韩慧英因中共地下联络点遭国民党破坏、单线联系的上级被捕后，不明情况地按照原计划前去接头，被守候在那里的特务逮捕。陈为人当机立断，带着孩子和文件搬家撤离。由于缺少社会关系，无法在上海找到保人，他不得不花高价在高档住宅小区租下了一栋二层小楼，化身木材行老板。而实际情况是，为了给中央文库提供掩护，陈为人已耗光所有经费，每日和孩子食不果腹。于是，山穷水尽的陈为人给韩慧英在老家的妹妹韩慧如写信，谎称韩慧英病重，请她来上海看望。[2] 韩慧如前往，明白了一切后，将自己积蓄的 300 块银元给陈为人缴了房租。[3]

---

[1] 孙丽萍、郭敬丹：《守护"一号机密"：一场隐秘而伟大的接力》，《时代邮刊》2021 年第 21 期，第 53 页。

[2] 同上。

[3] 王树人：《用生命保卫中共"一号机密"的守护者》，《文史春秋》2020 年第 9 期，第 10 页。

刚到上海时的韩慧如还不是中共党员，但在姐姐的影响下也早已心向革命。后来她接替姐姐，成为地下交通员，想方设法与党组织重建联系……陈为人白天挨饿、晚上整理文件，经过长达数年的精心整理，文件体积由开始的 20 多箱缩减为 5 箱。陈为人的身体每况愈下，于 1937 年 3 月病逝，为守护中央文库献出生命，年仅 38 岁。[①]

以上真实史实令人感动唏嘘，这一独特的戏剧素材，体现出创作者的选材慧眼。近年来，大量红色戏剧作品聚焦的是正面表现汹涌澎湃的革命浪潮、推崇光彩夺目的英雄形象，而沪剧《一号机密》的切入点，"是革命低潮时期白色恐怖中隐藏的那一小团红色火焰，以火焰的守护者的默默工作和无私奉献，探寻支撑他们坚守的精神力量，追索他们共同信仰所向的一颗初心"[②]，拓展了新的表现视角。然而，倘若剧作者仅仅是将这段史实撷取后照搬放入剧情之中，沪剧《一号机密》的动人程度就会大打折扣。于是，剧作者在"情感"上大做文章，对以上史实作了两处改动——其一，赋予了以韩慧英为原型的韩慧芳在被捕后牺牲的结局；其二，是将以韩慧如为原型的韩慧苓改为韩慧英的孪生妹妹，被姐夫陈达炜写信召唤来的目的，不仅仅是拿出积蓄解救陈

---

① 孙丽萍、郭敬丹：《守护"一号机密"：一场隐秘而伟大的接力》，《时代邮刊》2021 年第 21 期，第 53—54 页。
② 王丽芳：《"默默守护" 处处有情 访沪剧〈一号机密〉主演朱俭、王丽君》，《上海戏剧》2019 年第 4 期，第 25 页。

达炜的经济困境，还为了掩护身份，和他"假扮夫妻"。然后在朝夕相处中，韩慧苓从出场时的热情冲动，到逐步成熟理智，面对危机也从容不迫，体现了一个年轻的革命者的成长过程。但更重要的，是她对姐夫陈达炜的态度，从深感被冒犯，到质疑、不解，再到钦佩敬慕^①、芳心暗许。由此可见，剧作者对史实做的两处改动，前者是为后者制造产生爱情的环境而服务的。剧作者对历史进行改动的原因，除了熨帖沪剧以情动人的特点之外，更重要的原因是要以情感作为切入口，让当代观众（尤其是年轻观众）对革命故事产生共鸣——剧作者破局的方式，就是描绘人类复杂、动人又真实的情感，用深邃人性中这一具有普遍性和共同性的部分，同当代观众的思维与情感同频共振，产生强烈的共鸣。

通过对史实作出改动，让陈达炜同韩慧苓产生美好的爱情是剧作者明智的创作思路，与此同时，沪剧《一号机密》在表现陈达炜的情感世界上颇具现代意识，设计出"陈达炜为了内心情感，险些耽误了文库保管工作"这样让英雄人物犯"小错误"的小细节，不仅刻画了一个真实的、人性化的英雄，还能从这个细节中体现他对于身边人深沉的爱。在第一场戏中，陈达炜意识到妻子韩慧芳遇险，他当下作出的选择是要出门寻她：

---

① 王丽芳：《"默默守护" 处处有情 访沪剧〈一号机密〉主演朱俭、王丽君》，《上海戏剧》2019 年第 4 期，第 26 页。

陈达炜　（唱）……

　　　　　慧芳已去我急万分

　　　　　明知涉险难顾及

　　　　　我必须，舍命救她回家门！（正要冲出门去）

小　红　（喊上）爸爸！（小心地捧着药碗走来）爸爸，妈妈煎好

　　　　　药汤，说等你回来就要喝哒。

陈达炜　宝贝，爸爸有事，回来再喝。（欲走）

小　红　爸爸不听话！妈妈会教你听话的。（从口袋里掏出信）

　　　　【陈达炜忙接过信展阅，韩慧芳画外音出。

韩慧芳　（画外音）达炜，你新伤未愈，一定要坚持喝药。老规

　　　　　矩：下午三点整我要是没回来，你带着小红和祖传珍

　　　　　宝，立刻搬家！千万要记住：悠悠万事，唯此为大！

陈达炜　（复念）悠悠万事，唯此为大！

　　　　（唱）　信中暗语猛提醒

　　　　　　　　肩负重担千万斤

　　　　　　　　一号机密胜性命

　　　　　　　　我岂能，关键时刻放纵行

　　陈达炜在发现妻子面临生命危险时，第一反应就是什么都
不顾，要去营救妻子。倘若不是妻子留下信中暗语提醒，他险些

将对中共革命者来说比生命更重要的"一号机密"置于危险境地。这一细节虽然将陈达炜塑造得有一些糊涂，但也刻画了他同妻子深厚的恩爱夫妻情。而在妻子英勇牺牲后，妻妹韩慧苓陪伴在陈达炜的身边，在假扮夫妻的朝夕相处中，两人萌动了美好的爱情。但陈达炜囿于自己每况愈下的身体，不愿拖累韩慧苓，于是将情感深埋在心里，从未向她表达，甚至拒绝了韩慧苓想"捅破窗户纸"的暗示。在他经过多年日日伏案，终于将誊抄文库的工作大功告成那天，他想起自己已时日无多，而韩慧苓还不是党员，所以自己一旦离去，"她就可能一生一世也无法与党取得联系，只能独自坚守，不可外出、不能交友、生活困苦，寂寞到死"。于是，他作出了一个惊人的决定——呛咳着打开箱盖，拿出手榴弹：

韩慧苓　（端空盆上，见状大惊）达炜，你想干啥？

陈达炜　我，想求你一件事！

韩慧苓　求我？

陈达炜　在我临去之际，求你将我与中央文库一起炸毁！

韩慧苓　炸毁？

陈达炜　它与我同归于尽，你便可远走高飞！

为了确保韩慧苓在自己去世之后，不会永远过上和自己一样困苦、清贫又孤独的生活，陈达炜宁可选择让自己带着"一号机密"一起消失在韩慧苓的生命中。他的这个不符合革命价值观的冲动念头，体现了他内心深处对韩慧苓深刻的爱与关怀。然而，若不是韩慧苓向陈达炜表达想入党的意愿，消解了陈达炜的要在死之前和文库一起消失的念头，他的这个决定会对党的早期珍贵文库造成毁灭性的后果，也会成为陈达炜为了感情所犯的致命"错误"。这是以往以"高大全，三突出"作为创作理念塑造的英雄人物绝不会做的行动。以往主动牺牲至亲为标榜的崇高，往往忽略了平常人的感情。而具有现代性意识的英雄人物在人物刻画的过程中，须要注意到的是"承不承认英雄的情感，要不要表现英雄们坚定信念过程中所具有的如同常人般的身心之痛？……正视并揭示这些常人的感受和隐秘的感情，才能与当代观众产生同理心，才会有心灵的代入感"①。陈达炜这个佝偻着背，整日咳嗽，在舞台上没有任何伟岸英雄式亮相的共产党员，就是剧作者运用现代戏意识塑造的、能同当代观众产生心灵与情感连接的英雄人物。倘若是李玉和处于陈达炜的境遇，从他的人物塑造中观众便很容易得出，无论遇到什么样的境况，永远会是以保全"一号机密"为先，观众对于他要作出的选择毫无意外。而在沪剧《一号机密》中，设置主人公面临情感

---

① 金莹：《"两创"思想，三江汇流，正当时：对话罗怀臻谈红色题材创作》，《上海戏剧》2021 年第 4 期，第 13 页。

与理智的两难境地，就是剧作者开掘红色题材现代性意识的重要抓手。

（二）"以情动人"的技巧融入红色革命叙事

在红色题材戏曲现代戏中，描写美好的情感的作用，除了将"以情动人"的技巧放大后能够通过描写真实的人性、丰富剧作情感表达的维度之外，用情感来解释革命信仰，能让人明白，英烈们超凡脱俗的伟大事迹和崇高精神，实际上正是从你我都心有戚戚的人情和人性中升华而来的，[①] 这是一种根植于民间立场的创作意识。在沪剧《一号机密》中，无论是陈达炜，还是韩慧苓，他们在剧中所有的重要转变，都是以情感为动机的。例如，韩慧苓出场时，认为自己被陈达炜冒犯而执意要离开，是被小红误认为妈妈，抱着外甥女伤心落泪后，血浓于水的亲情融化了她，决定留下；韩慧苓加入中国共产党，除了早期姐姐在她心中埋下了理想的种子之外，和陈达炜三年假扮夫妻对他的钦慕与爱意，也催化了她一心想早日代替陈达炜出门，铤而走险执行任务的念头；直到生死关头，韩慧苓任务完成返家途中，男女主人公在不同时空双唱赋子板，陈达炜和韩慧苓倾泻而出的，起初是对保护"一号机密"革命活动的感慨，但现在更多的是对彼此的依恋。抒情言志是戏曲审美传统，在革命题材剧目中放大民间喜闻乐见

---

① 罗馨儿：《红色题材戏曲的先进性和生命力——论罗怀臻 2021 年"红色三部曲"剧作》，《上海艺术评论》2021 年第 3 期，第 57 页。

的情感表达，不仅具有通俗易懂的民间性色彩，更有助于淋漓尽致地发扬沪剧艺术的表现力。

沪剧《一号机密》的剧情结构将危机营造的唱词与叙事抒情的场次有机布局，节奏张弛有度，但在剧情设计上还是存在一定缺憾。例如，剧作者处理第四场与第七场这两场气氛紧张的戏份时，化解主角危机的手段有些过于简单。第四场，当韩慧苓出现在黄浦江边外滩街头、被叛徒贾宗认出后，剧作者设计解决危机的方式是让中共特科"红队"队长赵强出现在贾宗面前，转移了敌人的注意力；而在第七场，化装成老太太的韩慧苓面对贾宗和赵强前来对暗号，分不清谁是敌人、谁是同志的关键场景，观众的审美期待会被高高吊起。韩慧苓若是通过一个机智的方式分辨出敌友，不仅可以塑造韩慧苓临危不惧的人物特质，还能增强该剧作为谍战剧的情节戏剧性。然而，剧作者在此处化解危机的方式，仅仅是韩慧苓继续装糊涂，逼得贾宗露出了真面目。这样的设计不仅过于简单，而且，贾宗急不可耐、毫无智慧地就这样暴露自己，也不符合其曾经是中共中央秘书处书记的身份。但总的来说，沪剧《一号机密》瑕不掩瑜，其"情字当头、情字贯穿"的创作手法具有民间性审美特点，仍是一部体现现代意识创作观念的戏曲作品。戏曲的"现代性"是一种价值取向的认同，需要剧作家对现实题材本身进行透视、鉴别、甄选和提炼，从而才能表现出英雄模范、典型人物身上所富含的时代精

沪剧现代戏剧本创作研究

神。① 由此可见，当下优秀的红色戏曲现代戏的创作不仅要与时俱进地体现出新时代的价值观，还需熨帖新时代民间性的审美观。

三、主旋律叙事下对"大情怀"格局的探索

同京剧、秦腔等风格豪放的北方剧种相比，沪剧属于"婉约派"的地方小戏，拥有江南人特有的文化心态陶冶下形成的勇于创新、淡雅柔和的审美情致。近年来，上海沪剧院在推出新剧目时，有意识地想改变沪剧"小腔小调"的格局限制，推出了《邓世昌》《敦煌女儿》《一号机密》与《陈毅在上海》这四部演绎"大情怀"格局的作品②，体现了在追求主旋律叙事的背景下，沪剧在题材上突破创新的探索。其中上演于 2021 年建党一百周年之际的《陈毅在上海》是一部较有影响力的作品。该剧根据史实改编，讲述了陈毅同志担任上海市市长期间的真实故事，揭示了"江山就是人民，人民就是江山"的主题。

该剧在剧本创作方面的亮点，除了尊重史实，呈现出 1949 年 5 月，上海解放初期各阶层波澜壮阔的历史画卷之外，还在创作者力图将陈毅市长塑造成一个"典型化"的人物形象。剧中的

---

① 罗怀臻：《现代戏重在现代的价值取向和审美趣味》，《中国文化报》2021 年 3 月 25 日，第 5 版。
② 童艺芹、吴晓珺：《用上海声音诠释上海精神——〈陈毅在上海〉开创沪剧新格局》，《文化月刊》2021 年第 11 期，第 83 页。

陈毅同志既是一个善于打仗的军事家、一个善于领导上海这样的大城市发展经济的优秀市长，也是一个个性鲜明、充满人情味的男人，如面对爱人张茜，会"浓情相思赋诗相送"，面对让自己吃了闭门羹的恩师，还会折一个纸飞机调皮地扔进老师的家里重新介绍自己，行事方式意趣盎然。

融入了多媒体的舞美呈现与演员表演也是《陈毅在上海》的两大亮点。尤其是沪剧演员孙徐春阔别舞台近十年后首次亮相，同茅善玉搭档再度联袂演出，这一对深受欢迎的"金童玉女"吸引了沪剧观众的目光。此外，该剧融合了电影、音乐剧、话剧、舞剧等多元化表现手段，深受观众喜爱的舞蹈家黄豆豆也为该剧增添了大量舞蹈戏份的编排。可见上海沪剧院在出品该作品时，将其立为"精品"的决心。

固然，利用沪剧善于创新的特点突破表现题材的限制，通过歌颂英雄、开国元勋、劳动模范等的确有望能使沪剧现代戏走向"大情怀"格局；然而，纵观近三十年全国戏曲现代戏创作的情况，不难发现，沪剧现代戏创作虽在 20 世纪 90 年代初期在全国评奖方面大放异彩，但从 20 世纪 90 年代后期以后，沪剧现代戏的创作力不尽如人意。[①] 与这一时期的沪剧创作形成了强烈反差的，是曾和沪剧同属于滩簧系统的姚剧、甬剧却在 21 世纪初

---

① 数据参考详见第五章第一节。

期涌现了几部同时收获大奖认可与民间口碑的现代戏新作，它们是由陆军创作的姚剧《女儿大了，桃花开了》（上演于 2001 年）、姚剧《母亲》（上演于 2006 年），以及由罗怀臻创作的甬剧《典妻》（上演于 2002 年）。姚剧《女儿大了，桃花开了》表现的是乡村的变化，来自现代都市年轻人的新思想与保守、固化的乡村"旧力量"之间的较量与改革，聚焦了环保这一现代性的时代问题，体现出创作者宽阔的格局与深邃的思想。但该剧的切入点立足于民间立场，以戏曲观众最为喜闻乐见的三名年轻人情趣盎然的爱情竞争为主线，串联着乡村居民心态与行为受到积极影响并发生转变的时代主旋律表达之中，并呈现出诙谐幽默又意趣十足的戏剧风格；表现着"母爱"这一隽永的主题的姚剧《母亲》取材于一则社会新闻，经过剧作者的巧思加工后，成为一部兼具情节之"奇"与情感之"深"的动人佳作。该剧讲述的是一个自知不久于人世的母亲，决心让娇生惯养的儿子迅速成长，作出让儿子带上 1000 元生活费去上海打工、一年后才能回家的大胆决定，并在这一年中暗中观察、保护着孩子的成长。剧作者胸怀强烈的社会责任感，借此作品表现了他对当下社会现状的忧虑，表达了"将溺爱不该溺爱的视为天经地义，将放纵不该放纵的当成长者胸怀"[1] 所带来的忧患。这两部作品都体现出剧作者将民间话

---

[1] 戴平：《感天动地母子情——看姚剧〈母亲〉》，《上海戏剧》2007 年第 1 期，第 32 页。

语与时代性社会问题的"大格局"完美融合的创作观念，就如剧作者本人所表达的，"一出好戏要有一个通俗易懂的故事、一个明确的思想主题和一个让人对生活有所思考和领悟的哲学的思想内核"①。

甬剧《典妻》改编自柔石的小说《为奴隶的母亲》。无独有偶，勤艺沪剧团的剧作者金人于1954年曾将原作改编为同名沪剧现代戏作品，然而沪剧版本对原作的解读因十分"概念化"而有较大的局限性——剧中"有钱人"（秀才与秀才妻）一定是折磨穷人的道德败坏者，"穷苦人民"就一定是道德完善者。女主人公嫁给秀才的过程是被抢走、被囚禁、被虐待。而罗怀臻对原作的解读是以人本主义思想为出发点，以具有现代性意识的视角，对原作进行深度挖掘。通过细致地表现女主人公经历"典妻""生子""归家"这一系列人生境遇时的心态上微妙变化，以"人学观"为指导塑造了多个性格复杂的人物，"向今日观众展示在没有人权的社会中，弱小者被非人化的屈辱过程，从而唤起人们对人权的高度重视"②。

与此同时，素有"秦腔最高学府"之称的陕西省戏曲研究院，随着陈彦创作的"西京三部曲"斩获文华奖、"五个一工

---

① 帕蒂古丽：《一个奇特的现代神话——姚剧〈女儿大了，桃花开了〉艺术特色评析》，《戏文》2001年第4期，第28页。
② 朱恒夫：《滩簧考论》，上海古籍出版社2008年版，第262页。

程"奖等多项大奖，而走上了现代戏创作的巅峰。值得一提的是，"西京三部曲"中的三部作品《迟开的玫瑰》(上演于1998年)、《大树西迁》(上演于2009年)、《西京故事》(上演于2011年)，也同上述三部优秀的滩簧系统新作一样，全都是以普通人民为主角，反映的是社会发展的问题与人民生活的状况，但因其创作角度凝聚了剧作者对社会现状的深刻思考，使剧本呈现出"大情怀"的格局。《迟开的玫瑰》描写的是中国西部某大城市中平凡的一家人的故事，也折射出改革开放以来青年人精神风貌的变化。故事讲述了青年女子乔雪梅遭遇了母亲车祸去世、父亲瘫痪在床，三个弟弟妹妹尚且年幼，她为了肩负撑起这个残缺的家的重任，毅然放弃了上北京名牌大学的机会，在自我不懈的努力中，终于收获了公益事业与圆满家庭的故事。而作为"国家艺术精品工程"榜首作品的《大树西迁》的主人公是城市里的知识分子，讲述了关于"交大西迁"的故事。20世纪50年代，以在上海的交通大学为代表的一批高校知识分子响应号召，从东南沿海向西"迁徙"，为西部开发作出伟大的贡献。该剧展现了知识分子"家国天下"的人生理念、东西部之间的文化碰撞，以及时代变革中三代人的思想变化，揭示出极强的人文内涵。而在《西京故事》中，剧作者将目光投向了城市里的"农二代"，将剧目的核心冲突设置为一对父子间的两代人世界观、价值观之争，但剧作者的目的是用情感的纽带弥合两代人理解的鸿沟，并且唤起观众关于城市化与现代化对人们造成的影响的"大格局"思考。由此可见，提升戏曲的情怀格局并不一定是要将选材选定为重要历史人物、英雄模范，而剧作者对当代现实问题的敏锐观察，与深刻的哲思，再加以生动意趣的民间性审美表现，亦能成就一部如同"西京三部曲"一般集政府奖项认可与民间观众青睐的佳作。毕竟，戏曲现代戏创作若是只着眼于"重大题材"，就失去了戏曲现代戏反映当代人现实生活与思想情感的创作初衷，也较难适应当代观众随着时代发展不断更迭的审美情趣。

小　结

　　步入 21 世纪以来，在 20 世纪 90 年代交出获得文华首奖与"五个一工程"奖的亮眼成绩的上海沪剧院在主旋律现代戏作品的创作道路上，在剧作质量、思想内涵深刻性与塑造人物的"人学观"方面都有一定程度上的倒退，且选题也有聚焦于模范剧的单一倾向，有为追逐评奖与社会热点创作之嫌。该院团这一时期出品的大多数作品不仅思辨精神与现代性意识方面有所缺失，也偏移了沪剧艺术民间性的立身之本。此外，沪剧现代戏在这一时期的创作，普遍在创作意识上受到庸俗社会学的影响，缺乏深刻内涵。在商业反馈方面，唯有根据传统旧戏新编的"西装旗袍戏"《石榴裙下》有着持续的市场效益。与之相对的，是在 20 世纪 80 年代到 90 年代稳扎稳打发展原创力的区级剧团宝山沪剧团，找到了适合自身的创作道路，以塑造真实的人物、反映真实的生活为目标，创作了一系列适合发扬沪剧自身特质的真实感人的作品。其集大成者《挑山女人》于 2012 年诞生，获奖无数，在全国范围内形成很大的影响力，成为新世纪以来最成功的沪剧作品。

步入新世纪后的时期，随着文化自信的崛起，我国传统戏曲艺术本体的回归，接受时代信息的快速，近年来的沪剧创作，有意识地在编剧手法、表现内容中加入时代性元素，鲜活地表现当代的生活，并融合了话剧艺术的表现手段，不仅有助于拓展沪剧观众层，同时有益于沪剧艺术的健康发展。农村题材与革命题材在新世纪回到了沪剧舞台上。沪剧创作者有意识地试图突破"小腔小调"的格局，在创作题材方面得以多元化的发展。而部分创作者引入现代性意识，以当代"人学观"塑造主人公，强调沪剧的"民间性"的审美特质，使在此前走过低迷阶段的沪剧现代戏创作，重新迈向了良性发展的正道。

　　　　　　　　　　　　　　　　沪剧现代戏剧本创作研究

沪剧现代戏创作的启示

一、"话剧加唱"形式的得与失

一个剧种的特长，是其艺术竞争力所在。京剧高亢庄重，程式、行当、唱腔流派发展成熟，且唱段通俗动听；昆剧流传下来的经典剧目众多，且演出风格古典细腻，曲牌声腔流利婉转；川剧主传奇、幽默，还内含变脸等特殊技能，能长久地吸引观众；越剧秀丽优美，以民间喜闻乐见的爱情戏为重，观众群体庞大；梆子系统豪迈粗犷……而沪剧，只是以上海本土的观众为主，观众群体辐射面窄，且似乎并不具有其他剧种所没有的独特特征，这些都被视为沪剧现代戏创作的局限。尽管多年来在唱腔曲调方面有所发展，但由于其常常融合其他剧种，甚至是其他艺术门类的艺术手段，在很长一段时间内，沪剧因其类同于"话剧加唱"而遭到诟病，饱受争议。

实际上，沪剧的艺术形式发展至今，类同于"话剧加唱"的特征是难以规避的。沪剧这一年轻剧种，本就在艺术形式上，是离京昆等古典戏曲最远，靠话剧艺术形态最近的戏曲形式，是通过从乡间花鼓戏到都市申曲再到沪剧这一发展脉络形成的新型都市戏曲。话剧、电影甚至其他戏曲剧种都可以称之为沪剧的"奶娘"。尽管沪剧仍然传承着独特的唱腔，在念白、程式与时空处理等方面也在有意识地在保留其戏曲特征，但因现代戏追求具有生活质感的舞台呈现，当表现手法融入了话剧的表演手段塑造人物时，就已留下了话剧形式的深刻烙印。

倘若将"话剧加唱"的争议视为当下沪剧创作的"缺陷"，笔者认为，这将是沪剧创作难以突破的局限。或许能改善的方式，就是换一种角度去看待这个问题。实际上，沪剧从诞生之初，特点就是擅长"表现当代生活"与"抒情"，这两者便说明了沪剧的初期形态就是话剧同唱段相结合的特质。所以，"话剧加唱"的争议并非仅为当下沪剧现代戏创作的局限，问题的真正所在，或是因当今诸多新鲜的艺术形式诞生，吸引了年轻观众。年轻观众想去观摩叙事与抒情相结合的艺术形式，作为舶来品的音乐剧会对他们具有更大的吸引力。换言之，沪剧在20世纪80年代作为一个最"时髦"的剧种，在其他传统戏曲剧目在面对戏曲危机时，沪剧还深受年轻人的喜欢，而现在却被年轻人所忽略，想必是因为同类型的审美娱情活动有了音乐剧等更加"时髦"的替代品。

所以，倘若要吸引年轻观众，首先，在面对沪剧是"话剧加唱"的争议时需认同"话剧加唱"在一定程度上就是沪剧剧种的特长，并非一种"缺陷"。因为"话剧加唱"带来的真实抒情的审美体验，是沪剧曾经一度风靡上海的大学校园的"流行密码"。在表演方面，引入话剧艺术的技法，在表现力方面对沪剧艺术是有所裨益的——以《挑山女人》为例，华雯在塑造王美英这个人物时，人物在哽咽时的呼吸表演，用的是话剧生活流的方式进行有意识的塑造，效果十分动人；而在剧目创作方面，从受苏联文艺观现实主义创作思潮影响的《罗汉钱》《星星之火》，到近年来受到心理现实主义的理念启发所创作的《挑山女人》，在沪剧现代戏创作中贯穿话剧的创作理念都广获观众口碑。

其次，作为一个和上海这座城市同步，和时代同步的剧种，新剧目的创作理念需有意识地趋向于当下上海剧场艺术的审美特征和价值取向，完成审美转化。在剧目创作之初，创作者需了解剧目的受众和当下上海其他的剧场艺术的一线情况，以当下观众审美取向为本，创作出具有时代精神的沪剧新剧目，并在综合艺术表现力方面吸纳当下最"时髦"的剧场艺术的宝贵经验。唯有将其程式少、"家底薄"、形式灵活多变的特质视为其艺术竞争力所在，沪剧方才有可能复兴，重回"时髦"的戏曲之列。

值得一提的是，沪剧"话剧加唱"的形式深刻体现了海派文化的敏锐性与包容性，因为戏剧性叙事手段与抒情唱段相结合的创作手段熨帖着沪剧自诞生之初擅长于"说新闻，唱新闻"的创作特征。沪剧一直被视为"上海的文化名片"，是海派文化的重要代表。因为沪剧的发展与创作都同上海这座都市的历史轨迹有

沪剧现代戏剧本创作研究

十分紧密的联系。余秋雨在《沪剧"回音壁"》一文中曾写道："在上海的文化底盘中，粗粗划分，大致包括'输入交融型'和'本土原创型'两类。沪剧，便是本土原创型的代表。"① 由乡野小调演变成舞台艺术，20 世纪，沪剧利用其轻巧灵活的特点，在其发展的每一个时期都用极快的速度记录着上海人民的生活状态与思想风貌。新中国成立前的"西装旗袍戏"体现了当时市民阶层的关注热点与审美趣味；新中国成立初期，作为最善于演出现代戏的戏曲剧种，又创作出大量的沪剧现代戏剧目，记录着如火如荼的社会主义改造过程；新时期以来诞生的新剧目记录着改革开放对人们生活方式的改变和心灵的冲击，和社会发展的不同时期涌现的动人故事，甚至是社会经济发展随之而来的环保、廉政、再就业、青少年教育等题材……沪剧现代戏的新创剧目宛如社会的一面镜子，映照的内容是不同时代阶段的老百姓最关注的事物。纵观沪剧剧目发展的历史长河，无论是新中国成立前的"西装旗袍戏"带来的市场热潮，还是新中国成立后由《罗汉钱》《芦荡火种》《红灯记》《一个明星的遭遇》《一夜生死恋》《明月照母心》《今日梦圆》《挑山女人》等优秀沪剧现代戏作品为沪剧艺术带来的民间声誉与官方荣誉，都体现出剧目创作时发扬海派文化精神，以及创作者立足于民间取向的选材之重要性。

---

① 褚伯承：《沪剧与海派文化》，江苏人民出版社 2020 年版，第 1 页。

然而，近年来的沪剧创作，取材于当下社会现状、社会新闻的剧目越来越少，剧团在新剧目题材选择时，在追求主旋律、宣传形势政策同时，却对当下老百姓所关心的话题、热点缺乏关注，导致了沪剧"说新闻，唱新闻"的特征逐渐流失，其原本可以作为提高创作速度、灵活轻便的"话剧加唱"的创作方式也随之失去了优势。倘若各沪剧院团在新创剧目时重拾"说新闻，唱新闻"的选材趋向，将当地民众最关心的热点问题通过"话剧加唱"的灵活创作方式以较高的效率呈现在舞台上，这会成为对沪剧所体现的敢于创新、兼容并蓄的海派文化得以发扬的重要手段。

二、"人学观"之于人物塑造的重要性

　　虽然传统戏曲因受戏曲角色行当限制，多呈现出类型化的人物，但是对于从话剧艺术获取充足养分的年轻的沪剧，尤其在现代戏剧目创作时，西方戏剧理论中人物塑造的"人学观"就"成了非常重要的创作观念，即黑格尔提出的'性格就是理想艺术表现的真正中心'"①，他认为情境还是外在的东西，"只有把这种外在的起点刻画为动作和性格，才能见出真正的艺术本领"②。在

---

① 陆军：《戏剧的"人学观"及其他——书序两篇》，《艺海》2015 年第 11 期，第 6 页。
② 同上。

沪剧现代戏创作中，唯有人物刻画真实、情感真实，才能打动观众，所以优秀的沪剧现代戏剧目的创作观念是更倾向于将人物塑造的重要性置于情节戏剧性之前。

笔者借用两个近年来较为有影响力的沪剧现代戏案例，通过两者之间的比较，体现出"人学观"之于沪剧现代戏创作的重要性。

2012年，李颖、余雍和编剧创作了以"文物有效保护的探索者""敦煌博物院荣誉院长"樊锦诗的人生历程为原型的《敦煌女儿》，并由陈薪伊执导上演。2018年，上海沪剧院将这一版本的剧本全部推翻，由杨林重新创作了《敦煌女儿》，由张曼君执导上演。2019年，上海沪剧院携此剧冲击第十六届文华奖，以失败告终。通过对比两稿剧本，可一窥上海沪剧院对于同一题材的创作思路的变化。前作固然有许多不足，例如剧评家多指出的情节没有冲突、戏剧到唱段的过渡有些生硬、"悉达多王子"出现在沪剧舞台上显得突兀，等等。然而，2018年版本的剧本同2012年版本相较，即使在叙事方面有所创新，借鉴了现代西方戏剧理论，在时空转换自由度较高，但在塑造人物方面，"人学观"有了一定程度的"倒退"。

2018年版本的《敦煌女儿》，情节极简，以意识流的手段，用老年樊锦诗的倒叙讲述为线索，用五场戏表现了她人生中的五个阶段的横截面：

第一场戏，讲述了年轻的北大考古学毕业生樊锦诗来敦煌报到，与敦煌领导常书鸿"三击掌"打赌，"直奔主题"地表达了樊锦诗留在敦煌奉献青春的决心。

第二场戏，表现了常书鸿与同事段文杰在莫高窟小石屋外，暗中观察樊锦诗是否会因为害怕敦煌恶劣的生活条件而退缩；小石屋内，樊锦诗虽然把屋外驴的眼睛当成狼的眼睛，有过一丝害怕，但通过以拿出恋人彭金章的照片作为同彭金章意识流交流的"媒介"，战胜了恐惧，也表达了她要留下的决心。

第三场戏，表现了回上海结婚的樊锦诗，在婚后顾不上彭金章不想分别的意愿，执意要回到莫高窟。而善解人意的彭金章最终也同意了樊锦诗的坚持。

第四场戏，表现了樊锦诗因为忙于工作，把幼小的孩子用麻绳绑在床上。彭金章突如其来的探亲，目睹了这一令他心碎的状况后，同樊锦诗争吵，然后抱着孩子离开。

第五场戏则是最后一场——以樊锦诗的独白为主，表达了"文革"期间常书鸿、樊锦诗等人对敦煌莫高窟的保护。

纵观全剧，舞台上的樊锦诗的人物形象有类型化倾向，较为单薄。她自第一场戏来莫高窟报到，就决定自己要在此奉献一生，剩下的四场戏，也都坚定地站在这个立场，没有任何犹疑的行动。这样的写法，虽然可以将现实中樊锦诗院长的高贵品格体现得较为到位，但创作观念仿佛回到"以现代戏为纲"的阶段，

沪剧现代戏剧本创作研究

有趋向"高大全，三突出"之嫌。当沪剧舞台上的樊锦诗被塑造成"类型化人物"后，显得较为平面化、单一化；此外，她所做的选择，大多是对观众来说较为"陌生化"的，所以她的情感比较难以同戏曲观众产生共鸣。

其中，让笔者感到较为难以认同的一点，是编剧在第四场戏中对樊锦诗的塑造——为了表现樊锦诗为了投身于事业，将刚出生不久的小宝宝用麻绳拴在床上，独自留在家里。与此同时，彭金章正怀着欣喜之情来探望母子俩，正好见到孩子哭得凄惨：

彭金章　风吹大漠哭声紧

　　　　一声声引来大江边披星戴月探亲人

　　　　寻声大步流星一路奔

　　　　急忙跨进石屋门——

　　　　见孩子只身在床上

　　　　直哭得浑身抽搐痛欲昏

　　　　张咧的小嘴，满脸的泪痕！

　　　　一根麻绳道道捆

　　　　此情境揉碎天下父母心！

彭金章身为孩子的父亲，无法理解樊锦诗的做法。当他指责樊锦诗时，她不仅没有愧疚与懊悔之意，而是振振有词——

樊锦诗　绳子将儿绑，安全有保障

　　　　深恐他手脚活动滚下床

　　　　万一爬到屋门外

　　　　提防有野狼

彭金章　亏你还能说出口

　　　　孩子最高待遇是"不喂狼"

　　　　既无能就不该将儿带到人世上——

樊锦诗　你此话说得太荒唐！

　　　　为人父的责任尽了几斤又几两？

　　　　对我苦处一点不体谅

彭金章　我是鞭长莫及只能苦思念

　　　　你近在咫尺却把儿子丢一旁！

　　　　这样去上班你心能安？

樊锦诗　进洞窟，心随飞天入苍茫

　　　　出了洞窟，回现实

　　　　想起了孩子心慌张

　　　　…………

　　彭金章同樊锦诗互不相容，激烈争吵一番后，将孩子抱走，离开了莫高窟。这是纵观全剧，主人公所面对的人与人之间最大的冲突。而编剧是用什么化解了夫妻之间这么极端的婚姻危机呢?

樊锦诗　金章。

　　【樊锦诗一把抱住了他。

　　【常书鸿显现在光圈里。

常书鸿　是啊,漫漫人生路,不是每个人都有这样的幸运啊。

　　【说话间,樊锦诗抬起头来——

樊锦诗　(感慨)是的,我真是个幸运的人。

　　【樊锦诗伫立,望着渐行渐远的父子——

樊锦诗　多少次望着他远去的身影

　　　　多少次渴望着重逢再来临

　　　　一次次分别又团聚

　　　　一次次升温着我俩的爱情与亲情。

　　由此可见,编剧竟然没有设置任何行动去化解这个婚姻危机,这个冲突就"自动"地消失了。因为这个较为极端的夫妻冲突就是为表现剧中的樊锦诗"投身于工作,不顾家庭"的"高尚品格"而设立的,而彭金章在这场戏的作用,也仅仅是为了表现樊锦诗身边的每一个人都在配合与理解她为工作"奉献"的精神,从侧面体现樊锦诗行为的"合理性"。甚至,编剧还用意识流的手法，让常书鸿在此出场，作为编剧表达观点的传声筒——"不是每个人都有这样的幸运。"于是，本剧在此处似乎带着极强的信念感，传递出这一信息——主人公的为母之道是投身于事业所作的小小牺牲；创作者似乎认为观众同舞台上的常书鸿、彭金章一样，都能理解这样的行为。此外，剧中的每一个人物所做的一切行动，都是为了突出樊锦诗"投身于工作牺牲个人生活"的英雄主义精神——这是体现迂腐的"高大全、三突出"创作原则的回声，是戏剧创作"人学观"的倒退。

有趣的是，在宝山沪剧团出品的知名作品《挑山女人》中，有一处相似的情节，但编剧用了截然相反的方式去处理：王美英为了生计要出门挑山的时候，不得已要狠下心来把三个孩子绑在台子脚上。却因为百般不舍与牵挂，时常出现幻觉，总是听到孩子在哭……

【突然王美英挑担跟跄奔来，一个跌绊，摔倒在地。成
　子强急忙上前搀扶；
王美英　（神情恍惚）孩子，我的孩子……
成子强　孩子？
王美英　他们在哭，他们都在哭啊！（神经质地念叨）都怪我不
　　　　好！家里没人照顾，我出来的时候，就把他们绑在台子
　　　　脚上。大概是饿了，啊呀，肯定给蚊虫咬痛了？我要回

去……（哽咽）

成子强　（侧耳细听）你再仔细听听，这山上除了鸟叫声、水流声，没有孩子的哭声啊。

王美英　（听后恍然）是啊，我家住在山脚下，孩子们就是哭破喉咙，此地怎么听得见呢？

成子强　你还是回去看看吧。

王美英　已经好多次了，我好像总是听到孩子们在哭，奔回去一看，他们没有哭。

　　同完全"心安理得"懊恼的樊锦诗相比，王美英是一个塑造得格外鲜活动人的母亲。她身为母亲，不得不为了一家人的生计独自出门挑山，把孩子拴在家中台子脚上；但也因为她是个母亲，她为此深深愧疚、步履维艰，会因为幻听到孩子的哭声，也曾经一次次忍心不下跑回去看……短短几句台词，就把王美英的母亲形象写得鲜活动人，这是"人学观"在人物塑造上的深刻体现，是能用人物的真情实感打动观众的技巧。

　　除此之外，2012 年版本的《敦煌女儿》，剧本中在塑造樊锦诗这个人物的方面，同 2018 年版本的最大不同之处，在于在第一场描写樊锦诗初入莫高窟报到的戏时，樊锦诗因为大漠环境恶劣，列举了"洗了头梳也梳不通""不敢一个人上厕所"等细节，多次喃喃自语或是用唱段表达她萌生退意，"想妈妈"，"要回去"。这几笔对樊锦诗身为上海女孩子稍显娇气的描绘，不仅让她显得更像一个活生生的人，更是能通过之后她行为的对比，体现了她能够长期扎根在大漠的勇气和毅力，完成人物的成长。可惜，这样的描写在 2018 年版本中被统统删去。新版剧本的创作者将全剧中一切人物、一切细节全部都要体现樊锦诗的"伟大""无私"，是一个"高大全"的英雄人物，而这恰恰是创作观念的退步。重写剧本的初衷是想好好"打磨"旧剧，冲击奖项，但创作观念指导的修改方向却是失之偏颇的。原本感人至深的真实素材，反而被呈现成一个"不通人性"的单薄形象。

反观近年来的沪剧现代戏创作，即使大多数剧本没出现较为极端的"人学观"倒退的手笔，但人物塑造"类型化"，也会使一部作品显得不够深刻与动人。以上演于 2011 年的《军礼》为例，该剧描写了消防队员的生活，其中较为完整的一条情节线在于特勤中队队长周明阳同女友王蓉的感情线——周明阳总是拒绝幼儿园女教师王蓉的感情，甚至对她撒谎，说自己有一个乡下的未婚妻，将王蓉"逼走"。而在遭遇了一次救火险情后，在医院的周明阳双目失明，不知王蓉已经来看他，向队友吐露对王蓉真实的爱意，实际上是不想让王蓉为他担心才拒绝她。王蓉听到后，十分感动，同他再次真情表白，然后有情人终成眷属。可见，这部作品是全方位地"拔高"周明阳的形象——永远把别人放在第一位，没有一点私心：他治理队伍时时刻为手下考虑、他在汶川地震中救助灾民、他在救火中舍己救人，他甚至连爱情方面都在所谓的"为女友考虑"。只有在机缘巧合下，女友王蓉偶然听到周阳明真实的想法，并坚持向周阳明表达爱意，才能使爱情得到圆满。虽然不能说周阳明这样的角色在真实生活中不存在，但编剧这样去描写人物，还是显得过于"单线条"、脸谱化，在真实的人性上挖掘得不够。所以，这样的人物，无法在简单的剧情中以达到"以情动人"、打动观众的效果，也就难以留下优秀的作品。

三、创作观念应回归民间立场

当下戏曲的生存状态，危机依旧存在，且对于沪剧来说，毋庸讳言还是危机重重。仅以追逐奖项与获得扶持为目的创作剧目，不仅难出佳作，且不利于沪剧艺术的良性发展。若频频用"大手笔"追求"大制作"，使戏曲剧目倾向于"贵族化"，思想内容上严重脱离人民大众，更是造成戏曲危机加深的原因。唯有创作观念回归民间立场，才能使沪剧艺术真正健康地生长，因为"民间是戏曲保持活力的土壤"[①]。

值得一提的是，沪剧院团在新剧目创作中对"主旋律"题材的追求，与民间立场并不矛盾。沪剧在艺术风格方面始终走着素

---

① 朱恒夫：《中国戏曲美学》，南京大学出版社 2008 年版，第 268 页。

雅、婉转的现实主义叙事路线，不擅长表现恢宏的历史场面，以及大开大合、戏剧性极强的情节内容，这与上海市民阶层平实的话语风格，以及市民对现实生活的高度关注紧密相关。于是，在追求"主旋律"剧旨取向的基础上，坚守沪剧的民间话语、发扬海派文化，创作出在内容上符合沪剧观众审美趣味、高度关注现实生活、贯彻"人学观"塑造人物，并在艺术风格上能发挥沪剧悠扬、婉转特征的现代戏剧目，是《明月照母心》《挑山女人》等优秀沪剧现代戏收获奖项认可与民间口碑的关键。

在对新中国成立至今优秀沪剧现代戏创作进行梳理与分析后，笔者以沪剧现代戏的题材类型分类，以沪剧现代戏创作的成功与创作失之偏颇之作为鉴，总结出不同类型的现代戏剧目创作如何体现民间性元素，希望未来创作的新剧目能使更广大的老百姓获得更好的审美感受。

首先，对于反映当下现实生活的现代戏剧目，不仅在思想上要同普通民众的道德、伦理、价值观基本吻合，且于素材选择方面，有两种可采用的方向：

其一，是选择老百姓最熟悉的生活与人物原型，才能使观众体会到强烈的情感共鸣。例如，无数在农村有过成长经历的观众，在看了《挑山女人》之后，都能从王美英的身上看到自己长辈的影子，而感动不已；将故事背景设置为城市居民在社区生活中遭遇的不同时期的问题，是《小巷总理》系列作品使上海乃至

沪剧现代戏剧本创作研究

全国城市观众都感到亲切的奥义，而喜剧化色彩处理，更是让戏曲现代戏回归了民间性的娱乐功能，减轻了政治宣传与道德教化的生硬感。实际上，上海沪剧院在1998年就出品了同一题材的沪剧现代戏作品《0号首长》（宋之华、朱扬编剧），但是该剧由于人物较为脸谱化，民间性的喜剧色彩也较为欠缺，再加之宣教性更为浓厚，所以没有成为沪剧现代戏的常演常新的留存佳作。

其二，诚然，表现同普通民众有一定审美距离的现实题材，也是沪剧现代戏重要的选材的方向，但这就需扣准一个"情"字，将沪剧的抒情特色发挥得婉转动人，例如《明月照母心》中，扣准了社会主义新家庭的母子深情，《一个明星的遭遇》中，周璇用动情的唱段，向观众袒露了解放前女明星不为人知的秘密。而倘若只表现对大众生活"陌生化"的题材，不在情感上做文章，只会使作品浮于表面，讲完了故事，却打动不了观众。

其次，对于革命题材、模范题材的现代戏创作，笔者认为有两个方向可以发力：

其一，是把握住英雄人物、模范人物的"人学观"塑造，将英雄人物塑造为一个有真实情感，甚至有小瑕疵的"大写的人"，才能符合当代观众的审美。例如《一号机密》的陈达炜，性格上对妻妹的情感表达有些优柔寡断，但对革命事业的忠诚是什么挫折遭遇都无法击溃的；《今日梦圆》里塑造的不出场的模范"梁工"，她将自己所有的时间奉献给了地铁工程，没有时间陪伴女儿是她无法弥补的缺憾，所以她必须承受女儿对她的不理解甚至记恨，也有口难言，无从辩解。

其二，将"传奇性"色彩融入"革命剧"创作，是早期《芦荡火种》和《红灯记》成为时代经典常演不衰的宝贵经验。近年来，《一号机密》与《乡魂》两部"革命剧"作品在选材方面也对传奇性有所考量，可见创作者对"革命剧"也应在情节构建与人物塑造上应符合传统戏剧的民族审美心理这一点是认同的。"非奇不传，无奇不传"的民间性审美，也是规避"革命剧"宣教性，加强审美趣味的重要手段。

再次，对于深受沪剧观众喜爱的传统"西装旗袍戏"创作，并非仅让舞台上的人物"旗袍加身"就是剧目走向成功的捷径，更重要的是剧目创作的"人学观"意识。以上海沪剧院出品的两部"西装旗袍戏"《石榴裙下》与《露香女》的对比为例——2002年，由陆军创作的《石榴裙下》虽然改编自同名的传统"西装旗袍戏"，但编剧对原作从整体构思到立意提炼，尤其是人物的性格与身份都作了更符合"人学观"与当下审美的改动，不仅使人物的情感呈现更加真实，还对人物的内心世界有更为具体的把握。例如，将二少爷由一个在情爱之间懵懂摇摆的稚嫩青年，改成了年轻有为的淞沪特别市议会议员，于是他的爱情选择、是否有丑闻出现就对他来说异常关键。在维护自身形象与赢得爱情之间，构成了一对尖锐的矛盾；湘兰夫人从原作中一个单纯的"恶人"，被编剧加以了内心多层次的情感转折表达，让观众感受到她由怨生恨、由恨生恶，最终良心发现，以自我牺牲，完成了人生的绝唱。由此，让低级趣味浓烈地表现"叔嫂偷情、歹人作恶"的原作，被编剧妙手转化为化解仇怨、抑恶扬善的篇章 ①，既精彩又动人，更符合当代观众的审美观念。与之相对的，是创作于 2008 年的《露香女》，该剧以松江"顾绣"领袖为题材，其人文背景原本可以表现出独特的美学高度，然而剧作仅是表现了一个天才绣女被松江的恶势力折磨，剧本的审美价值停留在"一个离奇通俗、引人入胜的爱情故事"② 层面上，人物塑造较为单薄，没有在人性方面开掘。尽管剧作的核心情节以"顾绣"作为依托，但该元素仅仅停留在故事表层，作为情节纠葛的关键道具，未能深入文化层面。这就是《石榴裙下》成为上海沪剧团二十年来常演不衰的"西装旗袍戏"佳作，而《露香女》的反响与之相差甚远的原因，可见人学意识的创作观念对当下"西装旗袍戏"剧目创作的重要性，符合了当下沪剧观众的审美取向，能使作品获得极大的商业效益和观众口碑。

---

① 蔡兴水：《褪尽暮气现光华：谈陆军对沪剧〈石榴裙下〉的成功改写》，《上海戏剧》2007 年第 3 期，第 14 页。
② 陆军：《指缝间滑落的沙粒——陆军戏剧随笔集》，上海人民出版社 2017 年版，第 238 页。

四、沪剧现代戏"改编"创作传统与优势

沪剧作为民族戏曲大家庭中极年轻的一员，在其二百余年的发展历程之中，与"改编"这种创作方式同样存在着密不可分的关系。丁是娥曾说："早期的沪剧之所以能获得长足发展，是由于得到两位'奶娘'的哺育，一是话剧，二是电影。"从大量的文献史料中可见，在沪剧诞生之初至今，时事新闻、中外小说、中外电影、中外话剧、中外歌剧、传统戏曲剧目、传统曲艺，都成为沪剧取材、借鉴及改编的来源，深刻体现了海派文化中兼容并蓄的特点。新中国成立后也有许多优秀的沪剧现代戏作品是改编而成的，例如《罗汉钱》《牛仔女》《东方女性》等。但有一个值得注意的现象，是从 20 世纪 80 年代开始，改编创作的作品越来越少，到 20 世纪 90 年代时，改编创作的沪剧作品在沪剧现代戏剧目的总数量上可谓是"凤毛麟角"了，沪剧院团在创作手段上有越来越严重的向原创倾斜的趋向，放弃了沪剧现代戏改编的创作传统。

实际上，原创一部戏曲现代戏是要面临一系列因其形式自身带来的创作局限的，尤其是同以编演古代题材见长的传统戏曲相较而言。

首先是剧目创作选材方面的局限。一方面，体现在素材局限上。沪剧史上所创作的古代题材剧目相对较少，然而，中国千年文化的民间文学宝库丰饶瑰丽，是非常好的创作源泉。另一方

面，"距离化"对审美活动的影响颇深，古代题材天然带给观众审美距离；而现代戏题材表现的是对观众来说"非陌生化"的现实生活。所以，现代戏表现现实生活时在美学追求上是表现日常生活，由于是观众所熟悉的、没有"审美距离"的生活，观众容易对其"真实性"同自身的生活经验时刻产生比对，并对感到"虚假"的内容天然地产生反感。再加上戏曲程式表演又与话剧不同，无法造成在舞台上"生活"的幻觉，又难免给观众的审美过程增加了"虚假"感受。于是，戏曲现代戏对表现现实生活的追求，增加了创作难度。

其次，现代戏创作的局限体现在表现形式的方面。其一，在于古代题材可以顺理成章地运用浪漫主义手法。具有丰富想象力的有神话、玄学、宿命论色彩的故事，可以在整出戏的风格上将戏曲的诗意之美发挥到极致。而戏曲现代戏很难实现全剧使用浪漫主义的手法，只能将其作分割处理，通过戏剧情境的营造、优美的唱段和具有古典戏曲美学元素的舞美设计将个别场次诗意化地去营造。例如，沪剧《姊妹俩》中"辛蓉读信"、《明月照母心》的"雨中送伞"等场面，以情动人，给观众带来难忘的审美享受；其二，在于成熟于农耕社会的戏曲，天然地在表现日新月异的现代化都市生活方面，不如农业文明时期的题材那样自然。唯有农村题材的现代戏尚可较为适配一些。

最后，现代戏创作的局限也体现在情节建构方面，人物之间的冲突在古代题材方面可营造的方式有很多——无论是浪漫主义的神话传说、人神鬼怪间的对立，还是古典现实主义题材封建制度对人性的约束，戏剧人物间冲突的多样程度与想象力的丰富都是当代现实主义题材难以企及的。而现代戏为了营造戏剧冲突，容易落入刻意制造对立，甚至是"斗争"的窠臼之中，例如20世纪50年代大量的沪剧现代戏剧本，表现的都是二元对立的斗争，浮于表面，缺乏深度。

需要指出的是，原创戏曲现代戏在创作选材与情节建构两方面的局限可以通过移植改编其他艺术门类的成熟作品得以弥补。新中国成立十七年间，在沪剧界的新创剧目中，改编、移植创作占了绝大多数。除了新中国成立前"西装旗袍戏"时期多见的改编自小说的创作手段以外，还有大量移植改编自其他艺术门类的作品：改编自歌剧的《白毛女》《王贵与李香香》《赤叶河》《好媳妇》；改编自中外电影的《八年离乱，天亮前后》《幸福门》（改编自苏联电影《卫城记》）、《妓女泪》《母与子》（改编自苏联电影《无罪的人》）、《翠岗红旗》《谁是母亲》（改编自墨西哥电影《生的权利》）、《苗家儿女》《红灯记》《喜旺嫂子》；改编自说书词的《要不要结婚》；改编自中外话剧的《花弄影》（改编自莫里哀的剧本《情仇》）、《太太问题》（改编自洪深的话剧《寄生草》）、《日出》《少奶奶的扇子》《不准出生的人》《赤道战鼓》等。这些作品因原作拥有较为成熟的情节构建与人物塑造的基础，将其搬上沪剧舞台的过程，创作者可以专注于思考如何将沪剧的表现手段融入的问题，可以有效提高创作的速度与效率。值得一提的是，将外国作品本土化改编的"跨文化改编"沪剧现代戏作品，因其创作观念新颖、表现手段大胆，在市场效益方面也取得了不错的成绩。例如《赤道战鼓》是纪念非洲已故马克思主义者和歌颂非洲人民反帝事业的作品，由海政文工团话剧团创作演出的同名话剧移植改编而来。为了表现刚果（利）人民的故事，演员们穿上了非洲的服饰，还将脸涂成了黑色。这部作品在当时颇受观众欢迎，在上海的舞台上刮起了一场"黑非洲"旋风。"跨文化改编"在20世纪四五十年代的沪剧创作中较为常见，可见沪剧的创作观念在新中国成立前就走在了时代的前列，体现了上海"海纳百川""前卫新潮"的城市精神与海派文化。反观当今的戏曲舞台，反倒是京昆等传统戏曲，多出现改编素材是来自外国名作的"跨文化改编"，而沪剧创作观念却愈发保守。

此外，改编自以小说为代表的文学作品的沪剧现代戏，除了有着原作的戏剧性情节为改编的坚实基础之外，文学作品思想的深刻性与小说这一文学体裁中着重追求的人物塑造的"典型性"，都是沪剧创作优质而珍贵的养料。新中国成立十七年间，也涌现了多部改编自小说的沪剧现代戏作品：《小二黑结婚》《罗汉钱》《金黛莱》《茶花女》《为奴隶的母亲》《方志敏》（改编自小说《方志敏的一生》）、《朵朵红云》《战斗在敌人心脏里》《金沙江畔》

《红岩》《金绣娘》《第二次握手》。以其中被称为沪剧现代戏历史上"里程碑式"作品的《罗汉钱》为例，原著赵树理的短篇小说《登记》将小飞娥、燕燕、艾艾等在农村生活中常见的人物塑造得活灵活现，使作品具备了民间性基础。沪剧创作者在理解原著人物的基础上通过"拣选"出生动的动作搬上舞台，便可使他们在舞台上"生活"与"呼吸"，由此可见一部优秀的原著小说对改编沪剧现代戏作品的助益。

20世纪80年代之后，改编作品较为少见。有改编自女作家航鹰同名小说的《东方女性》、改编自台湾女作家琼瑶的同名小说的《月朦胧，鸟朦胧》，以及改编自印度古尔辛·南达同名小说的《断线风筝》。同新中国成立前"西装旗袍戏"时期大量改编自畅销小说的沪剧现代戏作品一样，这几部作品在创作之初都是以市场性因素考虑为目的，收获了一定成功的市场反馈。然而，在20世纪90年代之后，以改编为创作手段的沪剧现代戏剧目已经很难再见到。笔者认为，当下的沪剧现代戏创作，在追求评奖认可的同时，市场效益与观众群体的拓展依旧是关乎沪剧艺术生存与发展的重要因素。选择适合沪剧现代戏的题材进行改编，是新创剧目收获成功的"捷径"。例如，长宁沪剧团近年来将夏衍的话剧名作《上海屋檐下》搬上了沪剧舞台，获得了观众与专家们的一致认可。而与话剧这一艺术门类相比更加具有"群众性"基础的文学作品，则能对拓展

　　　　　　　　　　　　沪剧现代戏剧本创作研究

沪剧观众群起较大的帮助。例如张爱玲、王安忆、金宇澄……这些著名作家的小说大多描写上海人的生活，不仅适合于改编成沪剧、成为上海的文化名片，还能以其本身的市场号召力拓展年轻的沪剧观众群。正因为沪剧是一个以改编见长的戏曲剧种，其改编来源之丰富、改编选材之广度、改编思路之开阔，在诸多戏曲剧种中，都是极为罕见的。百年沪剧曾经因为"改编"而获得了巨大的成功，笔者认为，沪剧创作者们应将"改编"这一创作手法重新重视起来，这对沪剧现代戏创作或是有所裨益的。

五、呼唤"文学性"优势

刘厚生曾指出："在我看来，沪剧当前衰落的一个重大原因是文学优势的衰落。这个问题许多剧种都不同程度地存在，但沪剧更突出。"[①] 回顾沪剧剧目创作观念的百年发展与总结优秀沪剧现代戏剧目创作的成功经验，除了可通过改编文学作品以提高剧目的文学性之外，沪剧创作还应突出文学性优势的特征。

其一，提高沪剧现代戏创作者的文学性表达，也能同时提高沪剧现代戏的思想与艺术水平。但需要补充的是，并非是指将剧目创作当成表达剧作者先锋思想的途径，创作的"民间性"是不

---

① 刘厚生、安志强、马也、龚和德、余雍和、曹其敬：《曹禺·沪剧·茅善玉》，《中国戏剧》2010 年第 12 期，第 13 页。

可撼动的立场。但在强化戏曲创作的地方性特色的前提下，用文学性极强的唱词抒情，用诗意盎然的情境表现戏曲独特的美感，能极大地提高现代戏创作的格调。以《秋嫂》为例，该剧描写一名山间普通农妇，属农村题材作品，因为剧作者融入了具有戏剧张力与文学思辨的情节设计，并有意识地诗化意境、唱词与情感，使这部作品充满了文学性的美感，观众的审美体验既有农村题材质朴、自然的审美感受，又能感知到"都市感"极强的伦理哲思的体验。

其二，文学性也体现在剧目表达的思想深刻性上。优秀的戏曲现代戏作品绝非隔靴搔痒地将现实生活一般化地呈现在舞台上，需凝聚剧作者对生活的观察、提炼与思考。选题的意义、剧目中所刻画的人物的精神质量、剧目整体所体现的精神内涵，无不需要剧作者极高的文学素养。如陈彦、罗怀臻、陆军等剧作家的戏曲现代戏作品，都折射出剧作者对社会现实的思考与对人性的探索。重视剧作文学性回归的优秀现代戏剧目，大多能表达出剧作者的心灵与时代同频共振，契合着观众与时俱进的审美需求，是当下"导演中心制""制作人中心制"的戏剧创作难以达到的高度。

沪剧当今的现状是，一部新剧目的诞生，不再是以剧作者的自我表达为核心，它已经关乎一个剧团的运营问题。于是，沪剧剧团在创作新剧目时，对于具有发扬海派精神与人文关怀的题材

沪剧现代戏剧本创作研究

取向更是显得尤为重要。一部沪剧现代戏佳作的诞生，以下三个条件缺一不可：剧团负责人对新剧目题材方向具有独特视野与理性的把控，创作团队秉承严肃认真的创作态度，剧作者在创作过程中根植于民间立场并立足于"人学观"的创作意识。而步入新世纪后，沪剧艺术趋于式微同新剧目在创作时对于以上三点有所欠缺息息相关。

《秋嫂》的剧作者陆军在《建设"当家戏"是振兴戏曲第一要务》一文中提到对振兴戏曲的建议，在于"借力"，"借观众之力、文学之力、新人之力"[①]。笔者非常认同，其观念可以对沪剧现代戏创作成败的启示作出总结。戏曲题材唯有关注人民大众的"所思所盼所忧所虑所欲所求"，才能"稳住老观众，赢得新观众"，沪剧现代戏创作应回归民间立场，是不可动摇的根基；借文学之力，重视"人学观"的人物塑造，并呼吁沪剧改编创作手法的复归，是在"一时还不具备以自己的原创力去完成一部优秀剧目的时候"，可以借力达到创作的捷径；最后，加强年轻一代沪剧创作人才的培养，"把年轻人的创作潜能盘活了，就拥有了剧目建设的主动权"。在沪剧发展欣欣向荣的 20 世纪 80 年代至 90 年代中期，以沪剧新剧目创作的"主力军"上海沪剧院为例，其"编导、音、美人才济济，仅编剧就有 16 人，号称'十大编

---

① 陆军：《建设"当家戏"是振兴戏曲第一要务》，《文汇报》2015 年 9 月 8 日，第 5 版。

剧'，导演也有 8 人之多，且有不同的艺术风格"①。而当今的沪剧
界面对的是编剧队伍的老龄化与青年编剧后继无人的困境。唯有
优秀的剧作者与优秀的剧目持续诞生，沪剧艺术才得以更有朝气
地传承与发展，拥有光明的未来。

---

① 褚伯承:《乡音魅力：沪剧研究与欣赏》，上海社会科学院出版社 2004 年版，第
75 页。

沪剧现代戏剧本创作研究

参考文献

汇编:

[1] 邓小平:《党在组织战线和思想战线上的迫切任务——在十二届二中全会上的讲话》,《戏剧工作文献资料汇编》,中国戏曲研究院艺术研究所 1984 年

[2] 邓小平:《在中国文学艺术工作者第四次代表大会上的致辞》,《戏剧工作文献资料汇编》,中国戏曲研究院艺术研究所 1984 年

[3] 河北省文化局:《关于民间职业剧团登记管理工作的报告（1955 年 5 月 6 日）》,《中国戏曲志·河北卷》,中国 ISBN 中心出版 1993 年版

[4] 黄周星:《〈制曲枝语〉：历代曲话汇编（清代编　第一集）》,黄山书社 2008 年版

[5] 毛声山:《毛声山评第七才子书琵琶记》卷一,《琵琶记资料汇编》,书目文献出版社 1989 年版

[6] 彭真:《在京剧现代戏观摩演出大会上的讲话》,《戏剧工作文献资料汇编》1984 年 4 月

[7] 文忆萱:《从积极方面提问题·戏曲剧目工座谈会文集》,中国戏剧出版社 1982 年版

[8] 吴企云:《申曲研究·〈上海研究资料〉正集》,文海出版社 1988 年版

[9] 文牧:《〈芦荡火种〉创作札记》,（内部资料）2003 年

［10］叶柄南主编：《新中国地方戏剧改革纪实（上）》，中国文史出版社 2000 年版

［11］中华人民共和国文化部办公厅编：《文化工作文件资料汇编》1982 年 7 月

［12］中共上海市委党史研究室编：《关于上海市戏曲改革工作报告（节选）》，《上海文化建设文献选编（1949—1966）上册》，上海书店出版社 2014 年版

［13］中共中央文献研究室编：《政务院关于戏曲改革工作的指示》，《建国以来重要文献选编·第二册》，中央文献出版社 2011 年版

［14］中国戏曲志上海卷编辑部编：《上海戏曲史料荟萃·第一集》，上海艺术研究所 1986 年

［15］中国戏曲志上海卷编辑部编：《上海戏曲史料荟萃·沪剧专辑》，上海艺术研究所 1986 年

［16］中华人民共和国文化部办公厅编：《文化部关于大力发展社会主义新戏曲向中央的请示报告》，《文化工作文件资料汇编 1949—1959（上）》1982 年 7 月

专著：

［1］宝山沪剧团内部资料：《风雨六十年，沪剧一奇葩》

［2］长宁沪剧团内部资料：《戏曲苏醒春光艳：上海市长宁沪剧

团建团 60 周年纪念画册》

［3］陈思和：《思和文存（第二卷）》，黄山书社 2012 年版

［4］陈思和：《中国当代文学史教程》，复旦大学出版社 1999
年版

［5］陈竹：《中国古代剧作学史》，武汉出版社 1999 年版

［6］褚伯承：《沪剧与海派文化》，江苏人民出版社 2020 年版

［7］褚伯承：《乡音魅力：沪剧研究与欣赏》，上海社会科学院出
版社 2004 年版

［8］丁罗男：《二十世纪中国戏剧整体观》，上海百家出版社
2009 年

［9］董健、胡星亮：《中国当代戏剧史稿（1949—2000）》，中
国戏剧出版社 2008 年版

［10］傅谨：《新中国戏剧史：1949—2000》，湖南美术出版社
2002 年版

［11］歌德：《歌德和艾克曼的谈话：西方文论选》，上海译文出
版社 1979 年版

［12］顾仲彝：《编剧理论与技巧》，中国戏剧出版社 1981 年版

［13］黑格尔：《美学》，人民文学出版社 1958 年版

［14］胡晓军、褚伯承：《中国史话——沪剧史话》，社会科学文
献出版社 2016 年版

［15］李春熹：《中国戏剧年鉴（1997—1998）》，中国戏剧年鉴

　　　　　　　　　沪剧现代戏剧本创作研究

社 2000 年版

［16］李笠翁：《李笠翁曲话》，中国戏剧出版社 1962 年版

［17］刘艳卉：《戏曲剧作思维》，上海人民出版社 2016 年版

［18］刘艳卉：《上海淮剧研究》，中国戏剧出版社 2008 年版

［19］刘勰：《文心雕龙》，河南大学出版社 2008 年版

［20］陆敬文：《沪剧流派与演唱基础》，上海音乐学院出版社
　　　2015 年版

［21］陆敬文：《沪剧演唱艺术浅说》，上海音乐学院出版社 2009
　　　年版

［22］陆军：《编剧理论与技法》，中国戏剧出版社 2009 年版

［23］陆军：《指缝间滑落的沙粒——陆军戏剧随笔集》，上海人
　　　民出版社 2017 年版

［24］陆军：《女儿大了，桃花开了》，《陆军剧作自选集》，上海
　　　文艺出版社 2012 年版

［25］马一亭、余雍和：《一个明星的遭遇》，中国戏剧出版社
　　　1982 年版

［26］茅善玉主编：《沪剧》，上海文化出版社 2010 年版

［27］裴宜理：《华北的叛乱者与革命者（1845—1945）》，商务
　　　印书馆 2007 年版

［28］契诃夫：《契诃夫论文学》，人民文学出版社 1958 年版

［29］上海宝山沪剧艺术传承中心编：《沉重的救赎——〈挑山女

人〉与一位当代母亲的思考》，上海三联书店 2017 年版

[30] 上海沪剧院主编：《愿人间多一些爱——风中的紫竹调》，上海文化出版社 2016 年版

[31] 上海沪剧院内部资料：《上海沪剧艺术传习所（上海沪剧院）成立六十周年纪念》

[32] 上海市宝山区史志编纂委员会编：《宝山年鉴》，中国统计出版社 1996 年版

[33] 上海市文化艺术档案馆编：《上海戏考》，上海文艺出版社 2012 年版

[34] 上海市文化局编审科改编，宗华等执笔：《罗汉钱（沪剧）》，中国戏剧出版社 1959 年版

[35] 施祥生著，赵玥译：《沪剧：现代上海的传统戏曲》，上海音乐学院出版社 2017 年版

[36] 宋光祖：《戏曲写作教程》，上海人民出版社 2015 年版

[37] 苏珊·朗格：《情感与形式》，中国社会科学出版社 1986 年版

[38] 谭霈生：《论戏剧性》，北京大学出版社 1981 年版

[39] 谭霈生：《戏剧本体论》，中国戏剧出版社 2005 年版

[40] 陶一铭、史鹤幸：《滩簧乱嚼——那个风花雪月的沪剧》，上海三联书店 2013 年版

[41] 汪培、陈剑云、蓝流主编，《上海文化艺术志》编纂委员

会,《上海沪剧志》编辑委员会编:《上海沪剧志》,上海文
化出版社 1999 年版

[42] 威廉·亚却:《剧作法》,上海戏剧学院戏文系翻印

[43] 隗芾、吴毓华:《古典戏曲美学资料集》,文化艺术出版社
1992 年版

[44] 文史资料委员会编:《戏曲菁英(下)》,上海人民出版社
1989 年版

[45] 吴福荣主编:《中国戏剧年鉴(1995—1996)》,中国戏剧
年鉴社 1999 年版

[46] 谢柏梁:《中国当代戏曲文学史》,高等教育出版社 2006
年版

[47] 谢黎萍、黄坚、孙宝席:《上海文化建设三十年》,上海人
民出版社 2008 年版

[48] 解波:《梨园往事:回忆我的父亲母亲》,凤凰文艺出版社
2019 年版

[49] 熊月之、张敏:《上海通史·晚清文化》,上海人民出版社
1999 年版

[50] 徐半梅:《话剧创始期回忆录》,中国戏剧出版社 1957 年版

[51] 姚扣根、陆军:《编剧学词典》,文汇出版社 2017 年版

[52] 约翰·霍华德·劳逊:《戏剧与电影的剧作理论与技巧》,
中国电影出版社 1978 年版

［53］赵聪：《中国大陆的戏曲改革：1942—1967》，中文大学出版社 1969 年版

［54］赵燕侠：《我的舞台艺术》，长江文艺出版社 1983 年版

［55］周传家、王安葵、吴琼、奎生：《戏曲编剧概论》，浙江美术学院出版社 1991 年版

［56］周慕尧主编：《上海文化年鉴（1999）》，上海文化年鉴社 1999 年版

［57］朱光潜：《谈美》，中华书局 2016 年版

［58］朱光潜：《西方美学史》，人民文学出版社 1979 年版

［59］朱恒夫：《滩簧考论》，上海古籍出版社 2008 年版

［60］朱恒夫：《中国戏曲美学》，南京大学出版社 2008 年版

［61］中共上海市委党史研究室编：《关于上海市戏曲改革工作报告（节选）》，《上海文化建设文献选编（1949—1966）上册》，上海书店出版社 2014 年版

［62］中共上海市委党史研究室编：《上海文艺界人士新年联欢，柯庆施同志应邀参加并同大家亲切讲话》，《上海文化建设文献选编（1949—1966）》（下册），上海书店版社 2014 年版

期刊论文：

［1］爱华沪剧团：《"红灯"照耀我们前进》，《戏剧报》1965 年

第 4 期

［ 2 ］蔡兴水：《褪尽暮气现光华　谈陆军对沪剧〈石榴裙下〉的
成功改写》,《上海戏剧》2007 年第 3 期

［ 3 ］曹静卿、张东平：《生活为我们开路》,《上海戏剧》1992 年
第 3 期

［ 4 ］曹静卿、张东平：《明月照星星——又名〈明月照母心〉》,
《剧本》1991 年第 6 期

［ 5 ］曹凌燕：《戏曲现代戏基于剧种特色的艺术探索——以沪剧
为例》,《戏曲研究》2019 年第 1 期

［ 6 ］陈剑云：《优化小环境,增强凝聚力,坚持编演现代戏的一
些体会》,《中国戏剧》1990 年第 7 期

［ 7 ］陈清泉：《兴奋中的思考——看"七一"现代戏汇演有感》,
《上海戏剧》1991 年第 6 期

［ 8 ］陈思和：《民间的浮沉——对抗战到文革文学史的一个尝试
性解释》,《上海文学》1994 年第 1 期

［ 9 ］褚伯承：《红色魅力　星火闪耀　重温沪剧〈星星之火〉》,
《上海戏剧》2011 年第 7 期

［ 10 ］褚伯承：《金丝鸟在那里……——沪剧〈一个明星的遭遇〉
"金丝鸟"唱段赏析》,《上海戏剧》2005 年第 4 期

［ 11 ］戴平：《感天动地母子情——看姚剧〈母亲〉》,《上海戏
剧》2007 年第 1 期

［12］丁罗男：《中国话剧文体的嬗变及其文化意味》,《戏剧艺术》1998 年第 1 期

［13］丁是娥：《喜看阳光照大地，鸡毛定能飞上天》,《中国戏剧》1977 年第 6 期

［14］董健：《中国戏剧现代化的艰难历程——20 世纪中国戏剧回顾》,《文学评论》1998 年第 1 期

［15］傅谨：《影响当代中国戏剧编剧的理念》,《粤海风》2004 年第 4 期

［16］复文：《匠心独运见功力——记沪剧〈星星之火〉原导演朱端钧先生》,《上海戏剧》2000 年第 2 期

［17］关心：《时髦"小巷总理"：访陈甦萍聊〈小巷总理〉》,《上海戏剧》2014 年第 3 期

［18］桂荣华：《求新　求真　求美——艺术总监余雍和谈新版沪剧〈星星之火〉》,《上海戏剧》2000 年第 2 期

［19］郭永江：《一出发人深省的好戏——评沪剧〈东方女性〉》,《戏曲艺术》1987 年第 1 期

［20］韩军：《古代戏曲叙事结构中的叙事线索》,《戏曲艺术》1999 年第 1 期

［21］何慢：《爱情婚姻和人生的新探——三看沪剧〈东方女性〉》,《上海戏剧》1986 年第 2 期

［22］红菱：《"拼命花旦"与"滑稽小生"的戏剧情缘》,《上海

沪剧现代戏剧本创作研究

采风》2014 年第 9 期

[23] 胡星亮:《中国戏剧理论的现代建构——20 世纪中国戏剧
理论现代化研究》,《戏剧艺术》2018 年第 4 期

[24] 胡越:《〈今日梦圆〉的构思与创意》,《中国戏剧》1995 年
第 6 期

[25] 黄维钧:《阿甲谈〈红灯记〉》,《中国戏剧》1991 年第
3 期

[26] 季国平:《重建戏曲健康发展的生态》,《人民论坛》2017
年第 1 期

[27] 金莹:《"两创"思想,三江汇流,正当时:对话罗怀臻谈
红色题材创作》,《上海戏剧》2021 年第 4 期

[28] 柯庆施:《大力发展和繁荣社会主义戏剧,更好地为社会主
义的经济基础服务(在一九六三年底到一九六四年初华东
地区话剧观摩演出大会上的讲话)》,《戏剧报》1964 年第
8 期

[29] 李伟:《论罗怀臻剧作的现代意识》,《南大戏剧论丛》2018
年第 1 期总 14 期

[30] 凌大可、夏剑青:《红灯记》,《剧本》1964 年第 2 期

[31] 刘厚生、安志强等:《曹禺·沪剧·茅善玉》,《中国戏剧》
2010 年第 12 期

[32] 刘厚生、龚义江:《鸡毛飞上天 桃李遍人间——评沪剧

〈鸡毛飞上天〉》,《戏剧报》1960 年第 8 期

[33] 刘明厚:《新主题·新样式·新审美——评新版沪剧〈星星之火〉》,《上海戏剧》2000 年第 2 期

[34] 刘乃崇:《在尖锐的斗争中塑造英雄形象——评沪剧〈芦荡火种〉》,《戏剧报》1964 年第 2 期

[35] 刘韬、宋薇:《戏曲美学的"活态"传承与创新》,《人民论坛》2020 年第 9 期

[36] 刘芝明:《为创造社会主义的民族的新戏曲而努力》,《新华半月刊》1958 年第 17 期

[37] 陆军:《戏剧的"人学观"及其他——书序两篇》,《艺海》2015 年第 11 期

[38] 卢凯利:《论〈谁动了我的奶酪〉在二十一世纪的价值》,《中国科技博览》2017 年第 22 期

[39] 罗怀臻、孙瑞清:《古典戏曲 现代沉思》,《剧本》2000 年第 7 期

[40] 罗馨儿:《红色题材戏曲的先进性和生命力——论罗怀臻 2021 年"红色三部曲"剧作》,《上海艺术评论》2021 年第 3 期

[41] 帕蒂古丽:《一个奇特的现代神话——姚剧〈女儿大了,桃花开了〉艺术特色评析》,《戏文》2001 年第 4 期

[42] 潘光苏:《评沪剧〈芦荡火种〉的演出》,《上海戏剧》

1964 年第 3 期

［43］彭安娜：《唱不尽的母子深情——沪剧〈明月照母心〉导演札记》，《中国戏剧》1992 年第 3 期

［44］齐志翔：《发扬反映现实生活的好传统——上海沪剧院〈今日梦圆〉创作谈》，《中国戏剧》1995 年第 12 期

［45］曲润海：《八度文华　几层思索》，《戏曲艺术》2000 年

［46］单捷夫：《浅谈二十世纪九十年代中国戏剧的特点》，《戏剧家》2005 年第 4 期

［47］上海人民沪剧团：《启示·教育·鞭策——看〈沙家浜〉，向北京京剧团学习》，《戏剧报》1965 年第 7 期

［48］孙丽萍、郭敬丹：《守护"一号机密"：一场隐秘而伟大的接力》，《时代邮刊》2021 年第 21 期

［49］沈默君、罗静：《自有后来人》，《电影文学》1962 年第 9 期

［50］施沂：《鼓舞人们献身于祖国——评沪剧现代戏〈姊妹俩〉》，《戏剧报》1984 年第 2 期

［51］世远：《杨桂英的成长——简评沪剧〈星星之火〉》，《戏剧报》1959 年第 6 期

［52］思立：《心系观众笔生花——记沪剧剧作家曹静卿》，《中国戏剧》1994 年第 10 期

［53］宋光祖：《戏剧结构类型与冲突》，《戏剧艺术》1987 年第

4 期

[54] 宋之华:《台前幕后观"星火"》,《上海戏剧》2000 年第
2 期

[55] 孙雅艳、郭立冬:《戏曲现代戏:社会主义核心价值观教育
的优势文化载体》,《思想政治教育研究》2019 年第 2 期

[56] 童艺芹、吴晓珺:《用上海声音诠释上海精神——〈陈毅在
上海〉开创沪剧新格局》,《文化月刊》2021 年第 11 期

[57] 汪炳、张节末:《全知视角的在场与隐身——以样板戏〈红
灯记〉"痛说革命家史"桥段为个案》,《美育学刊》2014
年第 6 期

[58] 王建高、邵桂兰:《论契诃夫的戏剧美学观念及其革新实
践》,《文艺研究》1994 年第 6 期

[59] 王建高、邵桂兰:《心理现实主义戏剧及其题材革命》,《戏
剧文学》1999 年第 7 期

[60] 王晶晶:《沪剧因有了他的创作而生辉——简论剧作家余雍
和的沪剧创作》,《上海艺术评论》2019 年第 6 期

[61] 王丽芳:《"默默守护"处处有情 访沪剧〈一号机密〉主
演朱俭、王丽君》,《上海戏剧》2019 年第 4 期

[62] 王强:《上海沪剧院:始终以现实题材表现时代》,《文化月
刊》2019 年第 10 期

[63] 王树人:《用生命保卫中共"一号机密"的守护者》,《文史

　　　　　　　　沪剧现代戏剧本创作研究

春秋》2020 年第 9 期

［64］王悦阳：《〈一号机密〉：谍战进入沪剧"红色家底"》，《新民周刊》2019 年第 43 期

［65］文川：《为新人塑像——35 年来坚持演现代戏的上海沪剧院》，《戏曲艺术》1984 年第 4 期

［66］文思平：《深入群众生活，改变舞台面貌——上海市人民沪剧团演好现代戏的一些经验》，《戏剧报》1964 年第 2 期

［67］夏写时：《评近年戏剧创作》，《戏曲艺术》1993 年第 2 期

［68］谢柏梁：《荡漾在电影与戏剧之间——〈红灯记〉系列作品的逻辑演进》，《南京师范大学文学学院学报》2003 年第 4 期

［69］忻颖：《做让年轻人喜欢的红色音乐剧——访音乐剧〈伪装者〉主创》，《上海戏剧》2021 年第 5 期

［70］姚庄行：《上海市徐汇区建襄小学——三位家庭妇女创建的民办小学》，《上海教育》2019 年第 28 期

［71］叶骅：《巴山红叶永不凋零：大型现代沪剧〈红叶魂〉》，《上海戏剧》2009 年第 9 期

［72］一明：《众新铸就〈罗汉钱〉》，《上海戏剧》2009 年第 9 期

［73］张婷婷：《沪剧〈罗汉钱〉与〈登记〉的比较研究》，《哈尔滨职业技术学院学报》2018 年第 6 期

[74] 张均:《论反面人物的叙述机制及当代传承》,《文学评论》
　　　2018 年第 2 期

[75] 钟兆云:《京剧〈红灯记〉出台前后》,《福建党史月刊》
　　　1996 年第 2 期

[76] 周建江:《革命叙事的民间写作——沪剧〈芦荡火种〉的文
　　　化解读》,《广东技术师范学院学报》2015 年第 36 期

[77]《中央人民政府政务院关于戏曲改革工作的指示》,《人民戏
　　　剧》1959 年第 1 期

[78] 朱国庆:《好女人是一本书——评沪剧新戏〈秋嫂〉》,《上
　　　海戏剧》2001 年第 12 期

[79] 朱小如:《浓郁的现代意识——评沪剧〈无船水也流〉》,
　　　《上海戏剧》1989 年第 3 期

报纸论文:

[1] 爱华沪剧团:《坚持兴无灭资的斗争,努力实现戏曲革命
　　化——改编演出沪剧〈红灯记〉的初步总结》,《文汇报》
　　1965 年 4 月 1 日

[2]《本市将拨专款支持新创作》,《文汇报》1980 年 8 月 20 日

[3] 郭玲春:《表演团体体制改革方案趋完善》,《文汇报》1988
　　年 5 月 21 日

[4]《姹紫嫣红开遍雄关漫道再越——首届上海戏剧节演出剧目

评述》,《文汇报》1981 年 12 月 21 日

［5］刘广发:《带露山花,芬芳淡雅——上海沪剧院新戏〈雾中人〉赏析》,《新民晚报》1989 年 6 月 22 日

［6］《第二届上海戏剧节本月下旬举行,十多台新创剧目应邀参加》,《新民晚报》1983 年 11 月 7 日

［7］《东方剧场鸣英剧团发表大批名贵剧本》,《申曲日报》1942 年 9 月 22 日

［8］《繁荣民族戏曲,鼓舞人民的斗志——戏曲工作座谈会在京圆满结束》,《文汇报》1980 年 8 月 1 日

［9］张立行、凌云:《沪剧〈明月照母心〉轰动扬州》,《文汇报》1991 年 3 月 29 日

［10］傅庆晨:《沪剧〈神秘的电话〉反响热烈》,《文汇报》1992 年 10 月 4 日

［11］《沪剧〈一夜生死恋〉塑造新时期党员形象》,《文汇报》1989 年 9 月 27 日

［12］柏成:《沪剧〈一夜生死恋〉广受党员干部欢迎》,《文汇报》1989 年 11 月 29 日

［13］《沪剧缘何一枝独秀》,《文汇报》1990 年 6 月 30 日

［14］《沪剧〈姊妹俩〉在京首演》,《新民晚报》1984 年 7 月 5 日

［15］《今明两年新剧目有两千八》,《文汇报》1982 年 11 月

14 日

[16]《记录新时代 书写新时代 讴歌新时代》,《光明日报》
2019 年 3 月 5 日

[17]《禁唱淫词》,《申报》1900 年 3 月 5 日,第 3 版

[18] 刘厚生:《关于沪剧改革工作(二)》,《新民晚报》1952
年 11 月 25 日

[19] 罗怀臻:《现代戏重在现代的价值取向和审美趣味》,《中国
文化报》2021 年 3 月 25 日

[20] 陆军:《建设"当家戏"是振兴戏曲第一要务》,《文汇报》
2015 年 9 月 8 日,第 5 版

[21] 毛泽东:《关于文学艺术的两个批示》,《人民日报》1967
年 5 月 28 日

[22] 陈亚先:《莫愁前路无知己——〈曹操与杨修〉创作札记》,
《解放日报》1989 年 1 月 26 日

[23] 凌云、张立行:《全国戏曲现代戏观摩演出闭幕》,《文汇
报》1991 年 5 月 31 日

[24] 中原:《人世沧桑变,河水默默流——谈探索沪剧〈无船水
也流〉》,《新民晚报》1989 年 3 月 7 日

[25] 单三娅、李韵:《中国戏曲在当代的思考》,《光明日报》
2006 年 12 月 1 日

[26]《上海爱华沪剧团团小志气大,〈红灯记〉几经修改再度公

演》，《文汇报》1965 年 1 月 28 日

[27] 金涛：《上海沪剧院对演出形式大胆探索，"小剧场戏曲"令人注目》，《文汇报》1996 年 10 月 9 日

[28]《上海嘉奖三部现代剧》，《文汇报》1990 年 6 月 30 日

[29] 容正昌：《市文化局撤销剧目室成立创作中心，剧目上演权将下放剧团》，《文汇报》1985 年 1 月 26 日

[30] 孙东海：《戏中有戏，此情深深》，《文汇报》1994 年 12 月 17 日

[31] 北京日报编辑部：《现代题材的大跃进——祝现代题材戏曲观摩演出的胜利》，《北京日报》1958 年 5 月 7 日

[32] 颜维琦、李娇：《小微剧团靠什么出精品——原创沪剧〈挑山女人〉的五年"挑山"路》，《光明日报》2017 年 12 月 14 日

[33] 于会泳：《让文艺舞台永远成为毛泽东思想的阵地》，《文汇报》1968 年 5 月 23 日

[34]《有计划有步骤地进行旧剧改革工作》，《人民日报》1948 年 11 月 13 日

[35] 邹伊栋、端木复：《振兴沪剧：好演员和好观众一个不能少》，《解放日报》2008 年 9 月 3 日

[36] 郑荣健：《沪剧〈小巷总理〉：以小见大，讲好上海故事》，《中国艺术报》2019 年 7 月 22 日

学位论文:

[1] 姜丽媛:《〈红灯记〉改编研究》,陕西师范大学硕士学位论文 2020 年

[2] 陆佳雯:《"样板戏"〈沙家浜〉的文本演变研究》,浙江师范大学硕士学位论文 2018 年

[3] 魏巍:《国家和社会之间的沪剧(1949—1976)》,上海师范大学硕士学位论文 2020 年

[4] 张琦:《近代沪剧剧目研究》上海师范大学硕士学位论文 2016 年

馆藏档案:

[1]《上海沪剧团编剧余雍和在上海市文化局先进表彰大会的发言稿》,B172-7-347-21,上海市档案馆藏

[2]《上海市文化局关于民间职业剧团改造工作情况的报告》,B172-1-203-20,上海市档案馆藏

[3]《上海市文化局 1958 年工作总结(草稿)》,B172-1-279-53,上海市档案馆藏

[4]《上海人民沪剧团五边活动初步总结(草稿)》,B172-4-929,上海市档案馆藏

[5]《上海市文化局关于上报 1964 年文化事业统计年报的报告》,B172-1-452-76,上海市档案馆藏

[6]《上海市文化局1958年大跃进以来上海文化工作的初步总结（草稿）》，B172-1-318-6，上海市档案馆藏

[7]《上海市人民沪剧团创作总结》，B172-5-4，上海市档案馆藏

[8]《上海市人民沪剧团的先进事迹》，B172-5-355，上海市档案馆藏

[9]《上海市文化局1964年财务执行情况简要说明》，B172-1-452-59，上海市档案馆藏

[10]《上海市文化局、上海市税务局关于上演革命现代戏（节目）免征文化娱乐税问题的联合报告》，B172-1-457-1，上海市档案馆藏

[11]《团市委号召学习陈胜龙，沪剧团突击排演"红色饲养员"》，C21-1-812-28，上海市档案馆藏

[12]《为提高戏曲创作水平而努力——改编沪剧〈罗汉钱〉,〈白毛女〉，淮剧〈王贵与李香香〉，整理改编淮剧〈水漫蓝桥〉,〈千里送京娘〉,〈种大麦〉的工作总结》，B172-1-70，上海市档案馆藏

[13]《为争取群众创作的更大丰收而努力——上海市人民沪剧团演员丁是娥在上海市文教战线群英大会发言》，A31-2-59-1，上海市档案馆藏

[14]《中国戏剧家协会上海分会资料编制上海市1965年上演剧目统计表》，B172-5-934-126，上海市档案馆藏

[15]《宗华同志的先进事迹》，B172-5-382，上海市档案馆藏

沪剧剧本：

[1]《罗汉钱》，编剧：宗华、文牧、幸之

[2]《星星之火》，编剧：宗华、刘宗诒（上海文化艺术档案馆馆藏剧本）

[3]《鸡毛飞上天》，编剧：上海市人民沪剧团集体创作（上海文化艺术档案馆馆藏剧本）

[4]《芦荡火种》，编剧：文牧（上海文化艺术档案馆馆藏剧本）

[5]《红灯记》，编剧：凌大可、夏剑青（上海文化艺术档案馆馆藏剧本）

[6]《一个明星的遭遇》，编剧：余雍和（上海文化艺术档案馆馆藏剧本）

[7]《逃犯》，编剧：宋之华（上海文化艺术档案馆馆藏剧本）

[8]《姊妹俩》，编剧：余雍和（上海文化艺术档案馆馆藏剧本）

[9]《牛仔女》，编剧：余雍和（上海文化艺术档案馆馆藏剧本）

[10]《雾中人》，编剧：宋之华（上海文化艺术档案馆馆藏剧本）

[11]《一夜生死恋》，编剧：陆军（《女儿大了，桃花开了：陆军剧作自选集》，上海文艺出版社 2012 年版）

[12]《明月照母心》，编剧：曹静卿、张东平（上海文化艺术档案馆馆藏剧本）

沪剧现代戏剧本创作研究

[13]《今日梦圆》，编剧：余雍和、赵化南（上海文化艺术档案馆馆藏剧本）

[14]《0号首长》，编剧：宋之华、朱扬（上海文化艺术档案馆馆藏剧本）

[15]《石榴裙下》，编剧：陆军（上海文化艺术档案馆馆藏剧本）

[16]《露香女》，编剧：赵化南（上海文化艺术档案馆馆藏剧本）

[17]《龙凤逞强》，编剧：赵化南（上海文化艺术档案馆馆藏剧本）

[18]《碧海青天夜夜心》，编剧：赵化南（上海文化艺术档案馆馆藏剧本）

[19]《军礼》，编剧：陈力宇、李颖（上海文化艺术档案馆馆藏剧本）

[20]《生死对话》，编剧：赵化南（上海文化艺术档案馆馆藏剧本）

[21]《回望》，编剧：赵化南（上海文化艺术档案馆馆藏剧本）

[22]《邓世昌》，编剧：蒋东敏（上海文化艺术档案馆馆藏剧本）

[23]《敦煌女儿》（2012），编剧：余雍和、李颖（上海文化艺术档案馆馆藏剧本）

[24]《敦煌女儿》（2018），编剧：杨林（上海文化艺术档案馆馆藏剧本）

[25]《心有泪千行》，编剧：余雍和、曹静卿（上海文化艺术档

案馆馆藏剧本）

[26]《一号机密》，编剧：李莉、黄嬿（上海文化艺术档案馆馆
藏剧本）

[27]《定心丸》，编剧：陆军（剧本由剧作者提供）

[28]《东方女性》，编剧：金人（宝山沪剧团内部演出剧本）

[29]《缉毒女警官》，编剧：李莉（剧本由作者提供）

[30]《清水恋》，编剧：李莉（剧本由剧作者提供）

[31]《东方彩虹》，编剧：李莉（由剧作者提供）

[32]《宝华春秋》，编剧：张东平（宝山沪剧团内部演出剧本）

[33]《红叶魂》，编剧：张东平（宝山沪剧团内部演出剧本）

[34]《挑山女人》，编剧：李莉（宝山沪剧团内部演出剧本）

[35]《苔花》，编剧：华雯、王复光、吴汶聪（宝山沪剧团内部
演出剧本）

[36]《原野》，编剧：薛允璜（长宁沪剧团内部演出剧本）

[37]《清风歌》，编剧：张东平、曹静卿（长宁沪剧团内部演出
剧本）

[38]《母亲的情怀》，编剧：张东平（长宁沪剧团内部演出剧本）

[39]《秋嫂》，编剧：陆军（剧本由剧作者提供）

[40]《废墟上的爱》，编剧：薛允璜（长宁沪剧团内部演出剧本）

[41]《上海屋檐下》，编剧：薛允璜（长宁沪剧团内部演出剧本）

[42]《苏娘》，编剧：徐正清（长宁沪剧团内部演出剧本）

[43]《小巷总理》（2013），编剧：徐正清（长宁沪剧团内部演出剧本）

[44]《小巷总理之"拆违风波"》（2018），编剧：徐正清（长宁沪剧团内部演出剧本）

[45]《赵一曼》，编剧：薛允璜（长宁沪剧团内部演出剧本）

[46]《青山吟》，编剧：徐正清（长宁沪剧团内部演出剧本）

[47]《小巷总理之可乐坊25号》，编剧：徐正清（长宁沪剧团内部演出剧本）

网络资料：

[1]《戏剧，要用人性之光照亮生活——专访上海戏剧学院二级教授、著名剧作陆军》[DB/OL]，http://www.whb.cn/zhuzhan/tuiguang/20210511/404167.html

附　录

新中国成立后沪剧上演一览表（1949—2021）

年份	沪剧剧目	上演剧团	编　剧	首演剧场
1949	白毛女	上艺、文滨／施家	文牧、俞麟童、李智雁、莫凯、张智行、张幸之集体移植改编	皇后剧场／中央大戏院
1949	小二黑结婚	上艺沪剧团	文牧	皇后剧场
1949	王贵与李香香	努力沪剧团	顾月珍	龙门大戏院
1949	八年离乱，天亮前后	努力沪剧团	顾月珍	龙门大戏院
1949	要不要结婚	中艺沪剧团	邵华	大众剧场
1950	赤叶河	上艺、施家剧团	张恂子、文牧	皇后剧场
1950	幸福门	中艺沪剧团	邵滨孙、李志雁	中央大戏院
1950	大雷雨	中艺沪剧团	莫凯、李志雁	中央大戏院
1950	妓女泪	勤艺沪剧团	刘谦	明星大戏院
1950	赛金花	上艺沪剧团	张恂子、文牧	兰心大戏院
1950	蝴蝶夫人	上艺沪剧团	张恂子、文牧	巴黎大戏院
1951	好儿女	上艺沪剧团	文牧	巴黎大戏院
1951	红花处处开	中艺沪剧团	张智行	中央大戏院
1951	花弄影	英施沪剧团	张恂子	九星大戏院
1951	一千零一天	沪剧界组成义演工作团	文牧、陈谷、张智行、陈羽、张幸之、李志雁	大舞台
1951	太太问题	上艺沪剧团	张恂子	巴黎大戏院
1951	好媳妇	努力沪剧团	白沉	永安剧场
1951	打开了枷锁	中艺沪剧团	李志雁、张幸之	中央大戏院

年份	沪剧剧目	上演剧团	编　剧	首演剧场
1951	皇帝与妓女	艺华沪剧院	赵燕士	新光剧场
1951	花木兰	努力沪剧团	集体编剧、孟舜执笔	明星大戏院
1952	母与子	努力沪剧团	白沉、韦弦	红都大戏院
1952	罗汉钱	上海沪剧团	宗华、文牧、幸之	北京剧场
1952	阿必大回家	努力沪剧团	孔嘉宾	红都剧场
1953	翠岗红旗	上海市人民沪剧团	王峰	大众剧场
1953	赵一曼	努力沪剧团	白沉、顾月珍、韦弦	新光剧场
1953	金黛莱	上海市人民沪剧团	汪培、文牧	静安区文化馆剧场
1954	为奴隶的母亲	勤艺沪剧团	金人	明星大戏院
1954	日出	艺华沪剧团		新光剧场
1954	茶花女	勤艺沪剧团	刘谦、马达、金人	明星大戏院
1954	龙须沟	上海人民沪剧团	李志雁（执笔）	新光剧场
1954	家	勤艺沪剧团	马达	明星大戏院
1954	女儿心	上海人民沪剧团	宗华（执笔）、幸之、李志雁	新光剧场
1954	顾鼎臣	长江沪剧团	石见	中央大戏院
1956	少奶奶的扇子	爱华沪剧团	白莎	中央大戏院
1956	龙凤花烛	勤艺沪剧团	改编：马达	
1956	马兰花	上海人民沪剧团	宗华（改编）	人民大舞台
1957	贵族夫人	努力沪剧团	白沉、韦弦	瑞金剧场

　　　　　　　　　　　　　沪剧现代戏剧本创作研究

年份	沪剧剧目	上演剧团	编　剧	首演剧场
1957	王孝和	无锡市沪剧团（原上海红旗、新乐沪剧团）	蓝天蔚、姚士良	
1957	母亲	上海市人民沪剧团	白沉、蓝流	共舞台
1958	战士在故乡	上海市人民沪剧团	倪竞雄、余树人	大众剧场
1958	谁是母亲	爱华沪剧团	宋掌轻、凌大可、夏剑青	国泰剧场
1958	黄浦怒潮	艺华沪剧团	强明、叶高	新光剧场
1958	方志敏	太仓沪剧团（原上海少壮、红星沪剧团）	沈鹰、徐志富、孙宰良、盛根生	太仓和平剧场
1958	寒梅吐艳	上海市人民沪剧团	李志雁	共舞台
1959	苗家儿女	爱华沪剧团	万之、凌大可、韩玉敏等	国联剧场
1959	星星之火	上海市人民沪剧团	宗华、刘宗诒	共舞台
1959	史红梅	长江沪剧团	集体创作、石见执笔	国联戏苑
1959	向秀丽	勤艺沪剧团	马达	中央大戏院
1959	朵朵红云	上海市人民沪剧团	何慢、蓝流、丁是娥	新光剧场
1959	太湖儿女	无锡市沪剧团（原上海红旗、新乐沪剧团）	李裴华、孟俊全、姚士良	无锡红星剧场
1959	战斗在敌人心脏里	太仓沪剧团（原上海少壮、红星沪剧团）	徐智高、黄兆铭、盛根生	苏州市新艺剧院
1959	陈化成	勤艺沪剧团	金人、马达、刘谦	中央大戏院

年份	沪剧剧目	上演剧团	编　　剧	首演剧场
1960	芦荡火种	上海市人民沪剧团	集体编剧、文牧执笔	共舞台
1960	鸡毛飞上天	上海市人民沪剧团	集体创作	共舞台
1961	金沙江畔	上海市人民沪剧团、艺华沪剧团	周致、李志雁、叶峰	美琪大戏院
1961	甲午海战	上海市人民沪剧团	集体改编	共舞台
1962	特派员	苏州市沪剧团（原上海建新、少壮和迅民沪剧团）	沈华	苏州开明大戏院
1963	江姐和双枪老太婆	常州市沪剧团（原上海联谊沪剧团）	柏青	常州剧场
1963	红灯记	爱华沪剧团	凌大可、夏剑青	红都剧场
1963	三代人	艺华沪剧团	汪培、周致、严陵	新光剧场
1963	喜旺嫂子	南汇县沪剧团	鲁风、虞元芳（执笔）	南汇县大礼堂
1963	雷锋	爱华沪剧团	万之、王育、江敦熙、凌大可、夏剑青、倪耀初	红都剧场
1963	八连之风	上海市人民沪剧团	姚声黄、蓝流、陈同文	美琪大戏院
1963	巧遇记	上海人民沪剧团	倪竞雄、余树人、范华群	美琪电影院
1963	红岩	太仓县沪剧团	沈鹰、盛根生、黄兆铭、孙宰良	太仓剧场
1964	万里前程	艺华沪剧团	汪培	新光剧场

　　　　　　　　　　　　　　　　沪剧现代戏剧本创作研究

年份	沪剧剧目	上演剧团	编 剧	首演剧场
1964	不准出生的人	艺华沪剧团	李志雁、周致、叶峰	新光剧场
1965	渔港新歌	勤艺沪剧团	金人	黄浦剧场
1965	赤道战鼓	上海市人民沪剧团	宗华、余树人、彭炳麟	徐汇剧场
1965	江姐	上海市人民沪剧团	阎肃（移植）、姚声黄、于嘉	
1972	雪夜春风	上海市人民沪剧团	宗华、文牧、姚声黄、宋之华、王兴仁	
1977	金绣娘	上海沪剧团	宗华、宋之华	瑞金剧场
1978	艰难的历程	上海沪剧团	余雍和	劳动剧场
1978	金锁	崇明县沪剧团	姚芳松	解放剧场
1978	被唾弃的人	上海沪剧团	张东平、虞元芳、曹静卿、何俊	解放剧场
1979	女儿的回忆	上海人民沪剧团	余雍和	
1979	樱花	上海沪剧团	何俊（改编）	
1979	雷雨	长宁沪剧团		长宁俱乐部
1979	杨乃武与小白菜	长宁沪剧团		
1979	双枪三姐	长宁沪剧团		长宁俱乐部
1979	秋海棠	长宁沪剧团		共舞台
1979	少奶奶的扇子	长宁沪剧团		大庆剧场
1979	爱的毁灭	长宁沪剧团		解放剧场
1979	卖红菱	宝山沪剧团		
1979	为奴隶的母亲	宝山沪剧团	金人	上钢一厂大礼堂

年份	沪剧剧目	上演剧团	编　剧	首演剧场
1979	第二次握手	宝山沪剧团	金人、王复光	中兴剧场
1979	碧海死光	崇明县沪剧团	姚芳松	中国剧场
1980	张志新之死	上海沪剧团		大众剧场
1980	少女的心	长宁沪剧团		中国剧场
1980	魂断兰桥	长宁沪剧团		中国剧场
1980	浦江红侠传	长宁沪剧团		中国剧场
1980	幽兰夫人	长宁沪剧团		中国剧场
1980	龙凤花烛	宝山沪剧团	张明	邮电俱乐部剧场
1980	复活的人	宝山沪剧团	金人	群众剧场
1980	未出嫁的妈妈	苏州市沪剧团（原建新、少壮和迅民沪剧团）	冬苗	苏州人民剧场
1980	小巷之花	何俊	上海沪剧团	
1980	石榴裙下	赵燕士	上海沪剧团	
1981	一个明星的遭遇	上海沪剧团	余雍和（执笔）、马一亭	共舞台
1981	风流英豪	新艺华沪剧团	流泽、邹峻、张明	共舞台
1981	三接新娘	上海沪剧团	郑道溥、钱光辉	贵州剧场
1981	田家春	崇明县沪剧团	姚芳松	上海青年宫剧场
1981	母与子	长宁沪剧团		大华书场
1981	孽海遗恨	长宁沪剧团		延安剧场
1981	棒打无情郎	长宁沪剧团		五星剧场
1981	状元与乞丐	长宁沪剧团		五星剧场

年份	沪剧剧目	上演剧团	编　剧	首演剧场
1981	喋血痴恋	长宁沪剧团		五星剧场
1981	夜上海之梦	长宁沪剧团		沪剧工人文化宫
1981	孤岛血泪	宝山沪剧团	王复光	劳动剧场
1981	拣女婿	宝山沪剧团	移植	高境镇影剧院
1981	妈妈	宝山沪剧团	黄海滨	罗店影剧院
1981	茶花女	宝山沪剧团	金人	中国剧场
1981	绝处逢生	宝山沪剧团	王复光	美琪大戏院
1982	日出	上海沪剧院	改编：何俊	
1982	血染姊妹花	上海沪剧院		
1982	台湾情话	长宁沪剧团		群众剧场
1982	夜半钟声	长宁沪剧团		长宁俱乐部
1982	母与子	宝山沪剧团	吴海燕	长江剧场
1982	风雪夜归人	宝山沪剧团	王复光、潜波	徐汇剧场
1982	汾湖湾传奇	宝山沪剧团	金人	上钢一厂大礼堂
1982	曹娥江恩仇记	宝山沪剧团		马陆影剧院
1983	杨三姐告状	上海沪剧院		
1983	被控告的人	上海沪剧院		
1983	无辜的罪人	上海沪剧院	改编：宋之华	
1983	孟江女过关	上海沪剧院		
1983	夜半钟声	上海沪剧院		
1983	魂断蓝桥	上海沪剧院		
1983	姊妹俩	上海沪剧院	余雍和	

年份	沪剧剧目	上演剧团	编　剧	首演剧场
1983	寻娘记	上海沪剧院	何俊	大众剧场
1983	光明行	长宁沪剧团		贵州剧场
1983	原野	长宁沪剧团		延安剧场
1983	歌女飘零	长宁沪剧团		中国剧场
1983	欺嫂失妻	长宁沪剧团		五星剧场
1983	碧落黄泉	长宁沪剧团		延安剧场
1983	检察官的金项链	宝山沪剧团	金人	松江剧场
1983	断线风筝	太仓县沪剧团（原上海少壮、红星沪剧团）	沈鹰	陆家浜剧场
1983	黄慧如与陆根荣	吴县沪剧团（原上海新华沪剧团）	万金声	
1984	姊妹俩	上海沪剧院	余雍和	延安剧场
1984	杨三姐告状	上海沪剧院		
1984	离婚记	上海沪剧院		
1984	寻娘记	上海沪剧院	何俊	大众剧场
1984	画女情	上海沪剧院		
1984	丽人行	上海沪剧院		
1984	逃犯	上海沪剧院	宋之华	南市影剧院
1984	风雨中秋夜	长宁沪剧团		长宁俱乐部
1984	中青年演唱会	长宁沪剧团		延安剧场
1984	蝴蝶夫人	长宁沪剧团		群众剧场
1984	靠近香港的地方	长宁沪剧团		瑞金剧场
1984	家庭公案	宝山沪剧团	潜波	长江剧场
1985	啼笑因缘	上海沪剧院		

　沪剧现代戏剧本创作研究

年份	沪剧剧目	上演剧团	编　剧	首演剧场
1985	茅山传奇	上海沪剧院		
1985	借黄糠	长宁沪剧团		练塘剧场
1985	大雷雨	长宁沪剧团		颛桥影剧院
1985	八年离乱	长宁沪剧团		五星剧场
1985	东方女性	宝山沪剧团	金人	长江剧场
1986	昨夜情	上海沪剧院		
1986	啼笑因缘	上海沪剧院		
1986	弹吉他的姑娘	上海沪剧院		
1986	黄梅戏女王	上海沪剧院		
1986	男性王国的女人	上海沪剧院		
1986	月朦胧，鸟朦胧	上海沪剧院	高群（二团）	南市影剧院
1986	借妻堂断	上海沪剧院		
1986	荡妇	上海沪剧院		
1986	酒干淌卖呒	长宁沪剧团		中国剧场
1986	未亡人的爱	长宁沪剧团		五星剧场
1987	大雷雨	上海沪剧院		
1987	雷雨	上海沪剧院		
1987	叛逆的女性	上海沪剧院		
1987	屋檐下的白玉兰	上海沪剧院		
1987	陆雅臣卖娘子	上海沪剧院		
1987	眼睛是蓝的	上海沪剧院		
1987	香港之夜	长宁沪剧团		西藏书场
1987	留下这个梦	长宁沪剧团		瑞金剧场
1987	白艳冰雪地产子	长宁沪剧团		瓦屑书场

年份	沪剧剧目	上演剧团	编　剧	首演剧场
1987	情变	宝山沪剧团	李莉	月浦影剧院
1987	风流寡妇	宝山沪剧团	潜波	徐汇剧场
1988	滴血芙蓉	吴县沪剧团（原上海新华沪剧团）	万金声	长征剧场
1988	返魂香	上海沪剧院		
1988	心有千千结	上海沪剧院		
1988	红伶冤	上海沪剧院		
1988	筱丹桂之死	上海沪剧院		
1988	秋海棠	上海沪剧院		
1988	一夜风流	长宁沪剧团		颛桥影剧院
1988	贵族夫人	长宁沪剧团		七宝影剧院
1988	山野情侣	长宁沪剧团		大众剧场
1989	无船水也流	上海沪剧院	孙徐春	
1989	贼老爷	上海沪剧院		
1989	牛仔女	上海沪剧院	余雍和	瑞金剧场
1989	雾中人	上海沪剧院	宋之华、朱扬	共舞台
1989	一夜生死恋	上海沪剧院	陆军、李莉	大舞台
1989	相见恨晚	长宁沪剧团		瑞金剧场
1989	霓裳恋歌	宝山沪剧团	金人	上钢一厂大礼堂
1989	深秋的泪痕	宝山沪剧团	赵化南	上钢一厂大礼堂
1990	雾中人	上海沪剧院	宋之华	共舞台
1990	金色的梦幻	上海沪剧院	何国甫、何俊、傅锋（执笔）	
1990	烛光恋影	上海沪剧院		

　　　　　　　　　　　　　　　沪剧现代戏剧本创作研究

年份	沪剧剧目	上演剧团	编　　剧	首演剧场
1990	雷雨	上海沪剧院		
1990	焦裕禄	上海沪剧院		
1990	牛仔女	上海沪剧院	余雍和	
1990	桃花女	吴县沪剧团（原上海新华沪剧团）	万金声	吴县太平乡影剧院
1990	清风歌	长宁沪剧团	张东平、曹静卿	长江剧场
1990	抢亲奇缘	上海春申沪剧团	宗华、刘卫国	共舞台
1991	明月照母心	上海沪剧院	曹静卿、张东平	中国剧场
1991	都市梦	上海沪剧院		
1991	风雨今宵	长宁沪剧团	张东平、曹静卿	长宁区文化馆
1992	神秘的电话	宝山沪剧团	陆军	松江剧场
1992	杨乃武与小白菜	上海沪剧院		
1992	陆雅臣卖娘子	上海沪剧院		
1992	黄牌姑娘	长宁沪剧团	苏星、储国良、张东平	共舞台
1992	何处不相逢	大世界沪剧团	宋之华、朱扬	大世界
1993	罪女泪	宝山沪剧团	李莉	中国剧场
1993	大雷雨	上海沪剧院		
1993	风雨同龄人	上海沪剧院	徐开林	共舞台
1993	张玉良与潘赞化	上海沪剧院		
1993	碧海青天夜夜心	上海沪剧院	赵化南	共舞台
1993	明月照母心	上海沪剧院		
1993	情深缘浅	长宁沪剧团	张东平、陆文忠	中国大戏院

年份	沪剧剧目	上演剧团	编　剧	首演剧场
1994	茶花女	宝山沪剧团	金人、李莉、孙虹江	逸夫舞台
1994	王孝和	上海沪剧院		
1994	孽债	上海沪剧院		
1994	此情深深	上海沪剧院	余雍和、赵化南	
1994	人间热土	上海沪剧院		
1994	团圆之前	长宁沪剧团	张东平、陆文忠	共舞台
1995	江姐	宝山沪剧团	王复光	宝山文化馆
1995	今日梦圆	上海沪剧院	余雍和、赵化南	上海戏剧学院实验剧场
1995	甲午海战	上海沪剧院		
1995	风雨同龄人	上海沪剧院	徐开林	
1995	明月照母心	上海沪剧院	张东平、曹静卿	
1995	母亲的情怀	长宁沪剧团	张东平	中国大戏院
1995	双女恨	至勤（飞龙）沪剧团	朱婷娟	逸夫舞台
1996	缉毒女警官	宝山沪剧团	李莉	共舞台
1996	碧落黄泉	上海沪剧院		
1996	申曲之恋	上海沪剧院	集体创作（宋之华统稿）	逸夫舞台
1996	夜半歌声	上海沪剧院		
1996	方桥情缘	上海沪剧院	赵化南	
1997	清水恋	宝山沪剧团	李莉	中国剧场
1997	方桥情缘	上海沪剧院	赵化南	
1997	血染姊妹花	上海沪剧院		
1997	影子	上海沪剧院	赵化南、余雍和	

　　　　　　　　　　　　　　　　沪剧现代戏剧本创作研究

年份	沪剧剧目	上演剧团	编　　剧	首演剧场
1997	金亮的心	长宁沪剧团	张东平、邵宁	中国大戏院
1998	东方彩虹	宝山沪剧团	李莉	共舞台
1998	大雷雨	宝山沪剧团		宝山文化馆影剧院
1998	影子	上海沪剧院	赵化南、余雍和	
1998	好人一生平安	上海沪剧院		
1998	我心握你手	上海沪剧院	曹静卿、姚声黄、李颖	
1998	叛逆的女性	上海沪剧院		
1998	0号首长	上海沪剧院	宋之华、朱扬	
1998	女人的眼睛	长宁沪剧团	张文龙	中国大戏院
1999	方桥情缘	上海沪剧院		
1999	好人一生平安	上海沪剧院		
1999	永恒的旋律	上海沪剧院		
1999	0号首长	上海沪剧院	宋之华、朱扬	
1999	我心握你手	上海沪剧院	曹静卿、姚声黄、李颖	
1999	深秋的泪痕	长宁沪剧团	赵化南	逸夫舞台
1999	爱在澳门	长宁沪剧团	张东平、李惠康	中国大戏院
2000	戆大相亲	宝山沪剧团		
2000	私生子	宝山沪剧团		
2000	我心握你手	上海沪剧院	曹静卿、姚声黄、李颖	
2000	0号首长	上海沪剧院	宋之华、朱扬	
2000	星星之火	上海沪剧院	宗华、刘宗诒	
2000	董梅卿	上海沪剧院	赵化南	

年份	沪剧剧目	上演剧团	编　剧	首演剧场
2000	借黄糠	上海沪剧院		
2000	空调坏了	上海沪剧院		
2000	深秋的泪痕	长宁沪剧团	赵化南	红星剧场
2000	警苑姐妹花	长宁沪剧团	宋之华、朱扬	中国大戏院
2001	心有泪千行	上海沪剧院	余雍和、曹静卿	
2001	芦荡火种	上海沪剧院	集体创作，文牧执笔	
2001	杨三姐告状	上海沪剧院		
2001	大雷雨	上海沪剧院		
2001	白艳冰雪地产子	长宁沪剧团	（整理）张东平	逸夫舞台
2001	雷雨（新版）	长宁沪剧团	（据原版曹禺剧作改编）宗华、宋之华	逸夫舞台
2001	秋嫂	长宁沪剧团	陆军	徐泾影剧院
2002	金色的小花	宝山沪剧团	姜自强	宝山文化馆影剧院
2002	贤惠媳妇	宝山沪剧团	华石峰	宝山文化馆影剧院
2002	上海老师	上海沪剧院	李颖、黄阙	
2002	心有泪千行	上海沪剧院	余雍和、曹静卿	
2002	啼笑因缘	上海沪剧院		
2002	石榴裙下	上海沪剧院	陆军	
2002	文红老师	长宁沪剧团	天方、张东平	上海大剧院
2002	白艳冰雪地产子（复演）	长宁沪剧团	（整理）张东平	逸夫舞台
2003	王老太幸福晚年	宝山沪剧团	王复光	

　　　　　　　　　　　　　　沪剧现代戏剧本创作研究

年份	沪剧剧目	上演剧团	编 剧	首演剧场
2003	小八拉子开会啦	宝山沪剧团	王复光	
2003	大红喜事	上海沪剧院	赵化南	
2003	青春年华	上海沪剧院		
2003	家（自录）	上海沪剧院		
2003	宋庆龄在上海	上海沪剧院	胡永其	
2003	天使在人间	上海沪剧院		
2003	花灯初上	上海沪剧院		
2003	抗非姐妹花	上海沪剧院		
2003	明天不回家	上海沪剧院		
2003	绿叶情深	长宁沪剧团	张东平	上海大剧院
2004	田园梦	宝山沪剧团	张东平	宝山文化馆影剧院
2004	拍照片	宝山沪剧团	潘德龙	
2004	百路整治	宝山沪剧团	潘德龙	
2004	避风头	宝山沪剧团	潘德龙	
2004	超白金项链	宝山沪剧团	潘德龙	
2004	智力比赛	宝山沪剧团	盛摄	
2004	买房	宝山沪剧团	盛摄	
2004	心中只有你	上海沪剧院	瑞南、李颖	
2004	红灯记	上海沪剧院	凌大可、夏剑青	
2004	龙凤逞强	上海沪剧院	赵化南	
2004	雷雨	长宁沪剧团	（据原版曹禺剧作改编）宗华、宋之华	逸夫舞台

年份	沪剧剧目	上演剧团	编　剧	首演剧场
2004	陶行知	长宁沪剧团	罗国贤	宝钢文化艺术中心
2005	才女应聘	宝山沪剧团	潘德龙	
2005	冒牌病人	宝山沪剧团	潘德龙	
2005	儿女亲家	宝山沪剧团	潘德龙	
2005	红肚兜	宝山沪剧团	潘德龙	
2005	公爹痴呆症	宝山沪剧团	潘德龙	
2005	第二次求婚	宝山沪剧团	潘德龙	
2005	胡锦初借妻	宝山沪剧团	刘正道	宝山文化馆
2005	一文钱	上海沪剧院		
2005	江姐	长宁沪剧团	根据阎肃同名歌剧移植	浦东新舞台
2006	美丽大家园	宝山沪剧团	张东平	宝山区委党校
2006	半夜夫妻	宝山沪剧团	华石峰	宝山文化馆影剧院
2006	胡锦初借妻	上海沪剧院		
2006	生死对话	上海沪剧院	赵化南	艺海剧场
2006	陶福增休妻	长宁沪剧团		浦东新舞台
2006	雷雨	长宁沪剧团	（原著）曹禺、（改编）宗华	爱尔兰共和国科克市理工学院剧场
2006	红与白	长宁沪剧团	张东平	逸夫舞台
2007	好运哪里来	宝山沪剧团	潘德龙	
2007	舞龙人	上海沪剧院	张东平	
2007	人间至爱	上海沪剧院	李颖	

　　　　　　　　　　　　　　沪剧现代戏剧本创作研究

年份	沪剧剧目	上演剧团	编　剧	首演剧场
2007	瑞珏	上海沪剧院	余雍和	
2007	八年离乱（复排）	长宁沪剧团	集体	逸夫舞台
2008	宝华春秋	宝山沪剧团	张东平	宝山区委党校
2008	茶花女	宝山沪剧团	金人、李莉	逸夫舞台
2008	露香女	上海沪剧院	赵化南	美琪大戏院
2008	废墟上的爱	长宁沪剧团	薛允璜	美琪大戏院
2009	红叶魂	宝山沪剧团	张东平	宝山区委党校
2009	金大班的最后一夜	上海沪剧院	宋之华	
2009	十六铺人家	上海沪剧院	何国生	
2009	胭脂盒	上海沪剧院	罗怀臻	
2009	江姐（复排）	长宁沪剧团	根据阎肃同名歌剧移植	金山石化影剧院
2009	梦圆曲	长宁沪剧团	徐正清	宛平剧院
2009	梦圆曲	长宁沪剧团	徐正清	逸夫舞台
2010	红梅颂	宝山沪剧团	王复光（移植）	宝山区委党校
2010	日出	上海沪剧院		
2010	雷雨	上海沪剧院		
2010	上海屋檐下	长宁沪剧团	薛允璜	逸夫舞台
2010	白兰情缘	勤苑沪剧团	改编：郭箴	天蟾舞台
2010	花女泪	文慧沪剧团	改编：薛允璜	徐汇剧场
2011	军礼	上海沪剧院	李颖	

年份	沪剧剧目	上演剧团	编　剧	首演剧场
2011	金绣娘	上海沪剧院	宗华、宋之华	
2011	董梅卿	上海沪剧院	赵化南	
2011	苏娘	长宁沪剧团	徐正清	上海人民大舞台
2012	挑山女人	宝山沪剧团	李莉	宝山区委党校
2012	敦煌女儿	上海沪剧院	李颖、余雍和	
2012	深秋的泪痕（复排）	长宁沪剧团	赵化南	长宁民俗中心剧院
2013	霓虹灯下的哨兵	上海沪剧院	李颖	
2013	海上梦	上海沪剧院	罗怀臻	
2013	杨乃武与小白菜（复排）	长宁沪剧团	整理改编：徐正清	艺海剧院
2013	小巷总理	长宁沪剧团	徐正清	逸夫舞台
2014	魂断蓝桥	上海沪剧院		
2014	邓世昌	上海沪剧院	蒋东敏	
2014	我只在乎你	上海沪剧院		
2014	小巷总理	长宁沪剧团	徐正清	上戏剧院
2014	恩怨情未了（原《白艳冰雪地产子》改编）	长宁沪剧团	徐正清	长宁文化艺术中心
2014	小巷总理	长宁沪剧团	徐正清	上戏剧院
2015	乡魂	宝山沪剧团	薛允璜、张乃清	浦江影剧院
2015	芦荡火种	上海沪剧院	集体编剧、文牧执笔	
2015	红灯记	上海沪剧院	凌大可、夏剑青	
2015	借黄糠	上海沪剧院		

沪剧现代戏剧本创作研究

年份	沪剧剧目	上演剧团	编剧	首演剧场
2015	赵一曼	长宁沪剧团	薛允璜	上戏剧院
2015	豪门恩怨（原《贵族夫人》改编）	长宁沪剧团	徐正清	艺海剧院
2016	邓世昌	上海沪剧院	蒋东敏	
2016	回望	上海沪剧院	赵化南	
2016	赵一曼（青春版）	长宁沪剧团	薛允璜	艺海剧院
2016	赵一曼（青春版）	长宁沪剧团	薛允璜	虹桥艺术中心
2016	两代恩怨（原《少奶奶的扇子》改编）	长宁沪剧团	徐正清	艺海剧院隆重上演（试演）
2017	蓝衫记	宝山沪剧团	华石峰	宝山文化馆
2017	两代恩怨（原《少奶奶的扇子》改编）	长宁沪剧团	徐正清	虹桥艺术中心剧院隆重上演（首演）
2017	豪门恩怨（原《贵族夫人》改编）	长宁沪剧团	徐正清	长宁文化艺术中心
2018	孤岛血泪	宝山沪剧团	王复光	逸夫舞台
2018	家·瑞珏	上海沪剧院		
2018	敦煌女儿	上海沪剧院	杨林	
2018	一号机密	上海沪剧院	李莉	
2018	青山吟	长宁沪剧团	徐正清	艺海剧院
2018	小巷总理之"拆违风波"	长宁沪剧团	徐正清	虹桥艺术中心

年份	沪剧剧目	上演剧团	编　剧	首演剧场
2019	苔花	宝山沪剧团	华雯、王复光、吴汶聪	宝山区委党校
2019	原野	长宁沪剧团	薛允璜	虹桥艺术中心
2019	麒麟带传奇	长宁沪剧团	徐正清	新虹桥社区文化中心
2019	小巷总理之可乐坊25号	长宁沪剧团	徐正清	虹桥艺术中心
2020	半夜夫妻	宝山沪剧团	华石峰	月浦影剧院
2020	上海屋檐下	长宁沪剧团	薛允璜	长宁民俗中心
2020	梨花传奇	长宁沪剧团	徐正清	闵行群艺馆
2021	一号机密	上海沪剧院	李莉	宛平剧院
2021	陈毅在上海	上海沪剧院	汪天云、蒋东敏	上海大剧院
2021	风雨江城	长宁沪剧团	徐正清	虹桥艺术中心

　　说明：该表根据《上海沪剧志》（《上海文化艺术志》编纂委员会编）、《上海戏考》（上海市文化艺术档案馆编）及上海沪剧院、长宁沪剧团与宝山沪剧团演出资料整理编制。

图书在版编目(CIP)数据

沪剧现代戏剧本创作研究 / 陶倩妮著. -- 上海：
上海人民出版社，2025. -- ISBN 978-7-208-19630-8

Ⅰ . I207.365.1

中国国家版本馆 CIP 数据核字第 20258C5D71 号

责任编辑 赵蔚华
封面设计 陈　晔

沪剧现代戏剧本创作研究

陶倩妮　著

出　　版　上海人民出版社
　　　　　（201101　上海市闵行区号景路 159 弄 C 座）
发　　行　上海人民出版社发行中心
印　　刷　苏州工业园区美柯乐制版印务有限责任公司
开　　本　890×1240　1/32
印　　张　12.25
插　　页　3
字　　数　227,000
版　　次　2025 年 8 月第 1 版
印　　次　2025 年 8 月第 1 次印刷
ISBN 978 - 7 - 208 - 19630 - 8/J・769
定　　价　68.00 元